동물들의 인간 심판

JUICIO A LOS HUMANOS(HUMANS ON TRIAL)
By José Antonio Jáuregui and Eduardo Jáuregui

동물들의 인간 심판

인류학자가 남긴 서류 뭉치에서 터져 나온 동물들의 목소리

2005년 6월 5일 새벽녘, 젊은 인류학자이자 교수이며 작가였던 나의 아버지 호세 안토니오 하우레기가 심근경색으로 쓰러지셨다. 그리고 얼마 후 나는 아버지가 남긴 마지막 서류 뭉치에서 이 원고를 발견했다.

인류학자들은 대개 유산으로 대단한 것을 남기지 않는다. 기껏해야 서재에 가득한 책이나 아프리카에서 가져온 초자연적인 힘이 잔뜩 느껴지는, 그만큼 먼지도 켜켜이 쌓인 가면 정도이다. 하지만 방앗간 집 아들로 태어난 아버지가 남긴 이 서류 뭉치는 그야말로 재치 있고 기발한 장화 신은 고양이*였다. 그 안에는 고양이뿐 아니라 개, 암소, 모기,

---

* 프랑스의 동화작가 샤를 페로가 쓴 동화이다. 방앗간을 운영하던 주인이 세 아들에게 재산을 나눠 줬는데, 막내에게는 고양이 한 마리를 남기고 세상을 떠났다. 형들보다 적은 재산을 물려받은 막내가 신세를 한탄하자 재치 넘치는 고양이가 가방 하나와 장화 한 켤레를 주면 상황을 해결해 주겠다고 약속했는데 고양이 말대로 된다.

거북, 부엉이, 코브라 등 많은 동물이 있었다. 게다가 그들은 야옹거리거나 으르렁거리고, 야유하거나 노래를 부르는 등 다들 한 소리씩 하고 있었다. 아들인 나는 아버지 대신 이야기꾼이 돼서 이 원고를 만져 가며 출판을 준비했다. 원래 하던 모든 일을 내려놓고 오로지 이 일에만 전념했다. 원고 속 동물과 함께 아버지의 목소리를 왜곡하지 않고 성실히 전하려고 노력했다.

나는 이 이야기가 무엇을 전달하려는지 알아내려고 생각을 거듭했다. 한 인류학자가 오지 야생에서 실제로 본 것들을 그대로 옮긴 것일까? 그저 머릿속에 떠오른 상상을 담은 것일까? 우화라는 형식을 빌려 우주 속 인간의 위치에 대한 생각을 함축해 놓은 철학 에세이일까? 아니면 꿈에서 본 내용을 글로 옮긴 것일까?

머릿속에 떠오르는 생각은 많지만, 나는 보통의 현명한 스승이 선택하는 방법처럼, 판단은 독자의 몫으로 남겨두려고 한다.

에두아르도 하우레기

마드리드에서

● 차례

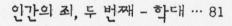

법정

벌거벗은 인간, 동물 앞에 서다
부엉이 판사, 코브라 검사, 개 변호인

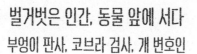

눈을 떠보니 침대 위가 아니다. 가만, 이 지옥 같은 음악은 대체 뭐지? 라디오인가? 꺼 버리고 싶다. 깜깜해서 어디가 선반인지, 라디오가 어디에 있는지 전혀 알 수가 없었다. 대신 휘어진 나뭇가지, 나뭇잎, 흙, 끈적끈적한 뭔가가 손에 잡혔다. 불협화음은 아니지만 귀에 거슬리는 이상한 합창 소리도 계속 들렸다. 분명 인간의 소리는 아니었다. 알 수 없는 숨소리와 이국적인 노랫소리, 찍찍거리는 소리, 울음소리, 그 소리 사이사이로 날카로운 부엉이 소리까지 들렸다. 사방에서는 따뜻하면서도 축축하고 향기로우면서도 썩은 듯한 냄새가 한꺼번에 풍겼다. 열대 우림 정글 속이었다.

다리가 많이 달린 뭔가가 내 다리 위로 스멀스멀 기어 올라왔다. 꼼짝 않고 있다가 순간 오싹해진 나는 재빨리 손으로 곤충을 때려잡아 바닥에 내팽개쳤다. 그러다가 내가 땀으로 뒤범벅된 채 발가벗겨진 상태임을 깨달았다. 화들짝 놀라 재빨리 몸을 감쌌다. 자세히 살펴보니 칠흙 같은 어둠은 아니었다. 작은 발광체 두 개가 눈앞에 둥둥 떠 있었다. 고양이 눈보다 훨씬 더 크고 강력했다. 순간적으로 뒷덜미, 머리, 등, 팔다리까지 모두 쭈뼛 섰다. 조상에게서 물려받은 자동반사 반응으로, 포식자에 대한 공포가 훅 밀려왔다.

공포에 휩싸인 채 나뭇잎 사이에서 흘러나오는 빛으로 상대를 조심스럽게 감지했다. 그러자 거대한 실루엣이 어렴풋하게 눈에 들어왔다. 송곳니와 발톱이 반짝이고 있었다.

"이건 꿈일 거야."

중얼거리면서 몸을 천천히 일으키는데 귓가에 "어흥." 하는 호랑이 소리가 들렸다. 몸이 굳어 버렸다. 꼼짝 할 수가 없었다. 희미하게만 보이던 실루엣이 점점 더 선명한 색을 드러내기 시작했다. 진하고 선명한 줄무늬 털이었다.

"어흐응."

호랑이는 다시 한 번 더 큰 소리를 내며 거대한 머리를 쳐들었다. 으르렁거리는 울림 사이로 말소리가 들렸다.

"인간, 이제 그만 일어나서 앉아, 어흥."

나는 재빨리 일어나 앉았다. 정말 호랑이가 말을 한 것일까?

"고마워, 어흥."

이번에는 의심의 여지없이 또렷하게 들렸다. 정말 끔찍한 악몽이다. 눈을 감았다가 뜨면 내 침대에서 일어날 수 있을 것 같아서 다시 잠을 청했다. 하지만 눈조차 감을 수 없었다. 이미 아침 햇살이 비추고 있었고, 3미터 정도 떨어진 곳에는 벵골호랑이의 커다랗고도 매서운 눈빛이 번쩍이고 있었다. 오렌지색, 검은색, 흰색의 줄무늬 털이 있는 이 거대한 고양잇과 동물을 찬찬히 살폈다. 호랑이는 앞발에 머리를 내려놓고 쉬고 있었지만 누르스름한 두 눈만은 나를 똑바로 쳐다보고 있었다.

밀림 쪽에서 거친 외침과 부름, 짧은 말, 대화 나누는 말소리 등이 마구 섞여 들렸다.

"오늘은! 오늘은 바로!"

"그 재판."

"어떻게 될 것 같아?"

"내가 볼 땐 저걸 없애 버릴 것 같은데!"

"오늘은! 오늘은!"

"재판하는 날."

말소리가 점점 더 선명하게 들렸다. 여러 번 듣다 보니 이상하게 들리던 악센트도 익숙해졌다.

그러는 동안 태양은 어느새 생명력이 가득한 거대한 동굴 지붕의 갈라진 틈 사이를 비집고 들어와 초록의 초목과 갈색 흙, 그 안에 박힌 빨강, 노랑, 파랑, 오렌지 빛깔의 보석과 자유롭게 떠도는 정령인 꽃과 버섯, 장수풍뎅이, 개구리, 나비, 뱀, 각양각색의 새들을 깨워 살아나게 했다.

순간 멀리서 나팔 소리 같은 게 들렸다. 밀림의 심장부에서 소식을 알리는 코끼리 소리였다.

"뿌우우우우!"

그 소리에 감시원 호랑이의 귀가 쫑긋 섰다. 첫 번째 나팔 소리가 또 다른 소리와 합쳐지고 또 다른 소리와 섞였다. 마치 악보를 완벽하게 따라가는 클라리넷 연주 같았다. 한편에서는 새들의 소란스러운 외침이 박자와 톤이 조금씩 바뀌면서 여기저기에서 들리기 시작했다.

"자, 이제 시간이 됐습니다!"

"재판입니다!"

앞발에 얼굴을 묻고 있던 거대한 벵골호랑이가 느릿느릿 고개를 들더니 새하얗고 날카로운 이빨을 드러내며 미소를 짓고는 부드럽게 포효했다.

"어흐으으응… 일어나!"

으르렁거리는 소리가 채 끝나기도 전에 나는 이미 벌떡 일어나 서 있었다. 그리고 쭈뼛거리며 걸었다. 그러나 위엄 있는 호랑이의 걸음걸이를 따라가기가 쉽지 않았다. 내가 한 걸음 내디딜 때마다 동물들이 몰려들어 빤히 쳐다보고 소리를 지르고 옆에 와서 신기한 듯 킁킁거리며 냄새를 맡았기 때문이다. 사방에는 아르마딜로,* 맥,** 재규어, 원숭이, 나무에 기어오르는 파충류, 여러 가지 빛깔의 털을 뽐내는 새, 곤충이 가득했다. 다른 동물까지 사방에서 몰려들어 숫자가 계속 불어나더니 결국 긴 행렬을 만들었다. 몰려든 구경꾼들의 술렁거리는 소리도 점점 커져 갔다.

"이거 인간이야?"

"꼬리 없는 원숭이 같은데!"

"아, 맞네. 그러네."

"아주 못생긴 원숭이네!"

---

* 아메리카 대륙에 사는 가죽이 딱딱한 동물.
** 중남미와 서남아시아에 사는, 코가 뾰족한 돼지 비슷하게 생긴 동물.

"하하… 그러게 꼬리도 없어!"

"암컷이야, 수컷이야?"

좀 천천히 걷고 싶었지만 호랑이가 으르렁거리며 재촉했다.

"어흐으으응… 더 빨리."

무성한 잡초를 헤치고 그 안으로 걸어 들어가다 보니 마침내 숲 속 공터에 도착했다. 입구에는 보초병인 거대한 나무가 서 있었는데 지름이 적어도 5미터는 돼 보였고, 다른 나무보다 훨씬 더 높이 솟아 있었다. 이 탑 같은 나무가 서 있는 곳에서 밀림이 끝났다.

그때 기묘한 전경이 눈에 들어왔다. 원형극장 같은 곳이 보이고, 하얀 백사장과 푸른 바다가 펼쳐져 있었다. 그곳에는 다양한 동물이 가득 모여 있었다. 어떤 동식물학자가 와도 깜짝 놀랄 만큼 종류가 다양했다. 기린, 코요테, 독수리, 마멋, 원숭이, 악어, 쥐, 코뿔소, 뇌조, 소, 코알라, 가마우지, 나비, 하이에나, 박쥐, 지렁이, 개미, 판다를 비롯해 수많은 동물이 잔뜩 모여 있었다. 그 옛날 노아만 봤을 법한 엄청난 광경이었다.

믿지 못할 광경을 받아들이기도 전에 눈앞에 펼쳐진 더 놀라운 광경에 온몸이 떨렸다. 내가 모습을 드러내자 수많은 생물들이 한꺼번에 내던 엄청난 소리가 한순간에 멈췄고, 그들의 모든 눈과 귀가 나를 향했다. 그 순간 보이고 들리는 거라고는 수천 개의 주둥아리와 킁킁거리며 냄새를 맡는 소리뿐이었다. 의심할 여지없이 이 침묵의 원인은 바로 나였다.

호랑이는 내가 한 걸음도 내디딜 수 없을 정도로 겁을 먹었음을 아는 눈치였다.

"빨리빨리, 어흥. 더 이상 지체하면 안 돼. 어흥….”

나는 어쩔 수 없이 많은 것을 헤치며 계속 앞으로 나아갔다. 목적지
는 해변 근처의 언덕이었다. 침묵의 공간은 갈수록 꽉꽉, 꺽꺽, 삐악삐
악, 음매, 꿀꿀 같은 울음소리로 채워져 갔다. 내 옆으로는 펭귄, 산토
끼, 도롱뇽을 비롯해 머리에 긴 뿔이 나 있는 동물까지 떼를 지어 몰려
들었다. 머리 위에서는 각양각색의 크고 작은 수백 마리의 새들이 맴
돌고 있었다. 옆에 있던 새끼 개코원숭이는 나를 빤히 쳐다보다가 겁에
질린 눈으로 재빨리 어미 품을 파고들었다. 갑자기 뭔가 끈적거리는 것
이 머리 위로 떨어졌다. 누군가 내게 침을 뱉은 것이다.

"이 나쁜 불량배 같으니라고!"

나를 향해 고래고래 고함을 치고 있었다. 돼지인가? 호랑이는 정체
를 알 수 없는 공격자에게 조용히 하라는 듯 군중을 향해 포효했다.
나는 어느새 호기심 어린 모습으로 엿보던 수많은 뱀, 거북이, 물고기
가 있던 곳을 벗어나고 있었다.

"빨리 개울을 건너!"

호랑이가 단호하게 명령했다. 살짝 뛰어 개울 맞은편으로 넘어가니
무대 양쪽에 있던 코끼리 두 마리가 도착을 알리는 나팔 소리를 냈다.

"뿌우우, 뿌우우!" 첫 번째 나팔이 울렸다. "여기 인간이 왔다."

"뿌우우, 뿌우우!" 두 번째 나팔이 울렸다. "여기 피고인이 왔다."

나는 마른 목초지 위에 섰다. 오직 감시원 호랑이 그라제시*만이 나와
함께였고, 나머지 동물은 모두 건너편에 있었다. 옆에서 따라다니던 동

---

* 그라제시(Grajesh)는 인도에서 많이 쓰는 이름이다. 벵골호랑이는 인도, 네팔 등지에 서
  식한다.

동물들의 인간 심판

물들이 사라지자 그제서야 나는 편히 숨을 쉴 수 있었다. 뒤를 돌아보니 방금 건너온 개울이 목초지 중간을 가로질러 흐르고 있었고, 밀림 한복판의 큰 틈에서 굽이쳐 나온 물길의 본 줄기는 U자 모양으로 나누어져 있었다. 나는 두 개울과 바다 사이에 있는 섬 같은 언덕 위에 있었다.

믿을 수 없는 엄청난 광경이었다. 건너편은 온갖 동물의 털, 깃털, 가시가 융단처럼 펼쳐져 있고, 물소, 하마, 라마, 코뿔소, 기린, 코끼리 등 근사한 네발동물의 피부는 이 융단과 어울려 더 돋보였다.

다른 쪽은 두 개의 작은 개울이 이어져 바다로 흐르고 있었다. 그곳에는 비늘이 달린 생물과 날아오르는 물고기가 가득했고, 고래의 흰 등과 꼬리가 물 위로 오르락내리락했다. 물가에는 코끼리와 펭귄, 줄을 맞춰 걷는 게를 비롯한 갑각류, 물개, 바다거북의 행렬이 이어졌다. 그 너머에는 얼음으로 된 거대한 뗏목 위에 추운 지역에 사는 대표적인 동물인 북극곰, 북극여우, 순록, 바다코끼리가 있었다.

목초지의 중앙에는 몇 개의 커다란 돌이 자리를 잡고 있었는데 노란색의 래브라도리트리버 종의 개가 돌을 뛰어넘어 내게로 달려왔다. 개는 숨을 헐떡이며 내게 다가와서는 신나게 꼬리를 흔들었다. 수많은 야생동물 사이에서 개를 만나니 짖는 소리가 사람의 소리처럼 들릴 지경이었다.

"이봐 인간 친구, 나는 필로스*야. 너를 지켜줄 변호사지. 이 법정에 온 것을 환영해. 네 눈에는 이 모든 게 아주 이상해 보일 거야. 지금 이

---

* 필로스(Filos)는 스페인어로 친구 간의 사랑, 즉 우정을 의미한다. 그리스어의 필리아(philia)에 해당한다.

상황을 눈치 챘는지 모르겠지만 너는 동물의 왕국의 규칙을 위배한 심각한 범죄를 저질러서 고발을 당했어. 하지만 걱정하지 마. 우리 개들이 늘 그랬던 것처럼 내가 너를 위해 성심껏 싸울 테니까. 참, 저 코끼리가 뿌우 하고 내는 소리나 동물들의 날카로운 발톱에 너무 겁먹지 않아도 돼. 호랑이 그라제시 앞에서도 너무 떨지 말고. 뭐, 화를 잘 내고 자주 으르렁거리지만 마음은 착해."

그 순간 그라제시가 "어흥!" 소리를 냈는데 필로스의 말이 맞다는 건지 아니라는 건지 알 수 없었다.

"날 따라와. 피고인석으로 데려다줄게."

나는 필로스가 말한 재판이라는 말에 기운이 빠졌지만 필로스가 예의를 갖추고 대하자 위로가 되었다. 필로스는 나를 작은 돌로 만든 의자가 있는 곳으로 데려갔고, 그라제시는 마치 커다란 오렌지 색 그림자처럼 내 옆에 붙어 있었다. 나는 내 소개를 해야 할 것 같아 말을 하려고 했다. 변호인 필로스에게 감사 표시도 하고 이런저런 말을 하려고 입을 벌리려고 했지만 입이 벌어지지 않았다. 어쩔 수 없이 나는 입을 굳게 다물고 있어야 했다.

"저 뱀 보이지?"

필로스의 말에 나는 고개를 들어 죽은 나무 그루터기에 똬리를 틀고 있는 커다란 코브라를 보았다.

"저 코브라가 검사야. 이름은 칼리.* 교활하고 무자비한 여자지. 몸

---

* 칼리(Kali)는 힌두교의 피와 복수의 여신으로 광폭하고 잔인하며 살상과 피를 좋아하는 암흑의 신이다. 칼리란 말 자체가 힌두어로 '검다'는 뜻이기도 하다.

동물들의 인간 심판

에 독도 있어. 만일 네가 두려워해야 하는 상대가 있다면 바로 저자야.”

필로스는 내가 그 말에 상심한 것처럼 보였는지 개 특유의 귀여운 미소를 지으며 고개를 옆으로 기울이고는 혀를 메롱 내밀었다.

“나쁜 소식만 있는 건 아니야. 우리가 판사 복은 있는 것 같아. 동물의 왕국에서 지혜로운 판결을 하기로 유명한 판사시거든.”

“뿌우, 뿌우우우우! 일동 기립, 솔로몬* 판사님께서 오십니다.”

그 순간 바다 위에서 오리들이 나타나 두 줄로 서고 기러기와 백조들이 크고 흰 털로 뒤덮인 부엉이를 양쪽에서 호위했다. 부엉이가 땅 가까이 내려오자, 호위대는 재빨리 숲으로 날아갔고, 부엉이는 위엄 있게 날아와서 가장 높고 넓은 바위 위에 조용히 내려앉았다. 그러자 필로스는 호랑이와 나를 남겨둔 채 자신의 자리, 즉 솔로몬 왼쪽에 있는 가장 낮은 바위로 갔다. 솔로몬의 오른쪽에는 칼리가 죽은 나무 그루터기에 앉아 있었다.

솔로몬은 눈같이 흰 부엉이로 주둥이, 두 눈, 발톱, 몸 아래쪽에 있는 반점 등 새까만 몇 부분을 제외하고는 전부 흰 털로 덮여 있었다. 그는 검사석으로 고개를 돌려 칼리와 이야기를 몇 마디 나누고는 고개를 돌려 변호인 필로스에게 인사를 건넸다. 그리고 난 후에야 비로소 청중을 바라보았다. 그는 날개를 활짝 펴고 청중을 향해 인사를 했다.

“인간에 대한 재판을 곧 시작하겠습니다.”

솔로몬은 날갯짓을 하면서 청중이 자리를 잡고 마음의 준비를 할 시간을 주었다. 새와 원숭이는 나무로 만든 상자 위에 자리를 잡았고 네

---

* 솔로몬(Solomon)은 이스라엘의 ‘지혜의 왕’으로 알려져 있다.

발동물은 앉아 있거나 청중석 아랫부분에 기대었다. 곤충, 작은 설치류와 파충류 등은 잘 보이는 자리를 찾기 위해 다른 동물의 몸 위로 올라갔다. 호랑이는 기쁨의 소리를 지르며 등을 활처럼 구부리고는 스핑크스 자세를 취했다. 부엉이 솔로몬은 날개를 오므리고는 청중이 조용해질 때까지 기다렸다가 입을 열었다.

"훌륭한 검사와 변호인, 존경하는 동료와 동물의 왕국의 모든 식구 여러분, 우리는 엄숙한 재판을 위해 오늘 이곳에 모였습니다. 하늘과 바다, 밀림의 법칙에서 전례가 없는 특별한 재판을 하려고 합니다. 피고인은 우리 '대지의 어머니'에서 태어난 모든 동물과는 전혀 다른 해괴한 종입니다. 고발 내용은 다양하고 정도가 가볍지 않습니다. 그 죄는 분명 크게 비난받을 만합니다. 여기 호모 사피엔스에 대한 고발 내용이 있습니다. 첫 번째는 동물의 왕국의 다양한 식구에 대한 근거 없고 모욕적인 비방·중상이고, 두 번째는 수많은 생물에 대한 학대이며, 마지막 세 번째는 잔인하고 고의적인 대량학살입니다.

그럼, 첫 번째 고발 건과 관련해서 검사 측, 코브라 칼리 씨가 말씀해 주시기 바랍니다."

인간의 죄, 첫 번째
비방·중상

몸을 둥글게 말고 있던 검사 칼리가 구불구불 기어서 법정 중앙으로 나섰다. 칼리는 자신감이 가득한 초록색 눈으로 꽉 차 있는 청중을 바라보았다. 머리에 두건을 쓴 것 같은 모습의 코브라 칼리*가 쉬쉬 바람 소리가 나는 발음으로 인사를 하고는 이야기를 시작했다.

　"그럼, 재판장님의 동의를 얻어 시작하겠습니다. 품위 있는 동물의 왕국 여러분, 서로 존중하는 것은 공동생활에서 가장 중요한 핵심입니다. 물론 다양한 종끼리 먹잇감을 두고 싸울 때는 경쟁도 하고 발톱을 세우고 독을 뿜으며 사냥해야 자신을 지킬 수 있습니다. 하지만 그러면서도 우리는 늘 서로를 존중해 왔죠. 공정한 규칙에 따라 자신과 상대방의 존엄성을 지켜가며 생존 게임을 해왔습니다.

---

* 칼리의 모델이 된 뱀은 머리만 검은색이어서 멕시코 두건 쓴 코브라로 불리는 탄틸라 아트리켑스(*Tantilla atriceps*)로 추측할 수 있다.

하지만 인간은 이런 법칙을 깨뜨렸습니다. 그들은 자신만의 언어, 신념, 미신 같은 것에 따라 하늘의 주인과 고귀한 물의 주민, 귀중한 땅 위의 창조물을 헐뜯었습니다. 저는 이 재판을 통해 오래전부터 계속 우리의 명예를 실추시키고 있는 모욕적이고도 심각한 인간의 비방에 대한 증거를 제시할 것입니다.

그런 다음 일벌백계의 본보기로 법적인 처벌은 물론이고 더불어 모든 인간이 보고 깨달을 만한 굴욕을 줄 것을 요청합니다. 해와 달이 일곱 번 바뀔 동안 이 땅에 사는 모든 새들의 몸에서 나오는 배설물을 오만한 인간들의 머리에 떨어뜨려 더럽히는 것은 어떻겠습니까, 여러분!"

하늘과 나무숲에 사는 새들은 그 말을 듣기만 해도 흥분되는지 쩍쩍, 까악까악 소리를 지르기 시작했고, 다른 동물 사이에서도 인간을 비웃는 소리와 깔깔거리는 웃음소리가 들려왔다. 또한 바다 깊숙한 곳에서 돌고래가 튀어 오르며 웃었다. 칼리는 그 제안에 스스로 흡족했는지 독살스러운 혀를 입술 사이로 날름거렸다.

"그럼, 시작하겠습니다. 첫 번째 증인으로 앵무새 부인을 신청합니다."

동물을 모욕하는 인간의 언어
앵무새 치파우악

칼리의 말이 끝나기가 무섭게 형형색색의 새 한 마리가 내 머리 위로 날아올라 깜짝 놀랐다. 그러더니 법정에서 가장 큰 바위 위에 내려앉았다. 몸길이가 1미터 정도였고, 머리 부분은 희며, 날개는 노란색과 파란색, 꼬리가 길고 에메랄드 빛깔인 과카마야*였다. 앵무새는 갈고리 모양의 부리를 열며 증인 출석을 알렸다.

"꾸앵! 꾸앵!"

칼리는 비늘 덮인 몸을 지그재그로 크게 그으며 증인에게 다가갔다.

"존경하는 치파우악** 부인, 오늘 아침 컨디션은 좀 어떠십니까?"

"좋습니다. 아주 좋아요."

그녀는 과카마야 앵무새만의 독특한 비음 소리를 섞어 대답했다.

---

* 마야인들이 신의 사자라고 하며 신성시하는 앵무새.
** 멕시코 고대 아즈텍어(나우아틀어)로 '아름다움, 순수, 깨끗함'이라는 의미가 있다.

"그럼, 질문을 드리겠습니다. 먼저 인간이 동물의 왕국 다른 식구들에게 하는 모욕적인 말이 도를 넘어섰다는 의견에 대한 질문을 드리겠습니다. 물론 여기 진술서와 증거도 있습니다. 부인께서는 이 방면에 전문가이시니까…."

"전문가라…. 네, 그렇긴 하죠. 나는 예순일곱 번의 봄을 보내면서 수많은 인간을 만났습니다. 아마도 땅, 바다, 하늘에 있는 동물 중에 나처럼 티칼*에 많이 가보고 그곳에 대해 잘 알고 있는 동물은 없을 것입니다."

"부인이 살고 계신 곳이 인간의 고대 도시 유적지인 티칼입니까?"

"네, 페텐**의 정글 속에 있습니다. 해마다 수많은 관광객이 이곳을 찾아옵니다. 나는 그곳에서 인간들의 언어를 연구하는 데 매진하고 있습니다. 그러니까 영어, 스페인어, 프랑스어, 독일어, 중국어 등을 연구하고 있습니다."

칼리가 중간에 말을 끊었다.

"그렇군요, 치파우악 부인. 인간의 언어를 매우 열심히 공부하고 계시군요. 공부하시다 보면 인간이 수많은 종에게 욕하는 소리를 들을 기회가 있었을 것 같은데요."

"기회요? 꾸앵! 검사님, 그런 소리는 매일 듣습니다. 67년 전 봄부터 지금까지 매일 매일 듣고 있습니다. 그들이 하는 일이라고는 그저 욕하는 것뿐이니까요. 거짓말이 아니라니까요. 무려 67년이나 말입니다! 인간은 파충류를 헐뜯고, 곤충을 비방하고, 네발동물에게는 욕을 퍼부었

---

* 과테말라 북부에 있는 고대 마야의 도시 유적지.
** 과테말라 북부의 한 지방.

동물들의 인간 심판

고, 새에게는 망신을 주었고, 물고기를 경멸하며 욕을 퍼붓고…."

"구체적인 예를 들어 주실 수 있으신가요?"

"그럼요. 다 말씀드릴 수 있습니다. 인간이 쓰는 톤이나 억양을 똑같이 따라할 수도 있습니다. 정말 똑같은 톤과 억양으로 말입니다. 꾸앵! 모든 비방 중에 최악의 경우를 말씀드려야겠지요. 가장 심한 걸로…."

과카마야 앵무새는 붉은 깃털을 위아래로 펄럭이면서 초조한 눈빛으로 이곳저곳을 쳐다보았다.

"말씀하시죠, 치파우악 부인."

칼리가 그녀를 독려했다.

"저기… 저기… 지금… 말씀드리려고 하니 살짝 곤혹스럽기는 합니다… 꾸앵! 꾸앵!"

"걱정 마세요. 치파우악 부인. 이곳은 공정한 재판을 하는 법정입니다. 알고 계신 사실만 솔직하게 말씀해 주시면 됩니다. 부인이 꼭 해 주셔야 하는 일입니다."

"네, 물론입니다. 그러니까 인간이 가장 자주 하는 욕 중 하나는 바로 '동물'이라는 말입니다. 꾸앵!"

청중 여기저기에서 웅성거리기 시작했다. 칼리는 그녀의 말에 눈을 크게 뜨고 더욱 날카롭게 쳐다보았다.

"지금 '동물'이라고 하셨습니까? 인간의 언어에서는 이 단어가 욕으로 쓰인단 말입니까?"

"그렇습니다. 그러니까 동물은 이런 사람들을 말합니다. 저속하고 공격적이며 교양이 없고 비열하고 저속하고 공격적이며 교양이 없고 비열하고 저속하고…."

청중들의 웅성거림이 분노의 소리로 바뀌어 갔다. 단지 그라제시만이 개의치 않고 오히려 지루하다는 표정으로 소란을 지켜보고 있었다. 청중의 소란을 조용히 지켜보고 있던 칼리가 물었다.

"치파우악 부인, 어떻게 그럴 수 있습니까? 인간도 우리랑 같은 동물이면서 동물이라는 단어를 그렇게 모욕적으로 사용하다니요."

"물론 그들도 동물임을 본인들도 알고 있습니다. 그런데 그 사실을 염두에 두지 않습니다. 마치 자신들만 다른 척하면서 우리보고 '동물' 또는 '짐승' 아니면 '야수'라고 불러댑니다. 인간은 다른 창조물보다 자신들이 우월하다고 생각하고 있거든요. 그래서 인간 사이에서 '동물'이나 '짐승', '야수' 이렇게 부르는 건 정말 심한 욕입니다."

그녀의 증언을 듣던 청중은 분개하여 아무 말도 잇지 못했다. 그런 청중을 보고는 칼리도 기운이 빠져서 고개를 숙였다.

"존경하는 동물의 왕국 식구들은 방금 증언을 들으셨습니다. 인간은 '동물'이라는 단어를 모욕하고 있습니다. 대지의 어머니가 낳은 모든 생명을 욕하면서 자신의 본래 정체성에 대해서는 강력히 부정하고 있습니다. 이외에도 더 많은 예가 있습니다. 안 그렇습니까, 치파우악 부인? 이 비열하고 악질인 종자는…."

"재판장님, 이의 있습니다."

필로스가 대화에 끼어들었다.

"비록 지금 모욕적인 말에 대해서 다루고 있긴 하지만 검사의 이런 모욕적인 언어 사용 또한 적절하지 않습니다."

"인정합니다."

솔로몬이 답했다.

"검사 측은 법정에 맞는 언어를 사용하고 존중해 주시길 바랍니다. 계속하세요."

"죄송합니다, 존경하는 재판장님. 인간은 자신을 제외한 수많은 동물을 비난의 대상으로 삼고 동물의 이름을 차마 입에 담을 수도 없는 거북한 말로 바꾸었습니다. 맞죠, 치파우악 부인?"

"그럼요, 그렇습니다. 사실이고말고요."

"그럼 그것과 관련해서 또 다른 예를 좀 들어주시겠습니까?"

"세르도(cerdo), 피그(pig), 코숑(cochon), 포르쿠(porco), 슈바인(schwein)!"

앵무새는 언어별로 정확한 악센트를 구사하며 하나하나 소리쳤다.

"이 말들은 여러 나라에서 돼지를 뜻하는 말입니다."

칼리가 곧바로 정리해 주었다.

"맞습니다. 돼지라는 뜻입니다. 하지만 돼지라는 단어는 모욕적이고 굴욕적이며 정말 참기 어려운 욕으로 쓰이고 있습니다."

"모욕적이라고요? 돼지는 고귀하고 분별력 있으며 똑똑한 동물입니다. 도대체 이 단어가 어떻게 쓰이고 있다는 말인가요?"

"돼지 같다는 말은 더러운, 게으른, 아둔한, 불쾌한, 구역질 나는, 악취가 나는 등의 뜻으로 사용됩니다. 더럽고, 게으르고, 아둔하고, 불쾌하고, 구역질 나는, 악취가 나는!"

치파우악 부인의 말에 청중들의 분노는 더해 갔다. 그러자 결국 칼리는 증언을 중단시킬 수밖에 없었다.

"정말 치욕적이네요. 인간의 거만함이 하늘을 찌르는군요. 또 인간의 입에서 어떤 욕이 나오는 걸 들으셨나요?"

"부로(burro)! 애스(ass)! 아시노(asino)!"

"그 단어들은 도대체 무슨 뜻입니까?"

"여러 나라에서 당나귀란 동물을 뜻하는 말입니다. 주로 바보, 천박한, 무식한, 고집쟁이 등의 뜻으로 쓰입니다."

"또 다른 예도 말씀해 주시죠."

"개 같은! 개새끼! 개자식(son of a bitch)!이라는 말도 있습니다."

"아니, 개는 인간과 가장 친하고 충성스럽다고 소문난 동물이 아닌가요?"

칼리는 고소하다는 듯 웃으며 필로스를 쳐다보았다. 필로스는 별거 아니라는 듯 한쪽 귀를 긁적였다.

"꾸앵! 인간은 부도덕하고 의리 없고 인색하고 무자비한 사람을 비난할 때도 개에 비유합니다."

"계속하시죠."

"벌레! 구더기! 곤충! 이런 말들은 비열하고 야비한 사람을 부를 때 쓰입니다. 아, 맞다. 새!* 영악하고 교활한 사람을 그렇게 부르기도 합니다. 어류인 도미랑 대구는 바보, 멍청이, 얼간이라는 뜻으로 쓰입니다. 어디 이거뿐인가요? 생쥐! 두꺼비! 도롱뇽! 상어! 다 사악하고 잔인하고 무자비하고 등등 뭐 그런 인간을 뜻하는 단어입니다."

증언이 길어지면서 분노에 찬 여러 동물 가족의 항의 소리에 증인의 말소리가 묻히자 그라제시가 몸을 일으켜 앞다리를 들고 위협적인 자세를 취하며 청중 쪽을 향했다. 또한 부엉이 솔로몬도 주목하라며 청중을 향해 날갯짓을 했다.

---

* 스페인어로 '새(pajaro)'는 늘 의심을 하게 하는 영악한 남자라는 뜻이 있다.

"모두 조용! 조용히 해 주세요."

몇몇이 계속 웅성거리긴 했지만 어느 정도 질서가 잡히자 그라제시는 앞다리를 내렸다. 검사 측은 다시 말을 이어갔다.

"아, 대지의 어머니시여! 도저히 참을 수 없는 치욕입니다. 인간이 쓰는 악취 나는 말의 연못 속에 언제까지 머물러야 하나요? 치파우악 부인, 인간은 욕뿐만 아니라 의미, 표현, 비교로도 우리를 엄청나게 모욕하고 있군요. 그렇죠?"

"다 말할 수 없을 정도로 많습니다. 스페인어의 분개하다(mosquearse)는 파리(mosca), 화내다(encabronarse)는 숫염소(cabrón)에서 파생된 동사입니다. 따분하고 지루하다(aburrirse)는 당나귀(burro)에서 파생된 동사입니다. '원숭이 짓 한다'는 '시간을 낭비하며 쓸데없는 바보짓을 한다'라는 뜻입니다. '암염소처럼 있다'라는 표현은 '정신이 나가다'라는 뜻이며, '물개 같다'는 말은 '과식하는, 뚱뚱한'이라는 뜻으로 사용됩니다. '오리 같은' 사람은 '촌스러운' 사람이라는 뜻입니다. '거북이처럼' 간다는 말은 심하게 느리다는 뜻이고, '개구리처럼 나오는'* 사람은 배신하는 사람을 뜻합니다. 이외에도 수없이 많습니다."

"정말 감사합니다, 치파우악 부인. 치욕스러운 말들을 넘치게 들은 것 같으니 더 이상 안 하셔도 될 것 같습니다. 여기 다양한 인간 언어의 해설이 실린 열네 권의 주석사전을 증거물로 제출하겠습니다."

이 말이 끝나자마자 밀림에서 거대한 박쥐 떼가 나타났다. 그들은 두꺼운 사전을 하나씩 들고 와서 판사의 책상 위로 떨어뜨리고는 빙빙 돌

---

* 물고기를 잡으려고 했는데 낚싯줄에 개구리가 걸려 나오는 것에서 유래된 표현이다.

다가 나무숲으로 사라졌다. 그때 앵무새가 다급한 몸짓을 했다.

"잠시만요! 꾸앵! 잠시만! 이중에서도 특히 내가 늘 듣던 비방 내용을 한 가지만 더 말하고 싶습니다. 딱 하나만요, 꾸앵! 인간은 늘 '앵무새처럼 했던 말을 또 하고 또 하고 하는군.'이라고 합니다, 꾸앵! 앵무새가 했던 말을 또 하고 또 하고 한다고요? 꾸앵! 말을 반복한다고요? 꾸앵!"

청중 사이에서 킥킥거리는 웃음소리가 터졌다. 아예 어떤 하이에나는 대놓고 깔깔거리며 웃었다.

"존경하는 치파우악 부인, 감사합니다. 제 질문은 여기까지입니다."

"꾸앵! 앵무새처럼 말을 반복한다고요? 꾸앵!"

"치파우악 부인, 이제 그만 하시고 내려오셔도 됩니다."

앵무새는 날개를 파드득거리며 날 준비를 했다. 그때 변호인 필로스가 부드럽게 짖으며 날갯짓을 막았다.

"치파우악 부인, 잠깐만요. 괜찮으시다면 저도 질문을 몇 가지 드렸으면 합니다."

필로스가 재빨리 단으로 뛰어오르자 앵무새는 다시 조심스럽게 날개를 몸속으로 접어 넣었다. 필로스는 뒷발로 서서 걱정스러운 표정으로 앵무새를 쳐다보았다.

"치파우악 부인, 일부 인간들로부터 그런 상처가 되는 몇몇 단어를 들었다는 말씀에는 의심의 여지가 없습니다."

"재판장님, 이의 있습니다."

칼리가 나뭇가지에 매달린 채 말을 막아섰다.

"지금 변호인은 언급된 단어 사용이 특별하고 예외적인 경우라고 에둘러 말하고 있습니다. 하지만 부인이 하신 증언은 이미 명백합니다.

동물들의 인간 심판

인간 사이에서 일반적으로 용인되는 단어와 문장이고 여러 언어에서 분명히 그런 뜻으로 사용하고 있습니다."

"이런 말을 자주 들은 건 아니라는 변호인 측 말에도 일리가 있습니다. 먼저 변호인의 말을 들어 보고 판단을 내리겠습니다."

솔로몬이 대답했다.

"감사합니다, 재판장님."

필로스가 말을 이어갔다.

"치파우악 부인, 인간의 모욕적인 말에 상처받으셨을 겁니다. 이해가 갑니다. 하지만 제 질문에 답변을 부탁드립니다. 혹시 인간이 동물을 칭찬하거나 동물에게 아부하는 말은 한 번도 들어보신 적이 없으신가요?"

"아부랑 칭찬이요? 꾸앵! 꾸앵! 잘 모르겠습니다. 꾸앵! 한번 생각해 봐야 할 것 같네요. 생각을…."

"네, 천천히 생각해 보세요, 부인. 기억을 한번 더듬어 보시죠. 혹시 '그 사람은 살쾡이 같아'라는 표현을 들어보셨나요?"

앵무새는 아무 말 없이 고개를 떨구었다. 그라제시도 귀를 세우고 수염을 곤두세웠다. 마침내 앵무새가 입을 열었다.

"네, 들어봤습니다. 들어봤어요. 하지만 그건 아주 예외적인 표현입니다!"

앵무새는 날개를 푸다닥거리더니 뾰족한 파란 날개 끝으로 필로스를 가리켰다.

"그건 예외라고요! 꾸앵!"

필로스가 앵무새를 압박하자 청중들은 투덜거리며 불평을 쏟아내기 시작했다. 그라제시도 걱정스러우면서도 슬픈 듯 포효했다. 필로스가 재차 요구하자 앵무새는 날개를 모으더니 고개를 돌리고는 털을 정돈하기 시작했다. 한동안 침묵하다가 마지못해 입을 열었다.

"말씀하신 '살쾡이 같다'라는 말은 예리한 통찰력이 있고 총명한 사람을 말합니다. 한 마디로 똑똑한 사람을 가리킬 때 쓰는 말입니다."

"그럼 통찰력을 지녔다는 의미의 '매의 눈을 가진 사람'이란 표현도 들어보셨나요?"

동물을 좋게 표현하는 말이 계속 제기되자 청중들은 술렁거렸다.

"이의 있습니다, 재판장님!"

칼리가 땅으로 내려와 판사에게로 기어가며 말했다.

"변호인은 말장난을 하고 있습니다. 별로 재미있는 농담도 아닙니다."

"인정합니다. 하지만 실질적으로 도움이 될 말한 농담입니다. 계속하세요, 필로스 변호인."

"감사합니다, 재판장님. 치파우악 부인, 제 질문에 일일이 대답하지 않으셔도 됩니다. 모욕과 반대로 동물에 대한 호의적인 표현이 있는지만 말씀해 주시기 바랍니다."

"있는 것 같습니다."

"멍멍!"

필로스는 기쁘게 짖었다.

"인간의 언어 표현에는 동물을 깎아 내리는 표현뿐 아니라 칭찬하는 표현도 있습니다. 치파우악 부인 '산토끼처럼 뛴다'라는 말이 무슨 뜻인지도 설명해 주시기 바랍니다."

"대략, 빨리 뛴다, 속도가 아주 빠른 사람을 말할 겁니다."

"그럼 '코끼리의 기억력'이라는 표현은요?"

"놀라운 기억력, 기억력이 비상하다, 모든 걸 기억한다는 뜻입니다."

"치파우악 부인, '황소 같다'라는 뜻도 아시죠?"

필로스는 웃음을 지으며 말했다.

"아주 힘이 세다는 뜻입니다!"

앵무새가 지친 목소리로 대답했다.

"네, 그래요! '꾀꼬리처럼 노래한다'는 아주 예쁜 목소리를 가졌다는 뜻이고, '오리처럼 행복하다'라는 말은 매우 만족스럽다, '지네처럼 된다'라는 말은 가진 자원이 많다는 것을 의미합니다. 꾸앵! 꾸앵! 이 정도면 된 것 같은데 더 해야 하나요?"

"그 정도면 됐습니다, 치파우악 부인. 인간들의 표현을 아주 잘 이해하고 계시는군요. '앵무새처럼 말이 많으시고', 조심스럽고, 집중력도 대단하시네요, 맞죠?"

필로스의 마지막 한 방에 그곳에 모인 동물들은 크게 웃음을 터뜨리고 환호성까지 질렀다. 칭찬을 들은 살쾡이, 토끼, 코끼리 등의 무리는 신이 났다. 치파우악 부인은 이 상황에서 빠져나오고 싶었지만 방법이 없었다. 칼리조차 비웃음에 파묻혀서 몸을 칭칭 감고 그사이에 머리를 숨겼다.

"재판장님, 제 질문은 여기까지입니다."

필로스는 만족스러운 듯 말했다. 나는 필로스가 가까이 다가와서 사랑스럽게 꼬리를 흔들자 힘껏 안아 주었다.

"포옹은 좀 이르니까 아직은 아껴두게. 앞으로 가야 할 길이 멀고 그렇게 쉽지도 않을 것 같으니까."

필로스가 내게 속삭이고는 솔로몬의 옆자리로 돌아가 앉았다.

인간의 거짓, 위선, 왜곡된 비방
보노보 왐바

코브라 칼리가 돌돌 말았던 몸을 펴고 다시 법정 중앙으로 기어가서는 목소리를 높였다.

"존경하는 재판장님, 그리고 품위 있는 동물의 왕국 식구 여러분, 피고인 측의 뛰어난 변론이 있었지만 인간이 수많은 생물, 특히 동물의 훌륭한 이름을 비방하고 모욕한 것은 분명합니다. 사실 인간이 다른 종에 대해 좋게 말할 때도 있지만 그건 특별하고 예외적인 사례일 뿐입니다. 그렇게 말하는 것이 평범한 보통 일이 돼야 하고, 살아 있는 모든 생물에게 매 순간 그렇게 대해야 합니다. 그것이 옳고 정상적입니다. 저는 인간이 옳은 행동을 했을 때에도 칭찬하지 않겠다는 것이 아닙니다. 이 재판에서 우리가 해야 할 일은 인간이 서로를 존중하고, 공정한 규칙에 따라 자신과 상대방의 존엄성을 지켜가며 생존 게임을 하는 동물의 왕국의 법칙을 어떻게 위반했는지 판단하고 거기에 맞는 처벌을 하는 것입니다.

이미 몇 가지 위반사항은 확인했고, 그중에서 심각한 사항을 확인하려고 합니다. 왜냐하면 인간이 다른 동물을 욕하고 비방하는 것이 단순히 피해자들을 존중하지 않고 그들에 대한 존엄성이 부족해서가 아니라 진리에 대해 무관심하기 때문입니다. 그들이 말하는 것은 상상조차 하기 어려운 거짓이자 위선이자 왜곡된 비방입니다. 시간을 더 끌지 않고 바로 시작하겠습니다. 저는 이 자리에 보노보* 왐바** 양을 증인으로 신청합니다."

검은 꼬리와 어두운색의 털, 신기할 정도로 귀가 작은 보노보가 단위로 올라왔다. 보노보는 긴 팔을 벌려 조심스럽게 균형을 잡으면서 한 발 한 발 돌 위를 밟고 올라오다가 끝자락에 도착하자 잠깐 멈춰 서서는 고개를 돌려 지나온 곳을 바라보았다. 그러고는 만족스러운 표정을 지으며 박수를 쳤다. 자신의 성취를 간단하게 자축한 보노보는 가다 서다를 반복하다가 마침내 법정 중앙으로 나왔다.

왐바는 재판에 참여한다는 사실에 들떠 있는 것 같았다. 재빨리 큰 바위 위로 올라서서 청중을 향해 손을 흔들며 인사하기 시작했다. 여기저기 다니면서 판사를 비롯한 참석자들을 호기심 어린 눈빛으로 관찰하기도 했다.

그러다가 내게 시선을 고정하고 조심스럽게 살피더니 조그맣고 하얀 치아를 보이면서 웃음을 터뜨렸다. 젊은 여자처럼 보이는 보노보의 모습에 놀라긴 나도 마찬가지였다. 얼굴은 가늘고 길며, 두 눈은 눈썹 아

---

* 보노보는 영장류로 피그미침팬지라고도 불리며 아프리카 열대우림에 서식한다.
** 왐바(wamba)는 보노보가 살고 있는 콩고 야생동물 보호구역이 위치한 곳 지명이다.

래로 푹 꺼져 있고, 어두운색의 털이 온 몸을 덮고 있었다. 그곳에 모인 동물들은 이 젊은 영장류에게 거부할 수 없는 친밀감을 느끼는 것 같았다.

코브라 칼리가 몸을 최대한 꼿꼿이 세우고는 질문을 시작했다.

"왐바 양, 이미 앞에서 인간이 동물이란 말을 욕으로 사용한다는 증언이 나왔습니다. 여러 동물이 경멸스러운 의미로 사용된다는 증언도 나왔습니다. '네발 달린 짐승처럼 촌스럽고 무식한,' '야생의 길들지 않은,' '짐승처럼 어리석은' 등등 말이죠."

"인간이 하는 재미있는 농담 중 하나죠."

보노보 왐바는 단단한 이빨을 드러내고 웃음을 터뜨렸다.

"헤, 헤헤헤…. 그들이 말하는 게 농담이 아닐 수도 있긴 해요, 히히. 그런 말을 진지하게 하거든요!"

"그러니까 그 말씀은 인간이 동물의 왕국에 속한다는 걸 거부한다는 의미입니까?"

칼리가 말을 이어 나갔다. 왐바는 한 손을 머리 위로 올리고, 다른 한 손으로는 모인 동물들에게 손짓을 보냈다.

"음, 네… 거부하는 것 같지만 어떻게 보면 아닌 것도 같습니다. 동물의 왕국에 속하려고 하는 것 같지만, 또 아닌 것도 같고요. 그게 그렇게 간단한 문제면 얼마나 좋겠습니까. 인간은 자신이 동물이란 사실을 알고 있습니다. 적어도 찰스 다윈이라는 한 영국인도 인간이 동물과 유사하다는 사실을 증명했으니까요. 인간이 원숭이의 '후손'이라는 사실을 말이죠. 다윈 전에도 많은 사람들이 비록 증명하지는 못했지만 그런 내용을 추론하긴 했습니다. 어떤 인간, 특히 소수의 인간은 늘 자신이 다른 종과 혈연관계에 있다고 믿거나, 죽으면 다른 동물로 환생한다고 믿기도 합니다.

하지만 동시에 다른 동물을 비방하는 말도 합니다, 헤헤. 다른 동물과 자신은 다르다고 우기면서요. 그들은 다른 종에 대해서도 비방을 하는데, 아주 미세한 곤충에서부터 거대한 고래까지 모두 대상이 됩니다. 마치 동물과 인간의 관계가 아주 멀거나, 전혀 상관없는 것처럼 여긴단 말입니다. 인간을 제외한 나머지가 '동물'이고 자신들은 아닌 것처럼 생각하는 것이죠. 즉, 그들은 자신이 뭔가 특별하고 뛰어나다고 생각합니다. 이 모든 것이 커진 뇌 때문인데 '내 뇌가 네 뇌보다 크다.' 이런 식으로 우월하다고 생각합니다!"

"그러니까, 인간은 다른 동물이 열등하다고 여기는 거네요!"

칼리가 목소리를 높이며 말했다.

"아주 열등한 존재라고 여기죠. 인간은 자신들이 선택받은 특별한 창조물이라고 믿고 있습니다. 수많은 동물들의 뛰어난 능력에는 신경도 쓰지 않습니다. 마다가스카르의 거북은 인간보다 오래 살고, 치타는 인간보다 빠르며, 제왕나비는 인간보다 우아하고, 비단뱀은 인간보다 후각이 뛰어난데도 불구하고 인간은 자신들에게는 '이성'이란 게 있어서 다른 생물이 범접할 수 없는 높은 수준에 있다고 생각합니다.

그래서 '동물'이라는 말은 아주 모욕적인 말이라 할 수 있습니다. 뉴런 숫자와 그로 인한 정신적인 능력 덕분에 인간은 자신들이 최상위에 있으며, 더 이상 진화하지 않을 거라고 여깁니다. 그리고 나머지 유인원을 그저 손발이 이상하게 긴 것들이라고 여깁니다."

"그러니까 늘 비방·중상을 한다고 봐야 하는군요. 정말 참기 힘든 종

차별입니다. 가능하시다면 제 질문에 대해 몇 가지 더 이 법정에서 설명해 주시기 바랍니다. 인간은 어떻게 동물의 왕국에 속해 있다는 사실을 부인할 수 있는 걸까요? 인간은 어머니 뱃속에서 나온 게 아닙니까? 그들은 추울 때 태양을 찾지 않나요? 상처를 입으면 아프지 않답니까? 먹을 때면 기쁨을 느끼지 않나요? 또 죽지 않고 영원히 삽니까?"

보노보 왐바는 검사의 말에 바위 위에 거의 드러누워서 허공에 대고 발길질까지 하며 깔깔거리고 웃었다. 그러다 흥분을 가라앉힌 후에 다시 대답했다.

"아, 아, 헤헤, 죄송합니다, 검사님. 너무 웃겨서요. 아시는 것처럼 인간들은 정말 웃깁니다. 인간은 자신들이 매우 우월하다고 생각하고 뛰어난 뇌 덕분에 논리적이라고 믿고 있습니다. 하지만 행동은 정반대로, 완전 비이성적으로 합니다. 왜냐하면 현실을 이성적으로 보고 싶어 하지 않기 때문입니다. 현실을 있는 그대로 이성적으로 받아들이지 않습니다! 헤에에에, 헤헤, 헤…."

왐바의 웃음이 다시 터졌다. 결국 너무 웃다가 바위 위에서 바닥으로 굴러 떨어졌다.

"왐바 양, 진정하시고 자세를 똑바로 해 주시기 바랍니다. 그리고 하신 말씀이 무슨 뜻인지 설명해 주시기 바랍니다. 왐바 양이 그렇게 재미있어 하는 농담이 잘 이해가 안 갑니다. 인간이 현실을 제대로 받아들이지 않는다는 게 도대체 무슨 뜻입니까?"

현기증이 날 정도로 웃던 왐바가 그제서야 바위에 손을 짚고 서서히 일어났다. 말을 시작하기 전에 깊은 숨을 여러 번 들이마셨다.

"인간은 잔혹한 현실을 제대로 받아들이지 못하는 존재입니다! 그 진실의 맛이나 느낌을 좋아하지 않습니다. 그래서 그것을 요리합니다. 마치 도미를 굽고 야채를 요리하듯 말이죠."

"분명 인간도 아는 진실인 '인간도 동물이다'라는 사실을 어떻게 요리한다는 겁니까?"

"아아! 그러니까 인간은 그 진실을 받아들이면 소화가 안 되고 얹히니까, 매일 수천 가지 방법으로 급하게 요리합니다. 거짓의 불에 갈기갈기 찢고 태우고 여러 가지 위선의 양념을 넣어 다른 맛을 내는 겁니다. 결국, 모든 진실이 진짜 맛을 잃을 때까지 말이죠. 간단한 예를 들면, 인간은 자신에게 엉덩이가 있다는 사실도 참지 못해 난리입니다."

"어떻게 그럴 수 있습니까?"

칼리가 깜짝 놀라 질문했다. 왐바가 자신의 둥근 엉덩이를 찰싹 때리며 말했다.

"엉덩이, 엉덩이요. 해부학적으로 이 부분에는 똥이 나오는 항문이란 것이 있습니다. 참, 인간은 성기나 유방이 있다는 것도 별로 인정하고 싶어 하지 않습니다. 그래서 몸에서 이런 부분을 '옷' 아래 깊숙한 곳에 감추는 변장을 밤낮으로 해댑니다. 그래서 인간의 피부 중에서 어떤 부분은 거의 태양 빛을 받지 못해 창백합니다.

또한 나머지 동물과 비슷한 점은 모두 축소하고 은폐합니다. 인간도 다른 동물처럼 두려움, 기쁨, 배고픔, 목마름, 아픔, 노화, 성욕, 죽음을 느끼고 경험하는데도 말입니다.

인간은 야외에서 짝짓기를 하지 않습니다. 그래서 좀처럼 짝짓기 하는 인간 커플을 염탐할 기회가 없습니다. 왜냐하면 인간은 그것이 '진지하고', '교양 있는' 사람이 할 짓이 아니라고 생각하기 때문입니다. 인간은 유인원류를 '원숭이 짓 한다' 혹은 '원숭이 몸짓을 한다'*라는 말을 하며 비난합니다. 자신들의 행동과는 뭔가 어울리지 않는다고 여기는 것이죠. 그래서 이런 일들을 하고 싶을 때는 숨어서 조심스럽게 합니다. 다른 사람 앞에서는 오줌도 누지 않죠.

심지어 인간은 죽음조차 인정하지 못해서 땅 깊숙한 곳에 몸이 썩도록 숨겨 놓거나 불로 태우거나 터무니없는 온갖 이론과 함께 죽은 몸을 처리합니다. 이런 문제를 비밀스럽고 부끄러운 일이라고 생각해서 표현하는 말들도 영향을 받습니다. 그런 말들이 '터부'가 돼 버리는 것이죠."

"'터부'라니, 그건 또 무슨 말입니까?"

"금기시된 언어라는 뜻입니다. 속돼서 숨겨야만 하는 단어라는 말이죠. 그러니까 항문, 외음부, 성기, 똥, 짝짓기… 뭐, 이런 단어들이 그런 예입니다. 인간은 이런 말들을 대놓고 할 수도 없고, 부끄러움 없이 아무렇지도 않게 입 밖에 내지도 못합니다! 이후에 벌어질 일들을 꼭 생각하니까요."

"그러니까, 방금 하신 말들을 입 밖으로 잘 내지 못한다는 말씀이신가요?"

"못하고말고요. 하지만 때로는 그런 말을 아무 생각 없이 되는 대로 내뱉기도 합니다."

"방금 그 말들은 금기시되었다면서요?"

"네, 하지만 말씀드린 것처럼 인간은 스스로 생각하는 것만큼 그렇게 이성적이지 않습니다. 터부로 여기는 단어들은 분명 금기시되어 있

---

* 가치없는 짓을 한다는 의미이다.

동물들의 인간 심판

지만 그래서 더욱 강력한 표현이 되기도 합니다. 인간은 뭔가를 강조하고 속마음을 표현하거나 욕할 때 이 단어들을 사용합니다. 예를 들어 스페인어로 '암컷의 외음부'라는 뜻의 '코뇨(coño)'라는 말은 이론상 절대 입 밖으로 내뱉지 말아야 합니다. 여성이 '머리 아파'라고 말하듯 쉽게 '외음부 아파'라고 말하지 않으니까요. 그런데 스페인 사람들은 이 단어를 다양하게 사용합니다. 화가 났을 때 '빌어먹을!'이란 뜻으로 쓰거나, 의아하거나 뭔가에 놀랐을 때 '에이…씨'라는 뜻으로 쓰기도 합니다. 영국인도 누군가에게 욕을 퍼부을 때 '여자 성기'라는 뜻의 '컨트 (cunt)'라는 단어를 사용합니다."

"그러니까 인간은 터부시하는 말을 원래 뜻으로는 사용하지 않으면서 욕이나 다른 용도로는 자주 사용하는군요."

"그래서 인간이 아주 멍청하고 웃기다는 겁니다."

"그러면 문제가 생기지 않나요? 관련 주제에 관해 말할 때는 어떻게 한답니까? 가끔은 본래의 의미로 말해야 할 때가 있을 것 같은데 말이죠."

"당연히 매일 그런 일이 발생하죠! 해결책은 속된 단어 대신에 쓸 수 있는 새로운 단어를 만들어 내는 것인데, 인간은 그것을 '완곡어법'이라고 부릅니다. 한마디로 언어의 변장인 셈이죠. 그렇다고 그 문제가 완벽하게 해결되는 것도 아닙니다.

그러다 보니 인간 사이에는 이런 우스개 이야기도 있습니다. 어떤 시골 부부가 의사를 찾아갔습니다. 의사가 좌약을 처방하면서 '하루에 한 번, 좌약을 직장으로 투여하세요.'라고 말했습니다."

칼리가 끼어들었다.

"'직장'이 뭡니까?"

"'똥구멍'을 대체하기 위해 만든 깨끗한 단어입니다."

"네. 계속해 주시죠."

"진찰을 받은 후 부부는 병원에서 나왔습니다. 남편이 아내에게 '직장이 뭔지 알아?'라고 묻자 아내는 모른다고 했죠. 남편이 다시 의사한테 가보자고 하자 아내가 '창피하잖아요! 의사가 우리를 완전 촌뜨기로 생각할 거예요.'라고 말했습니다. 하지만 별 수 없이 부부는 의사에게 갔습니다.

'선생님, 죄송하지만 말씀하신 '직장'이 뭔지 잘 모르겠습니다.' 의사는 '아, 좌약을 뒷부분에 넣으시면 됩니다.'라고 말했습니다. 부부는 잘 알겠다고 했지만 이번에도 이해하지 못했습니다. 병원 문을 나온 아내와 남편은 열띤 토론 끝에 서로에게 잘못을 떠넘기다가 다시 의사를 찾아갔습니다.

'선생님, 죄송합니다. 저희가 너무 무식해서… 그래서 말씀하신 '뒷부분'이라는 말도 제대로 이해하지 못했습니다.' 결국 의사는 '똥구멍에 넣으시라고요.'라고 대답했습니다. 부부는 풀이 죽은 채 병원 문을 나섰습니다. '우리에게 저런 무례한 말을 하다니 이제 더 이상 질문도 못 하겠고 뭘 어떻게 해야 할지 모르겠어요.' 부부는 난감했습니다. '똥구멍에 넣다'라는 문장은 '당장 꺼져'라는 뉘앙스의 욕설로도 쓰이거든요."

법정에 모여 있던 동물들이 일제히 웃음을 터뜨렸다. 땅에 있던 동물들은 바닥을 뒹굴며 웃었고, 공중에 있던 새들은 웃다가 땅으로 떨어질까 봐 아예 바닥에 내려앉아 웃었다. 물속 동물들은 거품을 내며 웃어댔다. 그중에서도 가장 크게 웃은 것은 보노보 왐바였다. 왐바는 양

손으로 머리까지 감싸고는 공중으로 폴짝폴짝 뛰며 웃어댔다. 칼리마저 송곳니를 보이며 크게 웃었다. 마침내 부엉이 솔로몬이 끼어들었다.

"조용, 질서를 지켜 주세요."

코브라 칼리는 청중들이 웃으며 좋아하도록 잠시 그대로 두었다가 말을 이어 나갔다.

"증언해 주셔서 감사합니다, 왐바 양. 인간의 신체 및 언어 변장에 대해 잘 파헤쳐 주신 것 같습니다. 인간은 '원숭이가 비단을 입고 꾸며도 원숭이일 뿐'이라고 말하는데 오히려 인간에게 딱 맞는 말이네요. 인간이 그렇게 변장을 해도 인간일 뿐이니까요."

그 말에 보노보 왐바는 다시 이빨을 딱딱거리고 두 손을 올려 두세 바퀴 돌면서 웃었다.

"원숭이가 변장을 했다고 상상해 보세요. 정말 웃기네요! 우리는 가슴이나 엉덩이를 절대 부끄러워하지 않습니다. 암컷 원숭이들은 옷을 입지 않아요. 입술도 칠하지 않고요. 물론 머리도 하지 않고, 피부도 탱탱해지라고 끌어당기지 않습니다. 당당하게 자신을 있는 그대로 드러내지 못하는 유일한 동물이 바로 인간입니다.

그들의 모든 삶은 연극이자 변장하고 나타나는 축제 같습니다. 그렇게 해도 아무도 안 속지만요. 참, '페르소나(persona)'란 단어는 인간을 규정하기 위해 사용되는 단어로 그 말의 어원은 '가면'입니다. 내가 그냥 꾸며낸 말이 아닙니다! 정말 인간에게 딱 어울리는 단어입니다. 남자고 여자고 각자 삶의 무대로 나가기 전에 자신만의 가면을 아주 잘 씁니다. 그러고 나서 그들은 자신들의 진짜 생각, 충동, 느낌을 감추기 위해 '문명화된' 복잡한 예법에 따라 자신들의 태도나 말을 숨기고 통제합니다.

예를 들어, 방귀를 뀌고 싶어도, 낮잠을 자고 싶어도, 사람들 앞에서 대놓고 사랑을 하고 싶어도 남의 조롱이 두려워 그렇게 하지 못합니다. 또한 마음대로 울거나 웃거나, 소변을 보거나, 먹고 싶다고 해도, 시간 과 장소, 적절한 절차에 따라 맞춰야 하고, 그 전까지는 자신들의 욕구 를 철저히 감춰야 합니다. 가끔 자신들의 자연스런 진짜 욕구를 드러내 지 못해 몸이나 마음에 병이 생기기도 합니다."

긴 대답을 끝낸 왐바는 지체 높은 인간의 의식을 정확하게 흉내 내 는 몸짓을 해 보였다. 그 몸짓에는 화장과 식사 예절 등의 여러 문명의 흔적이 담겨 있었다. 청중들은 그녀가 인간을 흉내 내는 모습에 마냥 즐거워했다.

"어린이와 술에 취한 사람과 미친 사람만이 진실을 말한다고 생각하 는 것도 스스로 자신들이 거짓말쟁이라는 사실을 잘 알고 있기 때문입 니다. 종종 그들은 '원한다면 진실을 말해 주지.'라든가 '솔직히 말하자 면….'이라는 말로 이야기를 시작하는데 그것도 거짓말을 자주하기 때 문입니다. 그들은 거짓의 탈을 쓴 자들입니다! 게다가 여럿이 모이면 거 짓말이 아주 황당한 목소리가 되고 대담해지기도 합니다. 인간은 자신 들이 보여 주고 싶은 것만 쇼윈도에 진열해 놓고 지나가는 모든 이들이 보게 합니다. 하지만 그 상점 뒤에는 숨겨진 상자들이 있습니다."

왐바는 내게로 재빨리 뛰어와서 피고인석에 앉아 숨기고 있는 나의 '뒷부분'을 손가락으로 가리켰다.

"특히 궁둥이를 말이죠!"

마치 청중과 숨겨진 비밀이라도 나누는 것처럼 소곤거리듯 말했다.

그러자 모두 웃음을 터뜨렸다. 실제로 내게는 그것을 감출 수 있는 바지가 간절히 필요한 상황이었다. 호랑이 그라제시는 재판 중에 위반되는 행동이라며 왐바를 향해 짧지만 강력하게 포효했다. 변호인 필로스도 항의의 표현으로 짖었다.

"재판장님, 피고인을 몰아세우는 증인의 말을 더 이상 참을 수 없습니다."

"왐바 양, 조심해 주십시오. 이곳은 쇼를 하는 곳이 아니라 법정입니다. 질문에만 집중해 주시고 인간을 비난하는 행동은 삼가 주시길 부탁드립니다."

"네, 네, 알겠습니다, 재판장님. 쇼가 아니라… 엉덩이… 헤헤, 헤헤헤…"

칼리가 중간에 말을 끊었다.

"계속해 주십시오, 왐바 양. 인간이 뒷방에 숨기는 비밀 상자에 대한 예를 들어 주실 수 있습니까?"

"후유! 정말 셀 수 없이 많습니다! 어떤 인간은, 그러니까 러시아, 중국, 쿠바 사람들은 '공산주의'라고 부르는 시스템을 도입했습니다. 그 쇼윈도를 들여다보면 평등이라는 원칙에 따라 사는 것처럼 보입니다. 모두가 다 같이 행복하고 재산도 똑같이 나누어 갖습니다. 누구도 다른 사람보다 더 많이 갖지 못합니다. 모두가 똑같은 조각의 케이크를 맛봅니다."

왐바는 커다란 빵을 똑같이 떼어 나누어 주는 세심한 빵집 점원 흉내를 냈다.

"그런데 그들의 뒷방은요?" 칼리가 질문했다.

교양 있게 말하던 보노보가 갑자기 얼굴을 탐욕스럽게 찌푸리더니 긴 팔을 재빨리 움직여 케이크를 나누다가 남은 빵을 팔꿈치로 끌어 모으면서 탐욕스럽게 부둥켜안는 모습을 연기했다.

"뒷방에는 그들끼리 나눠 가진 진짜 케이크가 있습니다. 사람들에게 는 부스러기를 나눠 준 거죠. 그들은 호화로운 집에 살면서 온갖 특권 을 누리고 좋은 음식을 먹지만 벽면이 벗겨진 집에서 어렵게 사는 사람 들은 형편없는 음식을 먹습니다. 그들은 그것이라도 사려고 긴 줄을 서 지만 아무것도 남아 있지 않습니다.

뭐, 이건 오래된 이야기이긴 합니다만 옛날에 인간이 처음 미국을 세 울 때 자유라는 정신을 바탕에 두었습니다. 아무도 다른 이에게 함부 로 명령하지 못했고, 일을 결정할 때 모두 함께했습니다. 하지만 그들 의 뒷방에는 흑인 노예가 있었고, 흑인들은 권리도 재산도 없었습니다. 미국인들은 그들을 아프리카에서 납치해 와서는 아주 힘든 일을 시켰 습니다. 필요할 때는 매질도 하면서 말이죠."

왐바는 손을 등 뒤로 한 채 수갑을 차고 채찍질을 기다리는 노예처 럼 웅크린 채 슬픈 몸짓을 했다.

"인간의 뒷방에서는 연일 이런 일들이 벌어지고 있습니다. 전쟁을 정 당화하기 위해 평화를 이야기하고, 독재를 유지하기 위해 민주주의를 말하며, 기업은 품질을 이미지로 속입니다. 그리고 폭력을 숨기기 위해 사랑에 대해 말합니다."

"그래서 쇼윈도를 통해서는 마치 인간이 모든 창조물 중에서 최고인 것처럼, 나머지 동물 꼭대기에 있는 것처럼 보이는 겁니까?"

"네, 그렇습니다. 인간은 자신들 또한 땀 흘려 일하고, 짝짓기를 하

며, 두려워하고, 본능이 강하며, 늙고 죽는다는 것에 대해서 인정하고
싶어 하지 않습니다. 다른 동물처럼 인간도 방귀쟁이에 오줌싸개, 똥싸
개라는 사실을 인정하지 못하고 자신 안에 있는 동물성을 숨깁니다.
인간은 비단 옷을 입었지만, 전 이미 알고 있습니다. 그들이 그저 원숭
이에 불과하다는 것을!"

왐바는 다리를 위로 쳐들고는 힘을 주어 결론을 강조하고 온 방을
가득 채우는 거대한 소리를 내며 방귀를 뀌고는 단에서 내려왔다. 그
러자 청중들의 웃음보가 또다시 터졌다. 왐바는 스스로도 웃음을 참지
못하고 한 손으로는 바닥을 치고, 한쪽 주먹으로는 머리를 탁탁 치며
깔깔거렸다.

"정말 감사합니다, 왐바 양. 이만, 끝내겠습니다. 변호인 질문 있으시
면…" 칼리가 말했다. 그 말이 떨어지기 무섭게 나는 기대에 찬 눈으로
필로스를 쳐다보면서 이 불구덩이 속에서 나를 어떻게 구해 줄까 기대
했다. 하지만 필로스의 입에서 나온 대답에 망연자실하고 말았다.

"질문 없습니다, 감사합니다."

"그렇다면, 다음 증인을 부르겠습니다. 이 분은 인간에게 많은 조롱
을 당하고 있는 동물 중 하나입니다. 숫염소 투룰로프를 증인으로 신청
합니다."

인간의 병적 징후를 동물에 투사하다
숫염소 투룰로프

머리에 뿔이 달린 짙은 회색빛 숫염소 한 마리가 법정 가장자리를 둘러싸고 있는 개울을 뛰어넘었다. 마치 1920년대 스타일의 작은 안경을 걸친 듯 두 눈가에 회색 원이 그려져 있었다. 흰 수염은 짧은 삼각형 모양으로 프로이트 스타일이었다. 그는 이 돌 저 돌 위를 옮겨 다니더니 마침내 법정에서 가장 높은 바위 위로 올라섰다.

"투룰로프 박사님, 이렇게 자리해 주셔서 영광입니다."

칼리가 인사를 건넸다. 정신분석학자인 투룰로프는 아무 말 없이 임상적 관심을 보이며 칼리를 주의 깊게 관찰했다. 칼리는 말없는 숫염소의 신랄한 눈빛에 불편함을 느꼈지만 질문을 계속 이어 나갔다.

"박사님, 바로 본론으로 들어가겠습니다. 앞에서 앵무새 치파우악 부인이 '암염소처럼 있다'라는 표현을 예로 들었습니다. 인간이 이 말을 '머리가 이상한 사람, 정신 나간 사람'을 뜻하는 표현으로 쓴다고 합니다. 혹시 이런 말을 들어 보신 적이 있으십니까?"

투룰로프는 근엄한 선생님 같은 목소리로 대답했다.

"물론입니다. 그것은 전형적인 사례로 투사(投射)*에 해당합니다. 호모 사피엔스는 신경증적이고 정신이상적이며 정신질환을 앓고 있는 종입니다. 그래서 자신들의 병적 징후를 다른 동물들에게 뒤집어씌웁니다. 암염소만 자신들의 정신착란을 투사하는 거울로 사용하는 것이 아닙니다. 이탈리아 사람들은 '파초 코메 운 카발로(pazzo come un cavallo)'라고 말하는데, '미친 말처럼'이란 뜻입니다. 또, 미국인들은 '아비새**처럼 미친(crazy as a loon)'이란 말을 자주 쓰는데 제정신이 아닌 상태를 강조하는 말입니다. 하지만 아비새는 보통 물새처럼 정신이 온전하고 안정적입니다. 여기서 중요한 것은 아비새, 말 등의 피해자들이 원래 어떤가가 아니라 인간이 자신들의 정신적 혼란을 무의식적으로 동물에게 투사하려는 숨겨진 의도가 무엇인가입니다."

"인간의 정신적 혼란이 어떤 건지 좀 더 자세히 설명해 주시겠습니까?"

"으음…."

투룰로프는 조심스럽게 가슴에 난 털을 문지르면서 말을 시작했다.

"사실 이전에 증언하신 분이 이미 임상적인 사례를 많이 말씀하셨습니다. 제가 말하는 정신적 혼란이란 과대망상과 수많은 터부 및 억압, 자신의 몸과 성(性)에 대한 수치심 등입니다.

이런 다양한 문제에 대해서는 하나하나씩 짚어가며 강연을 할 수도

---

* 정신분석 이론에서 죄의식, 열등감, 공격성과 같은 감정을 다른 사람에게 돌림으로써 부정할 수 있는 방어기제를 말한다.
** 울음소리가 웃는 것처럼 들리는 물새이다.

있지만 무엇보다 가장 눈에 띄는 문제는 인간의 뇌가 너무 크다는 것입니다. 인간의 뇌는 지나치게 커졌는데 그것을 제대로 사용하는 법을 알지 못해서 뇌에 압도당하고 있습니다. 머릿속이 생각도 많고, 욕망, 판단, 걱정, 소망, 정신적 잡동사니로 꽉 차 있다 보니 늘 갈등과 혼란이 야기되는데 그들이 문제를 해결할 수 있는 방법이라곤 결국 생각하는 것밖에 없습니다.

인간은 대부분 정신을 돌보지도, 정신적 다이어트를 하지도, 머릿속을 깨끗하게 청소하지도 않습니다. 좋은 정보든 독이 가득한 정보든 아무거나 다 삼키고는 제대로 소화를 시키지 못합니다. 늘 정보를 과식하는데 그중에서 아주 조금만 진짜 지식이 되고, 그중에서도 더 적은 부분만이 그들의 이름인 호모 사피엔스*의 뜻처럼 지혜가 됩니다. 사실, 인간은 그렇게 논리적으로 생각하는 존재가 아닙니다. 오히려 자신들을 둘러싼 환경적 자극이나 감정적 충동에 휩싸여 정보에 질질 끌려 다닙니다."

"그럼 인간들의 정신건강은 어떻게 되는 겁니까?"

"심리학적으로 말씀드리면 대부분 어느 정도 미쳤다고 보면 됩니다. 너무 걱정이 많고, 스트레스도 받고, 공포도 느끼고, 틱장애도 겪습니다. 그들은 욕망을 제대로 통제하지 못하고, 통제했다고 해도 자기가 진정으로 원하는 것이 무엇인지 잘 모릅니다. 감정 불균형을 조금이라도 해소해 보려고 커피, 초콜릿, 담배, 대마, 코카인, '알코올'이라고 부르는 발효 물에 의존합니다. 하지만 그것은 증상을 잠깐 완화시켜 줄 뿐이고 오히려 더 악화시키기도 합니다. 심하면 우울증이나 삶의 의지

---

* '지혜가 있는 사람'이란 뜻이다.

를 꺾는 엄청난 슬픔을 겪어서 자살을 선택하기도 합니다."

"자살이요?"

코브라 검사 칼리가 물었다.

"인간이 자기를 스스로 죽이는 것으로 높은 곳에서 뛰어내리거나 독성물질을 마시거나 자신의 정맥을 끊는 행위를 말합니다."

그의 말이 끝나자 웅성거리는 소리가 점점 커졌다. 칼리는 그 반응을 만족스럽게 바라봤다.

"신사, 숙녀 여러분, 여기까지 듣겠습니다. 인간은 너무 불안정해서 살아남기 위해 약물을 투여하기도 합니다. 그리고 삶을 계속해 나갈 수가 없어서 스스로 목숨을 끊기도 합니다. 그러고서도 감히 정신이 온전하기로 유명한 숫염소에게 '미쳤다'고 합니다."

"근데 말씀 안에 어떤 적대감 같은 것이 담겨 있는 듯합니다, 칼리 검사님."

숫염소가 그녀의 말을 막았다.

"혹시 여기 계신 분 중에 살면서, 특히 어린 시절에 정신적 충격이 될 만한 사건을 한 번도 겪지 않은 분이 계십니까?"

바짝 서 있던 뱀의 머리가 즉시 밑으로 축 처졌고 칼리의 몸이 쪼그라들면서 떨렸다. 하지만 그런 반응을 보인 것도 잠시, 즉시 몸을 바로 잡았다.

"그만하십시오! 투룰로프 박사님! 이곳에서 질문자는 당신이 아니라 접니다."

"으음…."

투룰로프는 더 호기심어린 눈을 하며 말했다.

"제게 저항*을 하신다, 아주 흥미롭군요. 검사님도 억압된 것들에 대한 최면상담이 필요하신 것 같습니다."

부엉이 판사 솔로몬이 둘 사이에 끼어들었다.

"투룰로프 박사님. 여기는 칼리 검사를 정신분석 하는 곳이 아닙니다. 제발, 질문에만 대답해 주시기 바랍니다."

칼리가 안정을 되찾으며 대답했다.

"재판장님, 감사합니다. 박사님, 그럼 다른 주제로 넘어가 보겠습니다. 스페인어를 사용하는 무리, 그러니까 4억 명에 이르는 사람들 사이에서 '숫염소(cabrón)'는 어떤 욕입니까?"

"그 욕을 아주 잘 알죠. 이탈리아 사람들도 같은 뜻으로 '베코(becco)'라는 말을 쓰는데요, 히스패닉** 무리가 사용하는 사전에는 숫염소가 '아내를 바람피우게 만드는 비열하고 나쁜 남자'라는 뜻으로 쓰여 있습니다."

"지금 이 법정에서 '바람피우기'가 무슨 뜻인지 설명해 주실 수 있습니까?"

트룰로프는 조심스럽게 수염을 문질렀다.

"으음… 그 말을 이해하려면 먼저 '결혼'이라는 인간의 복잡한 성적·병리학적 방법에 대해 조금 더 자세히 살펴봐야 합니다. 다양한 동물종 중에서 새나 포유류는 어느 정도 제한적인 대상과 짝짓기를 하기도 하죠. 그런데 인간은 평생 정조를 맹세하기도 합니다."

"정조요?"

---

* 정신분석 이론에서 행동이나 주관적 경험에 작용하는 무의식적 동기를 자아가 인정하지 않고 감정적으로 거슬러 버티는 경향을 말한다.
** 스페인어를 사용하는 중남미계 미국 이주민.

동물들의 인간 심판

"정조란 한 남자가 아내 외에 다른 여자와는 짝짓기를 하지 않고, 여자도 다른 남자와는 짝짓기를 하지 않겠다고 다짐하는 것입니다."

"그러니까 딱 한 명만이라고요?"

"그들이 결혼하면서 '죽음이 둘을 갈라놓을 때까지'라고 동시에 말한 것처럼, 그렇게 사는 겁니다."

"하지만 이 둘 가운데 하나가 상대가 아닌 다른 사람을 아주 많이 원할 때는요?"

"참아야 합니다. 그것이 정조를 지키는 것입니다."

"너무 괴로운 일이네요, 안 그런가요?"

"그렇죠. 그래서 종종 참지 못하고 불륜이 벌어지는 것입니다. 남편이 다른 여자와 짝짓기를 하거나 아내가 다른 남자와 짝짓기를 하는 겁니다."

"다행이군요! 제 생각엔 모두가 그렇게 하면 좀 더 만족스러울 것 같은데요."

"천만에요. 그런 행동은 완전히 금지되어 있습니다. 만약 그렇게 했다면 비밀을 유지해야 합니다. 바람을 피우는 남편은 아내에게 거짓말을 합니다. 아내에게 사랑과 정조를 맹세하면서 숨어서 다른 여성과 관계를 갖습니다. 그러다 보니 사람에 따라 트라우마와 죄책감에 시달리기도 합니다. 발각되면 최악의 사태가 벌어집니다! 서로 화내고 싸우고, 어떤 경우에는 살인이 일어나기도 합니다."

"우리는 결국 인간의 연극과 속임수에 속고 있는 거군요!"

칼리가 소리쳤다.

"정말 그렇습니다. 이때에도 동물을 비방하고 모욕하는 말이 쓰이는

데 바람을 피우는 인간을 '코룬도(cornudo)' 또는 '코룬다(cornuda)'*라고 부릅니다."

법정 안에 있던 영양, 코뿔소, 소, 사슴 등 뿔이 달린 동물들이 분노에 찬 울음소리를 내자 투룰로프는 말을 끊었다. 그는 자신과 비슷하게 생긴 코룬도들에게 뿔로 인사를 나눈 후 말을 이어 나갔다.

"인간들은 '뿔을 달다(poner los cuernos)'라는 말을 '배우자가 바람을 피우다'라는 뜻으로 사용합니다. 너무나 치욕적인 표현입니다. 어떤 뿔 달린 동물에게도 결혼과 같은 이해할 수 없는 제도가 없고, 이런 방식으로 상대방을 속일 수 있는 능력도 없습니다."

"'숫염소'라는 말이 아내를 바람피우게 만드는 비열한 남편이라는 뜻이라는 건데 그렇게 속아 주고 동의해 주는 남편이 있나요?"

"이 개념은 쿠두**의 뿔보다 더 꼬여 있고 복잡합니다. 이건 이중 코미디입니다. 여자는 남편을 속이면서 다른 남자를 만나고, 남편은 아내의 비밀을 눈치 채지 못한 척합니다. 아내가 종종 남편이 알아챘다는 사실을 알기도 하지만 그 자체를 모르는 척하기도 합니다."

"정말 복잡하군요! 인간이 미치지 않는 게 신기할 따름입니다. 그런데 왜 남편은 그렇게 심하고 치욕스러운 일을 하는 겁니까?"

"그냥 둘은 단순히 거래 관계인 셈이지요. 실제로는 둘 다 신경 쓰지 않는 경우도 있습니다. 단순히 아내와 다투기 싫어서이기도 하지만 아내

---

* 코룬도는 긴 뿔이 있는 수컷 동물로 '바람핀 여자의 남편'이란 뜻이 있고, 코룬다는 긴 뿔이 있는 암컷 동물로 '바람핀 남자의 아내'라는 뜻이 있다.
** 아프리카에 서식하는 몸집이 큰 영양으로 100~180센티미터나 되는 나선형의 긴 뿔이 있다.

동물들의 인간 심판

애인의 권력과 부에 기대려는 이기적인 마음이기도 합니다. 아내가 바람피우는 것을 이용하거나 눈감아 주고 이익을 취하려는 의도인 것이지요. 그래서 스페인에는 '뿔은 이빨처럼 밖으로 뚫고 나올 때는 아프지만 사는 데는 도움이 된다.'라는 속담이 있습니다. 아내가 바람을 피우는 건 창피하지만 결국 남자가 먹고 사는 데 도움이 된다는 뜻이죠."

"어쩜 그렇게 비열한 인간을 숫염소에 비유하는지 모르겠네요. 참, 이걸 물어본다는 걸 깜빡했네요. 지금 박사님은 여자의 바람을 방임하거나 의도하는 남편에 대해서 이야기하고 계십니다. 그럼 반대로 그런 짓을 하는 '암염소' 혹은 '뿔 달린 암컷' 동물도 있습니까?"

"없습니다. 인간은 남성이 여성보다 우월하고, 남성이 여성을 지배하고 돈과 힘이 더 많다고 믿고 있습니다. 돈보다는 힘에서 앞선다고 생각하는 경우가 더 많죠. 이런 상황에서 남편을 바람피우게 해서, 예를 들어서 돈 많은 여자와 사귀게 해서, 돈을 벌려는 여자는 없습니다. 남성우월주의 때문인데요, 남자는 여자를 그런 식으로 이용해도 되지만 여자는 절대 안 되는 겁니다.

인간 세상이 이처럼 남성우월주의가 팽배하다 보니 남성이 여성보다 바람을 피우는 경우가 훨씬 많은데 여성은 이런 모욕을 고스란히 견뎌야 한다고 생각합니다. 만일 여성이 자기 의지로 바람을 피우면 굉장히 큰 스캔들이 됩니다. 그래서 다른 남성과 바람을 피우는 여성을 '여우'라고 부르고, 권력과 돈을 가진 남자와 바람을 피우는 여성을 '암컷 도마뱀'*이라고 부르기도 하지요. 인간 세상에서 여성은 남성과의 관계에

---

* 스페인어로 도마뱀은 '교활하고 의뭉스러운'이라는 뜻이 있다.

서 착취와 학대를 당할 확률이 아주 높습니다."

"뭐가 되었든 간에." 칼리가 곧바로 말을 이었다. "인간은 동물을 비난할 기회를 절대 놓치지 않는군요."

"물론입니다. 하지만 나는 '숫염소'라는 욕이 그중에서도 가장 최악이라는 사실을 다시 한 번 강조하고 싶습니다. 남성이 여성을 지배하는 상황이 아무리 인간관계에서 흔하다고 해도, 바람을 눈감아 준다는 의미로 우리 숫염소를 비유해서 비난하는 것은 정말 참기 어렵습니다. 참고로 인간 사이에서도 '숫염소'라는 단어는 금기어입니다."

"그러니까, 이 말도 '제기랄!,' '빌어먹을!' 같은 욕처럼 지저분하고 사회에서 금기시하는 그런 말이란 뜻인가요?"

"네, 그렇습니다. '숫염소'라는 단어는 스페인이라는 나라에서는 욕보다 강한, 공식적인 자리나 어른들 앞에서 쓰면 안 되는, 교육을 제대로 못 받은 막돼먹은 사람들이나 쓰는 말처럼 되었습니다. 그래서 인간들은 우리를 '숫염소'라고 온전히 부르지 못하고 '수컷 염소 떼' 또는 '수컷 산양'이라고 부릅니다. 아마 인간 때문에 이름이 이렇게 오염된 동물도 없을 겁니다."

허공에 대고 거세게 뿔을 휘젓던 투룰로프의 울분이 사그라들기까지 시간이 꽤 걸렸다.

"만약 더 많은 사람이 숫염소라는 단어를 지금처럼 아내의 바람을 용인하는 남편이란 뜻으로, 나쁘거나 잔인한 사람을 욕할 때 사용한다면 정말 끔찍할 겁니다. 염소(cabrón, 카브론)에서 파생된 '엔카브로나스(encabronarse)'라는 동사는 화가 아주 많이 났을 때 사용하는 '화내다'라는 뜻이고, 거기서 파생된 '카브로나다(cabronada)'라는 형용사는 '참사를 초래한 사건' 또는 '위험한 침략'을 뜻합니다. 정말 염소에게 큰 고통을 안겨 주는 치욕스러운 일입니다."

"그러니까 이 모든 게 염소의 생활 습성과는 전혀 상관없다는 말씀이시죠?"

칼리의 말에 투룰로프는 화를 냈다.

"인간이 얼마나 바보 같은지 상상해 보세요! 평생 신의를 지키겠다고 맹세하고는 속이고, 속았다고 화를 내고⋯. 인간만 이런 어리석은 일을 밥 먹듯이 합니다.

염소는 모두 진실하고 분별력이 있습니다. 수컷은 서열을 제대로 세우려고 뿔을 단련시키고, 우리는 그것을 보고 누구와 교미할지 결정합니다. 암컷이 동의하면 우리는 그녀에게 올라탑니다. 여기에는 어떤 거짓도 속임수도 없습니다. 발정기, 즉 가을에 나뭇잎이 색색깔로 물들면 우리는 암컷을 유인하기 위해서 수염에 오줌을 묻히고 냄새를 풍기며 서로를 애무하고, 한 몸이 되어 무한한 즐거움을 느낍니다. 이보다 더 행복한 게 또 있을까요?

또한 인간처럼 성기와 욕구를 숨기고 억압하지도 않습니다. 그들은 성도착자들입니다. 발정 기간도 따로 없습니다! 늘 어느 정도는 흥분돼 있지만, 성적 욕구를 대놓고 말하지도 못합니다. 그런 욕구를 대놓고 말하는 것이 정신착란에 걸리지 않는 최고의 처방전인데 말입니다."

"감사합니다, 투룰로프 박사님. 이제 변호인의 질문에 대답해 주시기 바랍니다."

검사가 질문하는 동안 필로스는 앞다리에 머리를 묻고 계속 누워 있었다.

"저는 질문할 게 없습니다, 재판장님."

필로스가 말했다. 그러자 숫염소는 법정을 떠나면서 필로스에게 인간을 변호할 생각이 있기는 한 것인지 물어보기까지 했다. 투룰로프가 떠나자 솔로몬이 칼리에게 물었다.

"검사님. 비방·중상과 명예훼손 고발에 대해 말씀해 주실 증인이 더 있습니까?"

"네, 있습니다. 두꺼비* 그로그는 두꺼비들이 인간보다 더 잔인하고 배신을 잘한다는 말을 뒤집을 만한 증언을 준비했습니다. 오리 배뀐은 '오리 같은'이라는 말이 '둔한, 서툰, 따분한, 시시하고 조심성 없이 말하는 사람'이라는 뜻으로 쓰이는 것에 대해서 준비를 했습니다. 인간이 저지르는 바보짓에 대해서도 할 말이 많아 보입니다. 암탕나귀** 브라일라는 자신들의 습성에 대해서 제대로 알지 못하는 호모 '사피엔스'의 엄청난 무식함에 대해 우리에게 알려 줄 것입니다. 하지만 인간의 죄를 이미 많이 보여 주었다고 생각합니다. 증인이 너무 많으면 재판장님을 비롯한 청중이 지루하게 생각하시지 않을까 걱정돼서 이만 변호인에게 차례를 넘기겠습니다."

코브라 칼리는 퇴장하여 바닥을 슬슬 기어가더니 나뭇가지에 똬리를 틀었다.

"필로스 변호인 순서입니다."

솔로몬이 날갯짓을 하며 필로스를 불렀다.

---

* 스페인어로 두꺼비는 '영악하고 소름 끼치는'이라는 뜻이 있다.
** 스페인어로 당나귀는 '촌스럽고 무지한 사람'이라는 뜻이 있다.

동물과 종교, 숭배, 상징
생쥐 체다스

필로스가 머리부터 꼬리까지 천천히 몸을 쫙 폈다가 몸통을 활처럼 구부리더니 일어섰다. 내게 윙크를 보내고는 폴짝폴짝 뛰어 법정 중앙으로 나가 맑고 청명하게 짖고는 변론을 시작했다.

"재판장님, 감사합니다. 귀하신 동물 친구 여러분, 제가 보기에 인간의 비방·중상 혐의에 대한 고발은 정말로 우습고, 검사 측이 나열한 증거는 지루하기 짝이 없습니다. 그것이 저희가 증명한 다양한 동물을 찬양하는 인간들의 표현 때문만은 아닙니다. 코브라 칼리 검사가 법정에 제출한 사전의 두께를 봐 주시기 바랍니다. 여러 언어로 된 엄청나게 많은 단어 중에서 고발에 해당되는 인간의 왜곡된 생각과 단편적인 시선을 보여 주는 단어의 수는 미비합니다.

호모 사피엔스는 물속, 하늘, 땅에 사는 동물을 늘 우러러 왔습니다. 셀 수 없을 정도로 많은 단어를 사용해 우리에게 존경을 표현해 왔습니다. 저의 이런 확신에 놀라시겠지만 여러분도 곧 인정하게 될 것입니다.

이에 저는 생쥐 체다스*를 증인으로 신청합니다."

그런데 증인을 부르고 시간이 꽤 지났는데도 생쥐의 모습이 보이지 않았다. 판사는 먼저 필로스를 쳐다봤다가 검사를 쳐다봤다가 날개를 움츠렸다. 시간이 지체되자 그라제시는 짜증을 내며 자리에서 일어나 물가로 가서 청중 사이에 증인이 있는지 찾았다.

"체다스 교수님, 어디 계십니까?"

필로스가 다시 불렀지만 체다스의 모습은 여전히 보이지 않았다. 청중이 슬슬 동요하기 시작했다.

"필로스 변호인, 피고인 측 증인이 나오지 않았습니까?"

검사 칼리가 걱정스러운 목소리로 물었다.

"물론 인간을 변호할 증인을 찾는다는 것이 어렵다는 건 천 번 만 번 이해합니다. 스스스, 스스."

"나팔 부는 코끼리들에게 도움을 청해 볼까요?"

솔로몬이 필로스에게 제안을 건넨 그 순간 코가 높고 지저분한 회색 콧수염이 난 생쥐 한 마리가 긴장한 듯 잔걸음으로 나타났다. 그는 마른 가지 위에 올라탄 채 물을 건너 법정을 향해 오고 있었다. 체다스를 확인한 그라제시가 거대한 몸을 바닥에 뉘이고는 불평하는 청중을 향해 그르렁거렸다.

"오, 이런, *아임 쏘리I'm sorry*. 재판장님, *아임 베리 쏘리I'm very sorry*."

체다스가 작은 돌 위로 올라 멈추어 서며 말했다.

---

* 체다스의 이름은 영국에서 치즈의 대명사처럼 쓰이는 상표인 체다치즈에서 힌트를 얻었다. 서양에서 쥐는 치즈를 좋아하는 동물로 여겨진다.

"원고 쓰는 데 몰두한 나머지 저를 부르는 소리를 듣지 못했습니다. 굿 모닝, 베리 굿 모닝."

작은 생쥐가 헐떡이며 재빨리 대답했다.

"좋은 아침입니다, 체다스 교수님. 괜찮으니 진정하세요."

"예스, 릴렉스, 릴렉스Yes, relax, relax. 그런데, 제가 뭘 도와 드리면 됩니까?"

"교수님께서는 지금까지 인간에 대한 매혹적이면서도 복잡한 지식을 모아 오신 것으로 알고 있습니다."

"웰well… 제가 할 수 있는 것은 하겠지만, 저는 그저 도서관의 평범한 쥐일 뿐입니다."

"물론입니다. 하지만 교수님, 이곳에서 분명하게 밝혀 주세요. 교수님께서는 옥스퍼드 대학 보들리언 도서관의 설치류 대표이시고, 스페인의 살라망카 대학, 파리의 소르본 대학, 로마의 그레고리안 대학의 건물 복도를 여기저기 돌아다니신다고 알고 있습니다."

"히히, 예스, 잇츠 트루Yes, it's true. 사실입니다."

생쥐는 그 말을 하며 얼굴을 붉혔다.

"참고로 이탈리아어가 적힌 종이는 영어가 적힌 종이보다 훨씬 더 정제되어 있고 맛도 좋습니다. 물론 비에 젖은 종이가 가장 영양가가 높지만요."

"교수님, 인류에 대해 기록된 역사와 문학작품에 대한 지식부터 말씀해 주시기 바랍니다. 괜찮으시면, 인간이 인간 외의 동물을 경멸, 모욕하고, 존중하는 태도가 전혀 없는 시선에 대해 말씀해 주시기 바랍니다."

"오, 낫 엣 올*Oh, not at all*! 별거 아니죠! 무조건 해드려야죠. 인간은 종종 인간 외 동물에 대해 얕보는 식의 말이나 표현을 씁니다. 그래서 그들의 신념과 행동은 종종 교만해 보입니다. 그런 단점까지 변명하고 싶지는 않습니다.

하지만 다른 부분도 균형 있게 다루어야 한다는 점을 유념해 주시기 바랍니다. 인간은 동물의 존엄성을 존중할 뿐 아니라 동물에 대한 부정할 수 없는 매력에 대해서도 칭송해 왔습니다. 그걸 숭배라고 합니다."

"멍멍, 숭배."

필로스가 감동을 받았는지 그 말을 반복했다.

"인간이 동물을 그들이 섬기는 신들의 신전인 판테온*에 올렸다는 뜻입니까?"

"서튼리*Certainly*, 물론입니다. 거의 모든 종교에서 동물은 신성한 존재를 상징합니다. 이집트 사람들이 사막에 피라미드를 지었는데, 고양이, 쇠똥구리, 하마, 원숭이, 개구리 등 수많은 동물의 모양을 본떠 신들에게 바쳤습니다. 아프리카 사람들은 여전히 표범, 사자, 코끼리를 숭배하고, 오스트레일리아 사람들은 캥거루, 에뮤,** 뱀을 숭배하고 아시아 사람들은 원숭이, 호랑이, 소를 숭상합니다. 또한 유럽과 아메리카 지역에 사는 많은 사람들은 '하나님의 어린 양'과 '성령의 흰비둘기' 앞에서 엎드리기도 합니다."

"여기 참여한 분들이 잘 모르는 인간의 독특한 단어가 등장하네요.

---

* 판테온(Pantheon)은 로마에 있는 신전이다. 그리스어로 모두를 뜻하는 판(pan), 신을 뜻하는 테온(theon)이 합쳐져 모든 신에게 바치는 신전이다.
** 오스트레일리아 서부 초원에 사는 타조 비슷한 큰 새.

동물들의 인간 심판

'종교'와 '신'이 무슨 뜻인가요?"

"아주 복잡하고 *디피컬트한difficult*, 어려운 주제로군요. 먼저 인간에게 있는 거대한 뇌의 비극적인 부작용 중 하나가 바로 그들이 세상을 언어와 개념이라는 필터를 통해서만 바라본다는 점입니다. 똑똑하게도 인간은 우주를 '유니-버스(uni-verse)'라고 부르는데 그 뜻은 '한 단어', '한 개념', 그러니까 유일하고 더 이상 쪼갤 수 없는 *토털리티totality*, 총체성를 뜻합니다. 하지만 인간은 토털리티를 수백만의 작은 조각으로 쪼개고, 또다시 더 작은 조각으로 나눕니다. 그런 다음 초정밀 조각, 분자, 원자, 입자로 쪼갭니다. 그러니까 인간이 볼 때 숲은 나무로 이루어진 것이고, 그 나무는 가지, 줄기, 잎으로, 각 잎은 세포 등등으로 이루어진 것입니다."

"즉, 인간은 '깨지고 조각난' 세상에 살고 있다는 말씀인 거죠."

"예스, *브로큰Yes, broken*, 그렇다고 말씀드릴 수 있습니다. 그들은 사물 사이의 미묘한 관계를 느끼지 못합니다. 사물을 보기는 하지만 그들 사이의 관계를 보지는 못합니다. 인간이 보는 우주의 개념은 거대한 폭발인 빅뱅 이론에 따른 대격변인데, 모든 것이 부서지고 산산조각 나는 것입니다. 각각의 인간은 스스로를 그 작은 파편 중 하나로, 감히 헤아릴 수 없는 거대한 대자연에서 따로 떨어져 나온 것이라 여깁니다. 또 인간은 장기와 조직으로 나누어지고, 몸과 정신으로 나누어진다고 봅니다. 정말 비극적이고 참혹하며 도저히 참을 수 없는 관점입니다. 그래서 그들에게는 종교가 필요했고 그것을 만들었습니다."

"그러니까 종교란 게 도대체 뭡니까?"

"왓 이즈 잇*What is it*? 종교가 뭐냐면, 음 그건 통합된 세상을 바라보는 시각으로 *브로큰 유니버스broken universe*의 개념에 대한 균형을 잡는 것입니다. 종교를 통해 우주의 통합을 느끼게 되고, 그러면서 신비하고 무한한 전체의 일부분이 돼서 그 안으로 들어가는 것입니다. 그러면서 동시에 지금까지 경험했던 깨지기 쉽고 불완전하며 부패하기 쉬운 미세한 조각의 개념을 넘어서는 것입니다. 인간은 자주 종교라는 단어인 '리-리지온(re-ligion)'을 사용하는데, 이 말의 어원은 '다시 묶다' 또는 '분열되고 나뉘는 특성이 있는 우주의 조각을 하나로 묶다'라는 뜻입니다. 종교는 삶과 죽음, 물질과 영혼, 공간과 시간, 전체와 부분, 크고 작음, 여기와 저기, 너와 나, 지금과 영원 등 *아터피셜리artificially*, 즉 인위적으로 나누었던 개념들을 다시 묶어 줍니다.

우리가 인간의 종교 개념과 필요성을 이해하는 것은 어렵습니다. 왜냐하면 우리는 본래 우주의 리듬과 영원의 흐름, 우리의 본성, 삶과 죽음의 주기와 조화를 이루며 살아왔기 때문입니다. 우리는 태양이 목초지를 비추어 풀을 키워 내고, 풀은 영양과 같은 초식동물의 먹이가 되며, 초식동물을 사자들이 잡아먹는 것을 지켜봐 왔습니다. 우리는 다른 존재와 떼려야 뗄 수 없는 관계에 있습니다. 하지만 인간은 과학 지식을 얻으려다 더 중요한 지혜를 잃어버렸습니다. 인간은 사자, 풀, 태양도 전혀 관계가 없는 각각의 객체로 봅니다. 인간 자신조차 따로 떨어진 존재로 봅니다. 모든 것을 다 그런 식으로 봅니다. 관계성을 잃어버린 거죠. 정말 그 고독과 혼란은 끔찍합니다. 그러다 보니 종교는 인간에게 꼭 필요한 음식이 됐고, 그것 없이는 행복하게 살 수 없게 됐습니다."

"체다스 교수님! 그렇다면 언급하신 '신'의 역할은 무엇입니까?"

"*아, 더 갓즈Ah, the gods*, 신은 설명하기가 훨씬 쉽습니다. 신은 우주와 모든 것의 결합, 우주 전체에 흐르는 신비, 사랑, 아름다움, 설명할 수 없는 궁극적인 진리를 나타내는 상상의 존재입니다. 거의 모든 종교에는 신과 그들의 삶에 대한 이야기, 그들과 소통하기 위한 의식, 소통에서 나온 행동양식이 있습니다."

"교수님, 그렇다면 많은 종교에서 인간이 다양한 동물을 신처럼 찬양하고 숭배한다고 말씀하시는 겁니까?"

"인디드Indeed, 정말, 그렇습니다. 그렇고말고요. 인도를 예로 들면, 그곳에는 거대한 카르니마타 사원이 있는데 거기에서 사람들은 쥐를 섬깁니다. 사람들이 매일 그곳에 사는 수만 마리의 쥐에게 음식과 음료를 바치는데 그것을 세이크리드sacred, 성스러운 것으로 여깁니다. 인간은 에니멀 갓즈animal gods, 동물 신을 상징하는 '토템상' 또는 '우상'을 만들고 거기에 선물 등을 바치기도 합니다. 또한 종종 여러 동물의 모습을 섞어서 신을 만들기도 하는데, 날개 달린 뱀이라든가, 인간의 머리를 한 사자 등이 그렇습니다. 나는 어쩌면 인간이 스스로 잃어버린 단순한 지혜, 즉 현실과 신이 가장 가깝게 닿는 접점을 동물에게서 찾고 있다는 생각이 듭니다. 인간은 자신의 삶 너머에 이해할 수 없는 세계와 연결하는 다리 역할을 동물이 한다고 여기는 겁니다. 인간은 춥고 멀리 떨어진 것처럼 보이는 우주보다 우리와 더 소통하기가 쉽다고 느끼는 겁니다."

"종교 외에 인간이 동물을 존중하고 경배하는 또 다른 경우가 있습니까?"

"아주 많습니다. 인간은 자신이 중요한 존재라는 것, 가진 권력과 영예를 동물을 통해 드러냅니다. 예를 들어 인간은 자신을 표현하는 데 동물을 상징으로 선택합니다. 미국 사람들은 화폐와 동전에 독수리를 그려 넣었습니다. 인도의 상징은 네 마리 사자상이고, 프랑스의 상징은 수탉, 중국의 상징은 파충류와 새, 사자가 섞인 용입니다.

동물을 상징으로 쓰는 작은 도시도 있습니다. 로마는 늑대, 베를린은 곰, 내가 사는 도시인 옥스퍼드는 황소가 상징입니다. 옥스퍼드라는 이름도 '황소들의 여울'이라는 뜻이기도 합니다.

다른 예를 수도 없이 댈 수 있습니다. 미국에는 주요 정치 집단이 두 개 있는데 각각 코끼리와 당나귀가 상징입니다. 중요한 건물의 입구에는 돌이나 금속으로 만든 사자나 *심볼리컬리symbolically*, 상징적으로 출입문을 지키는 동물의 모형이 세워져 있기도 합니다. 노동자들이 개미처럼 일하면서 옷과 식량, 제품 등을 생산하는 기업들도 동물을 상징으로 많이 사용합니다. 재규어, 벌, 황소, 퓨마, 토끼, 도마뱀 등이 기업의 상징으로 사용됩니다.

인간은 시간을 동물로 나누기도 하는데 그걸 '별자리 동물'이라고 합니다. 정해진 시간대에 태어난 사람을 동물과 연관을 짓는 것입니다. 동양에는 돼지, 원숭이, 호랑이의 해가 있고 서양에는 사자자리, 황소자리, 물고기자리가 있습니다. 또, 스포츠 팀이나 뮤지컬 그룹도 동물을 상징으로 사용합니다."

"인간은 왜 동물과 자신을 동일시하는 건가요?"

"그건 당연히 동물을 숭배하기 때문입니다. 감사하고 존중의 대상 이상으로 생각하는 겁니다. 즉, 동물을 신처럼 존경할 가치가 있다고 여기는 겁니다."

"체다스 교수님, 그러니까 인간은 다른 동물을 비난하고 중상하기보다는 그들의 신전에 동물을 위한 특별한 자리를 마련해 놓는다는 말씀이신가요?"

"대츠 라잇*That's right*, 맞습니다. '돼지 같은', '여우 같은', '숫염소 같은'이라는 욕설은 내가 볼 때 그리 중요하지 않습니다. 경험으로 볼 때 그렇게 부르는 경우가 그다지 많지 않았습니다. 오히려 반대 경우의 물리적 증거가 돌, 청동, 금 등에 분명하게 남아 있습니다. 인간은 동물 신을 찬양하고 숭배하기 위해 기념비를 셀 수 없을 정도로 세웠고, 동물의 이름을 딴 수많은 기념 의식을 하고 있으니까요."

"감사합니다, 교수님. 지금까지 해 주신 증언이 아주 중요하게 작용할 것 같습니다. 땡큐 베리 머치*Thank you very much*."

"마이 플레저*my pleasure*, 도움이 되었다니 제가 더 기쁩니다. 이제 가봐도 될까요?"

"조금만 더 기다려 주시기 바랍니다. 존경하는 체다스 교수님."

칼리가 체다스 곁으로 기어왔다.

"저도 교수님께 드릴 질문이 있습니다. 저는 교수님이 인간의 종교에 대해 아주 아름답고 시적으로 말씀하신 것에 관심이 많습니다. 인간이 동물 신에게 그렇게 친절하다니 정말 이상합니다. 인간의 놀라운 제도인 종교에 대해 분명하게 밝히지 않은 부분이 있어서 좀 더 살펴보려고 합니다. 교수님은 인간이 인지적이고 추상적인 지식을 얻기 위한 근원적인 지혜를 잃어버린 비극에 대해 말씀하셨습니다. 하나뿐인 유니버스(universe)에서 깨지고 산산이 조각난 멀티버스(multiverse)가 되었고, 혼란스럽고 소외되고 비극적인 존재가 되었다고 말입니다."

"맞습니다."

"제 생각에 교수님은 박식하셔서 성경의 창세기에 대해서도 잘 알고 계실 것 같습니다. 유대교, 기독교, 이슬람교에서 모두 성스럽게 여기는 성경의 부분입니다."

"오, 예스, 예스Oh, yes, yes, 알다마다요. 더 북 오브 제네시스The Book of Genesis, 창세기, 알다마다요. 인간 문학사에서 가장 많이 재생산된 것 중 하나로 성경에서 첫 번째로 쓰인 책 중 하나지요."

"맞습니다. 이 책에는 인간이 순수한 지혜와 행복을 잃어버리게 된 이야기가 나오지요?"

"네, 아담과 이브 이야기가 나옵니다. 신이 따 먹지 말라고 한 열매를 먹었지요. 과일을 먹으면서 창조주처럼 눈이 밝아져서 선악을 알게 되는 지식을 얻을 줄 알았는데, 에덴동산에서 쫓겨났고 후손은 노동을 하며 살아야 하는 벌을 받았고요."

칼리는 천천히 조심스럽게 체다스 교수의 주변을 돌고 나서 긴 몸으로 완벽한 똬리를 틀었다. 그러고는 똬리 사이에서 머리를 들더니 입을 벌려 체다스를 향해 날카로운 이빨이 드러날 정도로 입을 크게 벌리며 말했다.

"정말 슬픈 이야기입니다. 이 이야기에서 제가 관심이 가는 부분은 바로 여깁니다. 누가 인간에게 금지된 열매를 준 겁니까?"

"음, 그건…."

체다스가 코브라의 그늘에 갇혀 말을 더듬었다.

"에헴… 그러니까 그게 한 마리… 서펀트serpent… 뱀일 겁니다."

"뱀이라고요!!?"

칼리는 체다스를 향해 당장에라도 먹어치울 기세로 돌진했다. 체다스는 돌멩이 뒤로 숨었는데 꼬리까지 감추지는 못했다. 필로스가 둘 사이에 끼어들었다.

"재판장님, 이의 있습니다. 지금 검사 측은 증인을 위협하고 있습니다."

"검사 측, 행동이 과한 부분이 있습니다."

솔로몬이 꾸짖었다.

"죄송합니다, 재판장님."

칼리가 송곳니를 곧바로 숨기고 생쥐에게서 한 걸음 물러났다. 체다스가 다시 작은 돌 위로 올라섰다.

"웰, 익스큐즈 미Well, excuse me, 죄송하지만 사실은 그 일을 한 게 딱히 뱀이라고 할 수는 없습니다. 인간들은 그 존재를 사탄, 악마라고 부르니까요."

그 말을 들은 칼리가 마치 얼어붙은 듯 꼼짝도 하지 않았다. 다만, 독이 오를 대로 오른 혀만 날름거렸다. 순간 함정에 빠졌음을 직감한 체다스는 불안한 듯 손가락을 계속 물어뜯었다.

"악마라고요? 악마가 뭐죠?"

"음, 그건, 그러니까 악마는 신과 비슷한 건데, 상상 속의 창조물로, 어떤 종교에서는 그러니까… 사악한 거, 그러니까 한 마디로 악한 것을 상징합니다."

칼리는 그 단어를 마치 즐기는 듯 여러 번 되뇌었다.

"악한 것! 악한 것이라…. 악마란 '신의 어두운 면과 같다'라는 말을 들은 적이 있습니다. 무시무시하고 끔찍하며, 악랄하고, 죄를 짓도록 유혹하는 창조물이라고 했습니다. 악마는 인간의 이기심과 최악의 것들을 끄집어내어서 악한 길로 이끈다고 하던데. 맞습니까?"

"섬씽 라이크 댓*Something like that*, 뭐, 그 비슷합니다."

생쥐가 큰 귀를 아래로 축 늘어뜨리고는 인정했다. 칼리는 다시 생쥐 위로 고개를 쳐들고 말을 이어 나갔다.

"그러니까 소름 끼치고 무서운 존재, 최악 중에서도 최악인, 뭐 그런 존재란 말씀이시군요. 인간은 뱀이 그렇다고 상상하는 거군요."

칼리 검사는 뱀이라는 단어를 내뱉는 것조차 고역이라는 듯 'ㅂ'자를 억지로 잡아 뽑았다.

"라잇, 라잇*Right, right*. 맞습니다. 뱀을 늘 그런 뜻으로 표현하는 건 아니지만 인간은 스스로를 신과 동등한 존재로 여기고, 뱀을 악마의 상징이라고 할 때가 종종 있습니다."

청중도 분노에 휩싸였다. 필로스도 도움을 주지 못했다. 필로스는 두 눈을 감고 골똘히 생각에 잠겨 있었다. 칼리는 혀를 내밀며 이 순간을 만끽했다.

"교수님이 하신 말씀을 제가 한번 정리해 보겠습니다. 수많은 인간이 그들의 최악의 행동, 즉 사악한 본질을 아무 상관도 없는 죄 없는 동물로 나타낸다는 거죠?"

"웰, 낫 올*Well, not all*, 꼭 그렇지는 않습니다. 모두 그런다는 것이 아니라 몇몇이 그렇습니다."

"체다스 교수님, 몇 가지 예를 들어 말씀해 주시기 바랍니다."

"때때로, 종종 수염이 긴 숫염소가 그 예가 됩니다."

"불쌍한 숫염소 같으니라고, 정말 인기 폭발이군요!"

"검은 염소, 까마귀, 토드*toad*, 두꺼비가 종종 악마의 상징이 되기도 합니다. 여러 가지가 섞일 때도 있습니다. 가령 황소의 뿔, 고양이의 송 곳니, 박쥐의 날개, 독수리의 발톱, 파충류 꼬리가 섞인 모습입니다. 그런데 중요한 건 그런 이야기를 믿는 인간만 그렇습니다."

"그 이야기를 믿는 인간! 그러니까 모든 인간이 그 종교적 신화를 믿는 건 아니란 말씀이신가요? 아니면 모든 인간이 그 신을 믿는 건 아니라는 건가요? 어느 쪽이 맞는 건가요?"

"종교는 수많은 인간 사이에서 중요한 힘을 갖지만 모든 인간이 신을 믿거나 종교적인 삶을 살지는 않습니다."

"확실하게 했으면 합니다. 가장 힘이 센 무리를 우리는 특별한 무리라고 부르는데, 그들은 과학의 힘 덕분에 그 자리를 얻었습니다. 인간은 자신들이 자연의 스승이라고 우쭐대며 세상엔 신이 없다고 주장합니다. 그들은 달로 여행을 갈 수 있고 유전자조작을 하거나 버튼 하나만 누르면 모든 인간을 다 없앨 수도 있죠. 그들은 권력의 신을 제외한 그 어떤 신이나 동물, 식물, 광물 앞에서도 고개를 숙이지 않습니다. 안 그런가요?"

"재판장님, 이의 있습니다! 검사 측 질문은 너무나 편파적입니다."

필로스가 갈수록 풀이 죽어 가는 생쥐를 구하기 위해 끼어들었다.

"검사 측은 다시 질문해 주시죠."

"알겠습니다. 독일인 사상가인 프리드리히 니체가 '신은 죽었다.'라고 쓰지 않았습니까?"

증인은 자신감을 회복한 듯 힘 있게 말했다.

"아이 돈 씽 소I don't think so, 저는 그렇게 생각하지 않습니다. 신을 믿지 않는 사람들 사이에서 전통적 종교의 영향력이 약해진 건 사실이지만 그 철학자의 말은 과장된 게 있습니다. 신을 믿지 않는 무리도 종종 종교와 비슷한 경험을 찾습니다. 그런 사람들은 자연과의 조화, 다른 생물과 느끼는 친밀감, 고래의 아름다운 노랫소리나 곤충이 만들어 내는 놀라운 광경에서 영감을 얻기도 합니다.

검사님께서는 과학이 오만하고 차가운 세계관이라고 말씀하시지만 신앙심이 있든 없든 수많은 과학자들은 자신이 일부분을 이루고 있는 조화로운 우주를 상상합니다. 과거 세대에서 존경받는 물리학자인 알베르트 아인슈타인은 예를 들어… 제가 그 말을 정확히 인용할 수 있을진 모르겠지만, 왓 워즈 잇*what was it*, 뭐였더라? 아, 예스, 예스, 이런 말을 했습니다.

'인간은 불가분의 단위의 일부이고, 우주를 시간과 공간으로 한정시킨다. 각각의 인간은 자신의 신체, 생각, 느낌이 다른 이와 다르고 구별된다고 느낀다. 그러니까 인간은 자기의식에 대해 착시를 일으키는 종이다. 이런 착시는 감옥이 되고, 이 때문에 개인적 욕망이 제한되고 다가오는 사람을 사랑하지 못하게 된다. 인간의 과제는 이 감옥에서 벗어나 궁휼함의 반경을 모든 생물과 모든 아름다움이 있는 온 우주로 넓히는 것이다.'"

그 순간 조용히 서로를 쳐다보고 있는 청중의 모습이 들어왔다. 그의 인용구가 꽤 인상적이었던 모양이다.

"네네, 아주 아름다운 말씀이십니다."

칼리가 재빨리 주제를 바꾸며 반격에 나섰다.

"하지만 종교가 얼마나 선을 베풀었는지는 의문입니다. 분명 학식이 풍부한 교수님은 이 질문에 대답하실 수 있으시겠죠? 얼마나 많은 종교가 인간에게 전쟁을 부추겼나요?"

"종교가 얼마나 많은 전쟁을 부추겼느냐는 어려운 질문입니다. 물론 그런 전쟁이 있기도 했고, 때문에 종교의 진정한 메시지가 퇴색되기도 했죠. 하지만…."

"질문에만 대답해 주시죠. 로마 사람들은 자신들이 섬기는 우상을 따르지 않는다고 기독교도를 처형했습니다. 또한 기독교도는 유대교도, 이슬람교도, 이교도들을 자신들의 믿음을 받아들이지 않는다는 이유로 고문하고 학살하지 않았나요? 이슬람교도와 힌두교도는 인도와 파키스탄 사이의 국경에서 핵폭탄의 위협까지 가하고 있지 않습니까?"

"네, 네, 하지만…."

"종교가 사람들을 '다시 연결'하는 것이 아니라 갈기갈기 찢어 토막을 내는 것처럼 보입니다. 아름다운 말 이면에 무엇이 숨겨져 있는지가 중요합니다. 비둘기, 어린 양이 '그리스도'로 상징되지만, 그것이 명예로운 것인지도 의심스럽습니다."

필로스가 끼어들었다.

"재판장님, 이의 있습니다. 검사는 증인에게 자기의 생각을 주입하고 있습니다. 최소한 받은 질문에 대해서는 답변할 기회를 충분히 주어야 한다고 생각합니다."

"아, 정말!"

코브라가 신경질적으로 항의했다.

"저희가 억울한 게 얼마나 많은지 봐 주시길 바랍니다."

"칼리 검사님."

판사가 말을 받았다.

"피호인 측 주장에 일리가 있습니다. 검사는 증인에게 말할 기회를 주시기 바랍니다."

체다스는 수염을 정돈하고는 필로스에게 고맙다는 몸짓을 했다.

"보세요. 종교가 사람들의 생각을 잘못 인도하거나 미움과 폭력을 갖게 하는 원인이 되기도 합니다. 하지만 근원적으로 종교는 따르는 사람을 더 진실되게 하는 것이어서 모두가 하나가 되게 하지 분열시키지는 않습니다. 이븐 알 아라비(Ibn al'Arabi)*는 알모하드 왕조** 때 사람으로 시적인 언어로 그것을 설명했습니다."

체다스는 목소리를 가다듬고 낭독 자세를 취했다. 팔을 모으고 꼬리를 세우자 수염도 팽팽해졌다. 어떤 이야기가 나올지 모두 흥미로운 눈빛으로 잔뜩 기대했다. 체다스는 두 눈을 감았는데 곧 입술을 깨물더니 머리를 긁적였다.

"그러니까…, 그 시가 뭐였더라? 아, 바로 이겁니다!"

생쥐는 다시 낭독 자세를 취하고는 이븐 알 아라비가 한 말을 읊기 시작했다.

"이웃의 종교가 내 종교와 가깝지 않으면 바로 내쳐지던 시절이 있었다. 하지만 지금 내 마음은 모든 것에 열려 있다. 즉, 내 마음은 영양을 위한 대초원이고, 수녀를 위한 수도원이며, 우상을 모신 사원이고, 순례자를 위한 신전이며, 코란과 토라***의 계명이기도 하다. 나는 사랑의

---

* 에스파냐 태생의 이슬람 신비 사상가.
** 12-13세기에 스페인과 북아프리카를 통치한 이슬람 왕.
*** 유대교의 율법서.

동물들의 인간 심판

종교를 믿는다. 따라서 당신이 어떤 동물 위로 올라타도 사랑으로 향해 가야 한다. 그것이 내 종교이자 믿음이다."

충격에 휩싸인 소리가 여기저기에서 들려왔다. 체다스는 팔을 풀고 꼬리를 꽉 붙잡고는 다시 청중을 향했다. 그러고는 확신에 차서 이렇게 말했다.

"참된 종교란 한 믿음과 다른 믿음 사이, 혹은 인간의 종교와 바다의 돌고래, 목초지의 산양이 느끼는 자연의 조화 사이의 장벽을 느끼지 못하게 합니다. 당신이 창세기에 대해 언급하셨는데 거기에는 노아라는 인간이 엄청난 홍수 속에서 여러 동물을 구했다는 이야기가 나옵니다. 거기엔 물론 뱀도 포함되어 있습니다!"

"스스스스스."

칼리가 엄청나게 화를 내며 그 말에 야유를 퍼부었다.

"이쯤에서 종교에 대한 이야기는 그만둡시다. 교수님께서는 인간 집단이 방패에 동물 문양을 새긴다고 말씀하셨죠. 미국은 독수리, 영국은 사자, 프랑스는 수탉처럼 말이죠. 교수님도 잘 아시겠지만 수백만 명이 이런 끔찍한 깃발 아래에서 피를 흘렸고 전쟁터에서 목숨을 잃었습니다. 이런 깃발과 방패에 동물의 문양을 새긴다는 것은 모든 동물에게 최고의 불명예이며 중상모략보다 더 잔인한 것일 수 있습니다. 그렇게 생각하지 않으시나요?"

"프랭클리*Frankly*, 솔직히 그렇게 생각하진 않습니다. 동물 문양은 그저 인간 무리를 구분해 줄 뿐입니다. 인간은 전쟁도 일으키지만 예술, 과학, 문학에서 천재성을 보이기도 합니다. 기술, 지식의 놀라운 성과도 냈고, 사회적이고 영적인 부분에서도 놀라운 발전을 이루었습니다.

인간들은 군사력으로만 싸우는 게 아니라 영혼과 지혜의 힘으로도 겨룹니다.

잉글리시 라이언*english lion*, 영국 사자는 영국 군대와 제국을 상징하지만 캠브리지와 옥스퍼드 대학도 상징합니다. 영국 사자는 옥스퍼드 대학의 도서관에도 있는데 그곳은 수천 명의 인간이 더 많은 지혜를 얻기 위해 공부하는 곳입니다. 인간과 나머지 종 사이의 가족 관계를 증명한 찰스 다윈도, 동물의 권리를 훌륭히 지켜준 제러미 벤담도 이곳에서 교육을 받았습니다. 또한 영국 사자는 영국의 시인인 존 키츠가 쓴 〈나이팅게일에 부치는 노래〉, 화가인 에드윈 랜시어의 사슴 그림, 세계적인 그룹 비틀즈의 노래를 상징하기도 합니다. 참, 특별히 비틀즈*라는 그룹의 이름은 딱정벌레에게 존경을 표하며 지은 것입니다."

"동물을 상징으로 사용한 기업이 발생시킨 오염에 대해서는 하실 말씀이 없으신가요? 공해와 독성물질로 도마뱀, 나비, 재규어라는 좋은 이름을 오염시켰는데요."

"나는 독성물질이 정말 싫습니다. 사실 인간 기업은 매우 정교하고 아주 희한한 것들을 만듭니다. 여러 번의 봄이 지나도 식량이 상하지 않는 냉장고를 만들고, 송골매나 치타보다 훨씬 빠른 자동차, 북극여우 털보다 추위를 더 잘 막아 주는 옷도 만듭니다. 텔레비전은 멀리 있는 것들의 이미지와 소리를 옮기는 신비로운 물건입니다. 게다가 이런 것들을 파워풀 머신*powerful machines*, 강력한 기계로 거의 모든 작업을

---

* 비틀즈(The Beatles)의 초기 이름은 실버비틀즈(The silver Beetles, 은색딱정벌레)였다. 이후 벌레보다는 비트(Beat)라는 뉘앙스를 살리고 싶어서 비틀즈(The Beatles)로 바꿨다.

동물들의 인간 심판

해냅니다.

그런데 인간이 왜 기업의 상징으로 동물을 사용하는지는 정말 불가사의입니다. 인간은 공해, 오염물질, 폐기물 등을 절대로 진열대와 광고판에는 드러내지 않고, 오히려 보노보 왐바가 말한 대로 뒷방에 감추지요. 아마도 동물을 내세워 동물 얼굴에 먹칠을 하면서 자신들의 구린 부분은 감추기 위한 것이겠지요."

"재판장님, 질문은 여기까지입니다."

칼리가 기분 나쁜 상태로 나무에서 내려왔다. 체다스의 수염에서 땀방울이 흘러내렸다. 쏟아지는 질문에 신경을 써서 그렇기도 하지만 열대기후의 열기와 습도 때문이었다. 태양은 이미 법정 꼭대기에 떠올랐고, 거대한 태풍을 몰고 올 무거운 구름 또한 빽빽했다. 작은 생쥐는 조심스럽게 돌에서 내려와 법정을 벗어났다. 개울을 건너고 각양각색의 설치류가 모여 있는 무리 사이로 사라졌다.

솔로몬이 묻자 필로스가 대답했다.

"변호인, 또 다른 증인이 있습니까?"

"없습니다, 재판장님. 여기까지입니다."

인간의 죄, 두 번째
학대

코끼리들이 부는 나팔 소리가 들렸다.

"뿌우우우우! 두 번째 혐의에 대한 재판을 시작하겠습니다!"

점점 더 배가 고파져 참기가 힘들었다. 하지만 재판은 쉬지 않고 계속될 분위기였다. 여기 있는 누구도 아무것도 먹지 않는 걸까? 청중들은 슬쩍슬쩍 먹지 않을까? 나의 바람이 전해졌는지 잠시 휴정이 선언되었다. 하지만 나는 먹는 것보다 쉬는 편이 나을 것 같았다. 어차피 애써도 이기지 못할 싸움으로 느껴졌다.

호랑이 그라제시도 날카롭고 반짝이는 송곳니가 다 보일 때까지 커다란 입을 더 크게 벌려서 찢어지게 하품을 했다. 그 옆에서 나는 악어가 다가오는지 주위를 살피며 조심스럽게 강물을 조금 떠 마셨다.

"잠시만 집중해 주시길 바랍니다."

솔로몬이 요청했다.

"코브라 칼리 검사가 할 말이 있다고 합니다."

"허락해 주셔서 감사합니다, 재판장님."

코브라 칼리가 다시 모두의 시선을 받으며 중앙으로 나섰다. 잠시 몸을 좌우로 느리게 흔들고는 조용해질 때까지 기다렸다. 어두운 그림자가 법정 위로 드리워지고 검은 구름이 큰 하늘을 다 삼키고 있었다. 마침내 구름이 태양을 삼키자 법정에 있는 모든 동물이 재판에 더 집중하기 시작했다. 칼리가 두 눈을 조금 뜨자 어둠 속에서 반짝였다. 칼리는 극적인 시도를 아주 좋아했고, 자신의 주장을 시작하는 순간을 만끽하며 말했다.

"비방과 중상은 심각한 범죄입니다. 하지만 그들이 다른 종에게 했던 두 번째 범죄에 비하면 비방과 중상은 하찮다고 할 수 있습니다. 왜냐하면, 첫 번째 범죄는 그저 말로만 하는 것이고, 이번 건은 행위와 관련된 것이기 때문입니다. 인간은 끔찍한 행위를 하고도 현란한 말솜씨로 나머지 창조물을 멸시합니다. 수천 번의 봄이 지나는 동안 그들은 동물을 노예로 삼아서 훈련시키고 때리고 죽이고 고문했습니다. 무방비 상태였던 동물에게 고통을 주는 끔찍한 재능을 발휘했죠. 수많은 동물이 희생되었고, 수도 없이 비참한 꼴을 당했습니다.

이 왕국의 검찰총장인 저는 이런 학대를 계속하고 있는 인간에게 가장 무거운 처벌을 내려 주실 것을 재판장님께 요청합니다. 예를 들어 호모 사피엔스가 나머지 창조물을 다스리고 착취하게 만든 능력인 이성을 일정 기간 박탈한다거나 기생충 군대가 모든 인간의 뇌를 공격하여 인지 능력을 다른 포유류 정도로 떨어뜨리는 겁니다. 인간이 그렇게 아끼는 논리를 펼치고, 계산하고, 글을 쓰고, 말하는 능력을 빼앗아 버리자는 것입니다. 그 상태로 수 많은 봄을 보내면 인간 사회는 혼돈과 무질서에 휩싸일 것입니다. 하지만 이 처벌의 목적은 그저 고통을 주자는 것이 아니라 가장 기본적인 교훈을 주기 위함입니다. 다른 동물과 구별되는 이성을, 이성을 갖지 않은 생물체를 잔인하게 대하는 도구로 사용해서는 안 된다는 사실을 알려 주기 위함입니다. 그러면 인간은 다른 생물체를 대할 때 가장 중요한 것이 논리적으로 생각하는 능력이 아니라 공감하는 능력이라는 사실을 배우게 될 것입니다."

코브라의 주장에 나는 얼어붙고 말았다. 그리고 그녀의 입에서 나온 인간의 종말 시나리오를 정확히 상상할 수는 없지만 잔혹하고 과도한 처벌이란 느낌이 들었다. 하지만 청중은 칼리의 말에 만족스러워하며 조금씩 떨거나 씩씩거리는 소리를 냈다. 특히 악어는 흥분해서 물속에서 구르다가 내 옆까지 와서 날카로운 이빨을 들이대고는 침까지 몇 방울 튀겼다. 칼리가 말을 이어 갔다.

"좋습니다. 이번에는 먼저 새의 시선에서 증언해 주실 분을 모시고 학대 혐의에 대한 논의를 시작하겠습니다. 밤꾀꼬리 리우이를 증인으로 신청합니다."

노예가 되어 갇히고, 쇼를 하고, 죽을 때까지 싸우고
밤꾀꼬리 리우이

단상으로 적갈색의 작은 새 한 마리가 빠른 활처럼 재빨리 올라왔다. 날개는 펴 있었고 꼬리는 위로 서 있었다. 돌 위에 자리를 잡고 몇 번 폴짝 뛰더니 짧게 날아 다른 단 위에 내려앉았다. 그러더니 다시 날개를 펼치고 뛰어올라 세 번째 단으로 갔다가 날개를 펴고 원래 있던 자리로 날아왔다. 그를 기다리던 무리는 검고 빛나는 작은 눈의 새를 주의 깊게 관찰했다.

"리우이 씨…."

칼리가 말을 시작하자 새가 재빨리 말을 끊었다.

"말을 잘라서 죄송하지만,
부탁 하나 드릴게요.
나를 부를 때는 꼭
'밤꾀꼬리'라고 불러 주세요."

작은 새의 목소리는 칼리가 내는 까슬까슬한 바람 소리와는 달리 아름다운 노랫소리 같았다.

"네, 알겠습니다. 밤꾀꼬리 리우이 씨. 당신은 여기저기 이동하시기 때문에 땅과 하늘에서, 열대우림에서부터 추운 북극까지 그곳에 사는 인간들을 완벽하게 관찰할 기회가 있었을 것입니다. 그렇죠?"

"우리는 당신이 보는 것을 볼 수 있고
우리가 보는 것은 당신도 볼 수 있죠.
담 사이에 숨겨진 것은
우리도 알지 못합니다."

"분명 벽과 어두운 창문이 있는 건물에는 숨겨진 것이 많습니다. 하지만 높이 올라가면 그 안에 있는 것들도 볼 수 있지 않습니까? 혹시 인간이 다른 동물을 난폭하게 대하는 모습을 본 적이 있나요?"

밤꾀꼬리는 순간 멈칫하더니 나를 쳐다본 후 고개를 돌려 검사를 응시했다. 코브라는 머리를 끄덕이며 이야기를 계속해 달라는 표시를 했다.

"지금까지 살아온
밤꾀꼬리들은
노예제도의 증인,
착취의 증인이죠."

"노랫소리가 참 아름답습니다. 밤꾀꼬리 리우이 씨. 하지만 뭔가를 숨기고 계신 것 같습니다. 노예가 어떤 의미인지, 밤꾀꼬리들이 관찰한 착취가 무엇인지도 말씀해 주시기 바랍니다."

그러자 밤꾀꼬리는 앉은 자세로 길고 슬픈 노래를 시작했다.

"맨 처음 원숭이 후손들은
숲에서 사냥하고
숲에서 과일을 따서
먹고 살았네.

하지만 어느 날 그들이 말했지,
작물을 길러보는 게 어떨까?
실험을 시작했지.
그리고 많은 질문을 했다네.

왜 사냥을 해야 하지?
차라리 소와 돼지와 염소를 기르면 되지.
그렇게 노예로 삼았네.
'길들이기'란 핑계로.

살아 있는 그들에게서 빼앗았지,
달걀과 우유를.
다른 이들은 죽은 채로 바쳐졌네.
고기와 가죽으로.

이러는 건 어떨까?
다른 인간들을 납치해서
머리와 힘을 쓰는
일을 시키는 거지.

그래서 그들은 먼저
거대한 문명을 만들었지.
파라오들이 있는 이집트
수메르와 바빌로니아 문명을.

누가 아테네를 만들었을까?
누가 로마제국을 만들었을까?
노예와 속박, 그리고
당나귀, 돼지, 소, 인간이."

리우이의 시는 밤꾀꼬리의 뾰족한 주둥이처럼 흘러나와 모든 동물의
마음에 깊게 꽂혔다. 동물들의 앓는 소리와 포효하는 소리도 들렸다.
칼리가 빈정댔다.

"그렇다면 이 '문명' 속에서 '문명화된' 인간들은 그렇게 많은 피와 고
통, 죽음을 보고도 왜 불쌍한 마음이 안 드는 걸까요?"

밤꾀꼬리는 가슴을 펴고 계속 비극적인 서사시를 읊었다.

"동물들은 인간이 말하는

발전 과정에 꼭 필요하다는
많은 전쟁과
수많은 몽둥이질을 겪었네.

인간들은 심각하고 중대한
수많은 방법을 알려 주었지.
그중 로마인들은
키르쿠스(circus)*를 알려 준 거지."

"그런데 '키르쿠스'가 뭔가요? 고문을 하는 곳인가요?" 검사가 물었다.

"둘 또는 셋의 전사들이 모여
싸움하는 장소였지.
사람, 곰, 호랑이,
하마, 개들이 싸우는 곳.

인간에게 이곳은
그저 즐기는 장소일 뿐.
누군가가 죽을 때까지
피 묻은 쇼가 펼쳐지지."

---

* 현대에 곡예단을 일컫는 서커스(circus)는 라틴어로 키르쿠스로 읽는다. 고대 로마에서 검
투사와 동물의 격투가 벌어진 곳이다.

　　　　　　　　　　　　　　　　동물들의 인간 심판

"왜 그렇게까지 잔인하게 싸우는 겁니까?"

"로마인들은 그렇게
수업을 받았으니까.
시민이라면 그렇게
심장을 강하게 해야 하니까.

'네발동물'의 쇠사슬은
키르쿠스랑 비교하면
약간 불편한 정도일 뿐
정말 아무것도 아니지."

"오늘날에도 인간은 그 정도로 동물학대와 동물착취를 계속하고 있
나요?"

"요즘 인간들은
동물 노예를
벽과 지붕 사이에
언제나 꽁꽁 숨기고 살지.

무감각한 기계들이
그런 일을 하지.
하지만 그 안에서 벌어지는 일들을

누가 알 수 있을까?"

"걱정하지 마세요, 밤꾀꼬리 씨. 다른 증인들이 이 주제에 대해 더 자세히 말해 줄 겁니다. 괜찮으시면 마지막 질문에도 답변을 부탁드리겠습니다. 하늘에서 보실 때 로마제국의 키르쿠스 같은 곳이 지금도 있습니까?"

"개와 수탉을 비롯한 동물들은
내기를 거는 인간들,
그 관객들 앞에서
여전히 사투를 벌이고 있지.

우리는 가장 잔인한 모습을
스페인에서 봤다네.
업적으로 둔갑하는
황소의 엄청난 고통을.

못과 같은 날카로운
창으로 그들을 찌르지.
용감하고 고귀한 소들이
피를 쏟고 죽을 때까지

오늘날의 서커스에선

더 이상 전처럼 싸우지 않지.
지금은 그저 관객 앞에서
공중제비만 돌 뿐.

물개, 호랑이, 사자는
정해진 행동을 정확하게 따라하지.
그들은 잔인한 장치들로
조련당하네.

그들은 살아 있는 동안에
'동물원'과 같은 곳에 갇혀서
슬픈 포로처럼
힘없이 잡혀 있다네."

코브라는 청중들의 분노에 휩싸인 침묵을 지켜보았다. 나는 차마 고
개를 들지 못했고 커져만 가는 수많은 동물들의 거친 숨소리를 들었다.
주변에 뿔, 발톱, 송곳니로 무장한 동물들이 가득하다는 사실을 곁눈
질로 확인할 뿐이었다.

"감사합니다. 밤꾀꼬리 리우이 씨."

칼리가 마른 나무줄기에서 내려오며 마무리했다.

"변호인 필로스 씨 차례입니다."

침착하게 있던 필로스가 감사 인사로 짧게 짖고는 작은 새 곁으로
다가갔다. 주변의 위협에도 필로스는 조금도 동요하지 않았다.

"밤꾀꼬리 리우이 씨, 생생하게 묘사해 주신 매우 잔인한 사례 잘 들었습니다. 거기에 대해 질문을 드리겠습니다. 당시 로마제국의 키르쿠스가 가장 영향력 있는 인간 집단의 중요한 조직이었고, 그들은 거대한 제국에 속한 다른 인종도 팔아넘겼습니다. 그럼, 오늘날 가장 영향력 있는 인간 집단은 무엇일까요?"

밤꾀꼬리는 주저 없이 새로운 즉흥시로 질문에 대답했다.

"미국인이라는 종족보다
더 강력한 무리도 없다네.
그들만큼 큰 군대를 가진
강력한 나라는 없지."

"혹시 그곳에서도 계속해서 동물 싸움이 열리고 있나요?"
필로스가 물었다.

"수탉은 여전히 싸우고
개들도 싸우지.
온 힘을 다해
서로를 죽일 때까지."

"로마에서 황제가 했듯이 미국의 대통령, 그러니까 그들의 알파*가

---

* 사회적 동물의 무리에서 가장 높은 계급의 동물.

그 쇼에 참석하나요?"

"아니, 아니! 무슨 말을!
그러지 못하게 했지!
오늘날 그것에 민감한 시민들은
분개하고 있다네."

"왜죠? 이런 목숨을 건 싸움을 시키는 게 안 좋아 보여서인가요?"

"안 좋아 보인다네네네."

리우이가 심각한 목소리로 말을 끌었다.

"하지만 종종 거대한 동물 싸움 장*을 마련하지.
동물들에 올라타고 싸움을 부추기는
정말 큰 범죄를 저지르는 곳."

"멍멍! 범죄…."
필로스가 반복했다
"인간 중에서 가장 영향력이 있다는 그 집단이 동물의 권리를 보호
하기 위해 만든 법에 대해서는 아시는지요?"

---

* 길들지 않은 말이나 소를 굴복시키는 로데오 경기를 묘사하고 있다.

"어떤 법은 우리를 보호하지.
인간 중 최악의 인간을
보호하는 룰과 비교하면
아주 형편없지만."

"그건 그렇습니다."

필로스가 고개를 끄덕이자 앞주머니에 두툼한 뭔가를 넣은 캥거루 한 마리가 나타나 마지막 도약을 하는 순간, 캥거루 주머니에서 두꺼운 책 한 권이 밖으로 튀어나왔다. 캥거루는 능숙하게 그것을 두 손으로 집어서 청중들에게 보여 주었다.

"감사합니다, 부메르 씨."

필로스가 캥거루 부메르에게 감사의 말을 전했다.

"이 책에는 인간이 아닌 동물의 권리를 다룬 법에 대한 내용이 담겨 있습니다. 애니멀 웰페어 액트(Animal Welfare Act), 즉 동물복지법이라고 하는데, 그 내용을 한 번 들어보십시오."

부메르는 변호사 앞에서 정확한 인용 구절을 찾기 위해 쉴 새 없이 책장을 넘기다가 마침내 찾아 기쁜 마음으로 꼬리를 흔들며 읽기 시작했다.

"누구든 알면서도 동물끼리 싸우는 행사에 동물을 데리고 가는 행위는 불법이다···. 이 법을 위반할 시에는 5천 달러 이하의 벌금 또는 1년 이하의 징역, 또는 이 둘에 처한다."

청중은 처음에는 놀라서 수군거리다가 공격성을 보이며 불평불만을 토해 내기 시작했다. 그러자 필로스가 증인을 향해 물었다.

"밤꾀꼬리 리우이 씨, 다른 동물을 대하는 인간의 태도가 바뀔 수 있다고 보십니까?"

"그럴 수도 있겠지.
하지만 동물원이나 불법 서커스
그리고 '로데오'를 하는 미국 사람들은
여전히 동물을 괴롭히지.

수많은 미국의 카우보이들이
카우보이 쇼를 시작할 때,
말과 다른 동물의
절규는 다 부질없다네."

"분명 비극이군요."
이 사실은 필로스도 인정했다.
"하지만 최근 인간들만 연기하는 서커스가 만들어지지 않았습니까?"

"세계에서 가장 유명한 서커스엔
더 이상 새장도 동물도 없지.
거기엔 오로지 인간만 있을 뿐
그들이 뛰고 광대짓을 한다네."*

---

* 동물이 나오지 않는 세계적인 곡예 공연인 태양의 서커스를 말한다.

"오늘날 동물원은 공간이 넉넉해서 동물이 편안해진 것도 사실 아닌가요?"

"몇몇은 좋은 환경에
있는 것도 사실이지.
하지만 동물들은 여전히
감옥에서 산다네."

"지금 제가 법정에서 확인하고 싶은 것은 인간이 그들의 친구인 다른 동물을 대하는 태도가 조금씩 좋아지고 있다는 사실입니다. 관련된 법도 많죠. 투우경기처럼 잔인한 전통을 여전히 지키는 인간들도 있지만 예전보다 많은 인간이 투우는 잔인하고 야만적이며 시대착오적이라고 인식하고 있습니다. 안 그런가요, 밤꾀꼬리 리우이 씨?"

"인간은 그렇게 우기겠지.
투우와 로데오는
네로와 콜로세움과 비교하면
그래도 나은 거라고."

"증언해 주셔서 감사합니다. 이제 퇴장하셔도 됩니다."
청중은 밤꾀꼬리의 아름다운 노래로 하는 증언에 진심으로 격한 감사를 표했다. 개구리는 개굴개굴, 버펄로는 세찬 소리를 내고, 독수리는 끽끽 고함을 지르고, 물고기들은 물속에서 이리저리 찰랑거렸다. 하지만 리우이는 칭찬을 받는 것엔 별로 관심이 없어 보였고 그저 빛처럼 공중으로 날아가더니 숲의 나무 사이로 사라졌다.

폭풍을 몰고 온 구름은 하늘을 집어삼켰다. 부엉이 솔로몬은 걱정스러운 눈빛으로 먼 하늘을 살펴보았다. 돌풍과 함께 시작해서 갈수록 세차게 불어대는 바람에 깃털이 거칠게 날렸다.

"검사, 다음 증인을 부르겠습니까?"

칼리가 법정 중앙으로 기어오면서 말했다.

"돼지 장브누아르를 증인으로 신청합니다."

감금, 폭력, 학살이 일상인 죽음의 수용소
돼지 장브누아르

장브누아르* 부인이 천천히 교양 있게 걸으며 단 위로 올라왔다. 그녀는 돼지 가족들의 대표로 다리가 검고 호리호리하며, 고귀한 혈통의 특별한 분위기를 풍겼다. 그녀는 지나가다가 잠깐 멈춰 서서 한참 동안 냉혹한 눈빛으로 나를 쏘아보았다. 나는 그녀의 시선을 피하기 위해서 괜히 땅바닥만 여기저기 살폈다.

"마담 장브누아르, *실 부플레s'il vous plait*, 잘 부탁드립니다."

칼리가 프랑스어로 인사를 건넸지만 장브누아르는 신경도 쓰지 않고, 멈춰 서서 계속 나만 쳐다보았다. 순간 빗방울이 하나씩 떨어지기 시작했고, 그녀는 듣기 거북한 꿀꿀 소리를 내며 나를 스쳐 지나갔다. 잠시 후 용기를 내어 고개를 드니 그녀는 단상에 앞발을 올린 채 반 직

---

* 장브누아르(Jambenoire)는 불어로 검은(noire), 다리(jambe)라는 뜻이다. 이야기 속에서 장브누아르는 불어를 사용하는 우아한 마담이다.

립 상태로 있었다. 칼리가 말을 시작했다.

"마담 장브누아르. 우리는 앞의 증인들로부터 인간이 오늘날 폐쇄된 공간에 닭, 돼지, 소를 비롯한 동물을 가둬서 키운다고 들었습니다."

그 순간 하늘이 열리면서 한 줄기 빛이 장브누아르의 거대한 몸을 비춰 몸에 소름이 돋는 것이 보였다.

"위Oui, 네. 나는 돼지 수용소에서 겨우 살아남았습니다."

순간 법정에 천둥소리가 울려 퍼졌고, 돼지의 떨림이 모든 청중에게 전달되었다. 곧 비가 쏟아지기 시작했지만, 아무도 비를 막아 줄 것을 찾지 않았다. 칼리는 빗소리를 뚫고 말을 하느라 목소리를 높였다.

"부인께서는 이 고발 건에 대한 중요한 증인이라는 사실을 알고 계신가요?"

"네, 나는 내 눈으로 보고, 내 코로 냄새를 맡고, 내 피부로 경험한 것을 절대 잊지 않았습니다. 자메jamais, 절대로…."

비늘이 매끄러운 칼리는 강으로 미끄러지듯 들어가며 말을 이었다.

"마담, 장브누아르. 그곳에서의 경험을 떠올리는 것이 힘드시겠지만 질문을 드릴 수밖에 없습니다. 죄송하지만 그곳에서의 포로 생활이 어떠셨습니까?"

"그건 사는 게 아니었습니다, 검사님. 한 마디로 지옥이었습니다, 랑페르l'enfer, 지옥. 나는 어둠 속에서 태어났습니다. 그것도 시멘트 바닥에서. 어머니는 뒤로 돌아눕지도 못하고 한 걸음도 내딛지 못하는 아주 좁은 틀에 갇혀 있었습니다. 내가 기억하는 어린 시절의 첫 기억은 우리를 가둔 쇠창살을 향해 머리를 박는 거친 소리였습니다. 물론 어린 시절이 행복했다고 말할 수는 없습니다. 하지만 이후에 닥친 삶과 비교하면 그래도 그때가 '라 비앙 로즈La Vie en Rose, 장밋빛 인생'이었다고 할 수 있습니다. 적어도 그때까지 우리 형제들은 어머니의 사랑 안에 함께 있었으니까요.

인부들이 들이닥친 그날부터 완벽한 오뢰르horreur, 공포가 시작되었습니다. 그들은 농담을 지껄이면서 우리를 하나씩 꺼내기 시작했습니다. 어머니는 울부짖으며 우리를 향해 필사적으로 몸을 던졌고, 우리도 어떻게든 탈출하려고 버둥거렸지만 누구도 인간의 손을 피하지 못했습니다. 나도 뒷다리를 붙잡혀서 들어올려졌다가 다시 젖은 바닥에 내려졌습니다. 곧바로 빛이 나는 기구가 다가왔고 귀에 깊은 상처가 났습니다.* 어린 나는 너무 고통스러워서 목청이 터져라 울부짖고 또 울부짖었습니다. 하지만 아무리 비명을 질러도 소용없었습니다. 얼굴에 털이 수북한 인간이 웃고 있던 모습이 잊혀지지 않습니다. 순식간에 다른 한쪽 귀에도 똑같은 짓을 당했습니다. 표식을 한 것입니다. 그러더니 다음에는 철제 기구로 옆구리를 꽉 누르고는 나를 거꾸로 매달았습니다. 정말 미칠 것 같은 공포가 밀려왔습니다. 그 순간 꼬리에서 느껴지는 고통은 온 척추에 분노의 벼락이 떨어진 것같이 극심했습니다.**"

장브누아르는 몸을 돌려 절단된 꼬리 부위를 직접 보여 주었다.

"그런 내게 어떤 순간이 찾아오더군요. 나는 사실 암퇘지가 아닙니다. 수퇘지로 태어났습니다. 그런데 수퇘지고기는 특유의 누린내가 난

---

* 공장식 축산에서 새끼 돼지는 마취 없이 칼로 양쪽 귀에 표식이 새겨진다.
** 공장식 축산은 비좁은 공간에서 돼지를 사육하기 때문에 스트레스로 돼지가 서로 꼬리를 잡아 뜯는 행동을 한다. 그것을 방지하기 위해 태어나자마자 새끼 돼지의 꼬리와 송곳니를 마취 없이 제거한다.

동물들의 인간 심판

다면서 다른 형제들과 함께 고환을 떼어내는 거세*를 당했습니다."

수컷들의 웅성거리는 소리가 빗속을 뚫고 커지기 시작했다. 한 젊은 수컷 누는 너무 놀란 나머지 미끄러져서 진흙탕 속으로 빠졌다. 누는 빠지면서 쩌렁쩌렁한 소리로 울부짖었다.

"거세 수술은 마취 없이 진행되었고 너무나 고통스러워서 나는 정신을 잃었습니다. 눈을 떠 보니 내가 아주 *그로테스크한grotesque*, 기괴한 곳에 있더군요. 직접 경험해 보지 않은 분들은 상상조차 하기 힘든 곳입니다. 금속 막대로 둘러싸인 우리에 갇혀 있었는데, 거기에는 열다섯 명의 동료가 함께 있었습니다. 금속 우리는 겨우 몸을 움직일 수 있을 정도의 공간이었습니다. 한쪽은 시멘트벽으로 막혀 있었고, 맞은편 감옥에도 동료들이 넘쳐났습니다. 좁은 복도 건너편에도 방들이 쭉 이어져 있었는데 끝이 보이지 않을 정도였습니다.

그곳에서 *레 투흐멍les tourments*, 고통이 시작되었고 꼬질꼬질한 수많은 몸뚱이 사이에서 기약 없는 시간이 흘렀습니다. 모두 나처럼 귀가 찢어져 있었는데 우리를 구분하기 위해서 인간들이 만들어 놓은 표식이었습니다. 하지만 왜 꼬리까지 잘려야 하는지 아는 데는 시간이 더 필요했습니다. 시간이 더 지나자 우리는 기운이 다 빠지고 좌절이 밀려오며 *히스테리크hystérique*, 신경증까지 생겼습니다. 내가 거기서 할 수 있는 일이라고는 고작 먹고 살찌는 일밖에 없었습니다. 그곳에서는 신선한 공기를 마실 수도 깨끗한 땅을 밟아 볼 수도 없었습니다. 돌아다

---

* 수퇘지 특유의 누린내를 없애려고 마취 없이 거세를 한다. 거세 당한 장브누아르를 마담이라고 부르는 것은 이를 비꼬기 위한 것이다.

닐 만한 공간도 없고 친구도 없고 사랑을 받지도 못합니다. 그곳에서 미치지 않는 것이 이상할 정도였습니다. 나도 다른 동료들처럼 눈에 보이는 쇠 울타리를 몇 시간 동안이나 씹었고, *메르드merde*, 똥이 널브러진 딱딱한 땅을 미친놈처럼 콧등으로 후벼 팠습니다. 만약 그들이 우리의 꼬리를 잘라내지 않고 이런 상태에 그대로 밀어넣었다면 우리는 아마 서로의 꼬리를 물어뜯었을 것입니다.

우리는 서로를 못살게 굴기도 했습니다. 말 그대로 괴롭혔습니다. 인간은 그걸 '돼지 스트레스 증후군'*이라고 하더군요. 동료에게도 이런 증상이 나타났습니다. 바로 내 앞에 있던 가여운 *코숑cochon*, 돼지였습니다. 그의 피부에는 얼룩이 있었지만 나처럼 젊었고 다른 곳에서 만났더라면 아주 잘생긴 친구였을 겁니다. 좁은 금속 틀에 갇혀서 살다 보면 몸에 기형이 오는 경우가 많은데 그 정도는 아니지만 심하게 몸을 떨다가 잠잠해지기를 반복했고 몸이 굳어서 움직일 수 없는 상태가 되기도 했습니다. 그러더니 어느 순간 경련이 심하게 왔고 바닥으로 쓰러져서는 끝내 숨을 쉬지 못했습니다. 마지막 내쉬는 소리는 듣기 힘들었습니다. 우리 모두 보고 있었지만 누구도 말을 꺼내지 못했습니다. 조금 지난 후 나는 같은 방의 다른 돼지가 그 시체를 물어뜯고 공격하는 것을 보았습니다.

그곳에서 견디기 어려운 이유 중 최악은 *디글라스dégueulasse*, 구역질 나는 냄새였습니다. 바닥이 오줌 바다여서 악취도 그런 악취가 없었습

---

* 돼지 스트레스 증후군(porcine stress syndrome)은 감금된 상태에서 본능을 억제당한 돼지들에게 나타나는 질병으로 피부손상, 숨 가쁨, 급사 등의 증상이 나타난다.

동물들의 인간 심판

니다. 발 아래에는 오물과 토사물이 가득했습니다. 더러운 몸에서 나는 악취도 구역질이 날 정도로 심했습니다. 제때 사체를 치우지 않아서 나는 사체 썩는 냄새도 최악이었습니다. 또한 인부들에게서도 구역질 나는 톡시크*toxique*, 독소 냄새가 났습니다. 분명 그들의 폐에도 문제가 있는 것 같았습니다. 결국 돼지에게서 나는 좋은 냄새는 잔인한 저주 때문에 변했습니다. 원래 돼지는 수천 배 더 좋은 냄새를 가졌는데 악취를 풍기는 동물로 변한 거죠."

칼리가 중간에 말을 잘랐다.

"인부라고 말하는 사람들은 정확히 무슨 일을 하는 사람들인가요?"

장브누아르가 갑자기 큰소리를 냈다.

"꿀꿀! 일 농 *리앙 페Ils n'ont rien fait*, 그들은 아무것도 하지 않았습니다. 그들도 가능한 한 그곳에 있고 싶어하지 않았습니다. 그저 중앙 복도를 종종 지나면서 사체를 꺼내거나 상황을 정리하는 정도였습니다. 당연히 우리의 영양에는 신경도 쓰지 않았고 기계적으로 돌아다니기만 했습니다. 청소도 하지 않았습니다. 고작 세 명이 왔다 갔다 하는 정도였습니다. 우린 수백 수천 마리나 있었는데 말입니다. 사실 그들도 좀 안돼 보이긴 했습니다. 그들도 지저분한 곳에서 우리처럼 갇혀 지내는 것 같았으니까요."

"그래도 최소한 밥은 잘 챙겨 줬겠죠?"

"비엥 쉬르Bien sur, 물론입니다! 밥을 안 준 적은 없습니다. 먹는 건 우리의 존재 이유니까요. 마법의 튜브가 몇 개 있는데 거기를 통해 음식이랑 물을 넣어 줬습니다. 오트 퀴진haute cuisine, 완벽하게 준비된 음식은 아니었지만, 이것만이 우리의 유일한 탈출구이자 행복이었습니다. 우리는 배가 불룩하도록 먹는 일에 열정적으로 매달렸습니다. 더럽고 오염된 환경에서 병에 걸리지 말라고 인간이 주는 여러 가지 약도 먹었습니다. 신경을 안정시키기 위한 약도 먹었던 것 같습니다. 그걸 먹고 난 뒤에는 늘 플뤼스 트랑킬*plus tranquille*, 더 조용히 있게 되더라고요."

"그런 상황에 얼마나 갇혀 있었던 겁니까?"

장브누아르가 어깨를 움츠리며 말했다.

"그건…. 알기가 어렵습니다. 그 안에서는 불빛이 꺼졌다 켜졌다 반복되는데, 아침과 저녁에 해와 달이 뜨는 것에 맞춰서 그렇게 한 건지는 잘 모르겠습니다.* 내가 세어 봤는데 150번 정도 어두워졌습니다. 근데 내가 틀렸을 수도 있습니다. 중요한 건 인부가 와서 동료들을 꺼냈을 때 우리는 아직 새끼였다는 사실입니다. 몸은 아주 거대하고 뚱뚱했지만, 누가 뭐라고 해도 우리는 아직 어린 새끼 돼지에 불과했습니다."

"그토록 힘겨운 그곳의 생활이 어떻게 끝이 났습니까?"

"정말 갈 데까지 간 상황에서 끝이 났습니다. 나는 곧 한계에 도달했습니다. 내 몸의 무게 때문에 빌어먹을 철망 사이에서 걷는 것조차 힘들었지요. 열이 나고 몸이 으슬으슬하더니 머리도 아팠습니다. 그날 아침 인간들은 처음으로 우리가 있던 곳의 문을 열어줬습니다. 우리를 때리면서 밖으로 몰아내더니 엄청나게 큰 문 쪽으로 몰았습니다. 그때 태어나서 처음으로 흙을 밟았죠. 신선한 공기도 처음 맡았습니다. 또한 눈을 멀게 할 만큼 놀라운 노란빛과 마주하게 되었습니다. 태어나서 처

---

* 공장식 축산에서는 동물이 평생 햇빛을 보지 못하며 전반적으로 축사의 실내조명도 어둡게 한다. '전반적 환경통제'라는 방식으로 어둡게 하면 공격성이 감소하는 효과가 있다.

동물들의 인간 심판

음으로 솔레일*soleil*, 태양을 본 겁니다.

나는 악취가 없고, 색다르면서도 신선한 공기를 마시고 있었습니다. 나도 동료들도 너무 놀랐고 희망이 있다고 생각했습니다. 그 후 우리는 자유를 얻었을까요? 하지만 환상은 얼마 가지 못했습니다. 인부들 옆에 있던 처음 보는 인간이 간수였는데, 그는 우리를 바퀴가 달린 커다란 물체의 경사면을 따라 올라가도록 밀어붙였고 우리는 다시 갇혔습니다. 전보다 환경이 더 나쁜 좁아터진 곳이었습니다. 뒤를 돌아볼 수도 없었고 내 오른쪽 옆구리가 두꺼운 쇠창살에 눌리기까지 했습니다. 바닥이 엄청난 기계음으로 흔들리더니 어지럽게 움직이기 시작했습니다. 어디론가 이동하는 것 같았는데 몹시 당황했죠. 수십 명의 동료와 함께 갇혀 있던 철장이 움직이자 소음이 엄청났고 작은 구멍을 통해서 형형색색의 낯선 풍경이 지나갔습니다.

그렇게 몇 주 동안 이동했습니다. 기계의 움직임 때문에 멀미가 났고, 태양 빛 때문에 오븐 속에 있는 것처럼 뜨거웠습니다. 음식과 물을 주던 마법의 튜브도 없었습니다. 처음 당한 배고픔과 목마름이 인간보다 더 무섭게 느껴졌습니다.* 몸이 열로 꽉 찰 때까지 열이 났습니다. 나는 최대한 정신을 잃지 않으려고 신선한 공기를 맡으면서 필사적으로 버텼지만 정신을 조금씩 잃어가기 시작했습니다.

아주 오랜 시간 후에 정신이 들어서 눈을 번쩍 떴는데, 정신이 바짝 들 정도로 죽음의 냄새가 진동하고 있는 곳이었습니다. 그때 나는 그곳

---

* 현대의 축산에서는 비용 절감을 위해서 농장에서 도살장으로 이동하는 동안 동물에게 음식이나 물을 제공하지 않아서 이동 과정에서 많은 동물이 죽는다.

이 철장 안이 아니라는 사실을 알았습니다. 하늘을 올려다보니 달이 어둠 속에서 빛나고 있었습니다. 희고 차가운 달빛이 사방을 비추고 있었고, 나는 사체 더미 속에 파묻혀 있었습니다. 그곳에는 몸이 온전한 돼지 사체부터 머리가 잘려 나간 사체, 다리가 묶인 채로 살점이 뜯겨 나가고 내장이 튀어 나온 사체로 가득했습니다. 정말 끔찍한 고통이 밀려왔지만 힘이 없어서 일어날 수가 없었습니다. 죽을 힘을 다해서 몸을 움직였더니 모기 떼가 엄청나게 몰려왔습니다. 생각만 해도 소름 끼치는 사체 더미는 담에서 몇 미터 떨어진 곳에 있었는데 담의 다른 쪽에는 빨간 벽돌로 세운 건물이 있었습니다. 그곳에서 엄청난 소음이 들려왔습니다. 윙윙거리는 기계 소리, 금속끼리 부딪치는 소리, 비명 소리도 간간이 들렸습니다. 그곳은 뭐 하는 곳이었을까요? 그 안에서는 무슨 일이 벌어지고 있었을까요? 그곳의 돼지들은 살았을까요? 죽었을까요?

나는 또다시 정신을 잃었다가 커다란 문이 열리는 순간 정신이 들었습니다. 남자 몇 명이 내가 있는 곳으로 사체를 옮기고 있었는데 열린 문 사이로 그곳에서 벌어지고 있는 일이 눈에 들어왔습니다. 저 멀리 건물 입구, 경사진 기계 앞에서 대기하고 있는 동료들이 보였습니다. 지키는 사람들의 지시에 따라 그들은 강제로 기계 위로 올라가고 있었습니다. 날카로운 비명 소리가 아주 가까이에서 들리는 것만 같았습니다. 그제서야 모든 상황을 이해할 수 있었습니다. 그들은 내가 죽었거나 곧 죽을 거라고 생각하고는 버린 것이었습니다. 그렇지 않았다면 나도 노예처럼, 포로처럼 도살장으로 밀어넣어졌을 겁니다. 그곳에서 무슨 일이 벌어지는지 알았지만 나는 지켜볼 수밖에 없었습니다.

경사면으로 올라가던 한 *코숑cochon*, 돼지가 절망하며 떨고 있었습니다. 난 곧바로 알아챘습니다. 새끼 돼지였을 때 이후로는 보지 못했지만 그는 바로, 내 어린 남동생이자 유일하게 나와 함께 놀던 내 첫 번째 친구임을. 인간이 동생의 곁으로 다가가서 머리에 뭔가를 발사하자 동생은 엄청난 경련을 일으켰습니다. 동생이 쓰러지자 인간들은 곧바로 다리를 사슬로 묶었습니다. 그러자 기계가 동생을 거꾸로 들어올렸습니다. 동생은 얼굴을 아래로 떨어뜨린 채 건물 안으로 끌려 들어갔는데, 어둠 속으로 사라지기도 전에 기계칼이 목을 베었고, 엄청난 양의 피가 끝없이 흘러내렸습니다. 이후 나는 다른 동물도 정확하고 정교한 속도에 맞춰 하나씩 같은 과정을 거치는 모습을 목격했습니다. 그리고 문이 닫혔습니다. 나는 닫힌 거대한 도살장의 문에 그려진 그림을 봤습니다. 거기에는 행복하게 함박웃음을 짓고 있는 새끼 돼지의 얼굴이 그려져 있었습니다.

당시 나는 녹초 상태였고 고통스럽고 아팠지만, 그래도 어떻게든 움직여야겠다고 생각했습니다. 몸을 질질 끌어서 사체 더미 위에서 몸을 굴려 먼지가 자욱한 땅으로 굴러 떨어졌습니다. 그런 다음 한 발 한 발 옮겨서 몰살의 현장에서 점점 멀어졌습니다. 나는 온 힘을 다해 그 빌어먹을 곳의 공기가 퍼뜨린 죽음의 냄새가 사라질 때까지 걷고 또 걸었습니다. 날이 밝아오면서 마침내 향기로운 숲을 만났고, 그곳에서 비로소 평생 처음으로 내 콧등으로 진짜 땅을 파헤쳐 보았습니다. 마침내 *제테 리브흐j'étais libre*, 나는 자유를 얻었습니다."

이야기를 듣는 동안 청중은 미동도 하지 않고 거친 폭우를 이겨냈다. 가끔 슬픈 울음소리가 쏟아졌지만 이야기를 듣는 데 방해가 되지는 않았다. 모든 동물의 머리와 꼬리가 온통 그녀의 말에 집중하고 있었다.

비에 젖어 털이 바짝 선 원숭이들은 서로 껴안고 있었다. 정신없이 움직이던 곤충들마저 꼼짝 하지 않았다. 기린은 쌍쌍이 긴 목을 서로 마주하고 있었고, 새들은 하늘에서 내려와 각자 깃털 속에 몸을 파묻었다. 나는 어딘가로 숨고 싶어졌지만 그것이 비 때문만은 아니었다.

검사는 장브누아르 부인에게 다가와서는 굳은 목소리로 말했다.

"우리 모두에게 부인의 경험을 나누어 주셔서 감사합니다. 마담. 당신의 그 용기와 인내가 무척 존경스럽습니다."

"메르시 보쿠Merci Beaucoup, 정말 감사합니다."

"아직 질문이 하나 더 있습니다. 혹시 당신처럼 살아남은 분을 알고 계신가요?"

"네, 나는 나와 같은 처지에 있던 다양한 분과 우정을 나누었습니다."

"그분들도 부인과 비슷한 폭행과 학대를 당했나요?"

"몇몇 분의 경우는 더 처참했습니다. 예를 들면 레 풀les poules, 닭들이 그렇습니다. 인간은 알을 낳게 하려고 그들을 노예로 삼았는데 정말 엄청나게 많은 닭을 한꺼번에 몰아넣고 큰 고통을 주었습니다. 아주 작고 불편한 철창에 일곱 마리까지 몰아넣어서 날개조차 펼 수 없었습니다. 깃털이 절반이나 빠질 정도였고, 피부와 다리에 온갖 상처를 입었습니다. 그중에서도 최악은 각자 알을 낳을 수 있는 둥지조차 틀지 못한다는 것입니다. 그래서 그들은 심한 신경증을 앓았는데, 그러다가 다른 닭들을 다치게 할까 봐 강제로 부리를 잘렸다고 합니다.

많은 바쉬vache, 암소들은 또 어떻고요. 그들은 우유 기계가 되었습니다. 기분 나쁜 '인공수정'을 통해 늘 임신을 하고 있어야 했습니다. 하루에 두세 번은 젖을 짰고 젖꼭지에 맞는 기계인 유축기로 일반 젖량의

동물들의 인간 심판

열 배 정도를 짰습니다. 암소들은 처음 몇 달 동안은 자유로운 목초지에서 아주 잘 지냅니다. 하지만 이후에는 돼지처럼 갇혀 지내면서 가능한 한 많이 먹고 살을 찌우게 됩니다. 인공 사료를 먹는데 사료에 가끔 암소 고기도 포함되어 있습니다. 채식을 하는 암소에게 암소 고기를 먹이는 거죠. 또한 수명을 다한 암소는 죽여서 고기는 먹고, 가죽은 신발이나 재킷을 만듭니다.

수컷으로 태어난 송아지들의 고통은 더합니다. 인간은 수컷 송아지를 작은 상자에 가두고 움직이거나 걷지 못하게 합니다. 물론 편안하게 눕지도 못합니다. 부드럽고 연한 송아지 고기를 위해서는 빈혈 상태를 유지해야 하기 때문에 철분이 거의 없고, 녹말, 지방, 설탕 등과 항생제가 들어간 '대체 우유'만 먹입니다. 이런 극단적인 학대를 하는 이유는 단지 연한 고기를 먹기 위함입니다. 인간은 그것을 '송아지 고기'라고 부릅니다.

더 혐오스러운 고문도 있습니다. 거위와 오리는 목구멍에 호스를 연결해서 음식을 강제로 넣습니다. 하루에도 수십 번 반복하는 이 고문으로 간이 커지고 변형도 됩니다. 인간이 이걸 아주 비싼 가격에 파는데 그들은 이것을 *파테 드 푸아그라*paté de foie-gras, 거위 간 요리라고 부릅니다."

증언이 이어지는 동안 소의 음매 하며 우는 소리, 닭의 한탄, 오리와 거위의 꽥꽥거리는 소리가 들렸다. 돼지 부인은 발굽을 들어 고통 받는 동료들에게 위로의 몸짓을 건넸다.

"마담 장브누아르, 경험으로 볼 때 다른 동물을 대하는 인간들의 태도가 어떻다고 생각하십니까?"

"앞의 증인들이 말했듯 인간은 더럽고 역겨운 사람을 돼지라고 부릅니다. 자신들이 돼지를 비참하고 더럽고 참담한 상황에 몰아넣었으면서도 그렇게 부릅니다. 그런 인간이 지구를 쓰레기, 오염물질, 온갖 오물로 '돼지우리'를 만들고 있습니다. 비만인 사람을 소라고도 부르는데 고기를 과하게 먹는 게걸스러운 인간들이 우리를 인위적으로 뚱뚱하게 만들어 놓고는 그런 소리를 합니다. 또한 겁이 많은 사람을 닭이라고 부릅니다. 도살장에 닭을 떼로 모아놓고 고통을 가하면서 말이죠. 인간도 도살장에 몰아넣으면 겁먹지 않고 배기겠습니까? 자기들은 얼마나 용감하다고! 이런 모욕과 비방을 보면 인간의 본성을 알 수 있습니다. 인간은 한 마디로 더럽고 게걸스럽고 비겁하고 잔인하다고 정의합니다. 브알라*voilà*, 이상입니다!"

모여 있던 모든 동물은 여기저기에서 울부짖고 비명을 지르며 공격적인 소리를 내질렀다. 수컷 고릴라는 개울 맞은편 내 코앞까지 와서는 나를 향해 덤벼들 것처럼 가슴을 치며 위협했다. 그러다가 이 커다란 유인원이 강을 뛰어넘었고, 그라제시는 내게 달려들 것 같은 고릴라의 과장된 모습을 보고도 전혀 끼어들지 않았다.

"감사합니다, 마담. 제 질문은 여기까지입니다."

칼리가 존경을 담아 말하고는 변호인을 향했다.

"말씀하시지요, 변호인."

필로스는 증인 옆으로 다가가서는 청중을 향해 진지하게 앞발을 들어 조용히 해달라고 부탁했다.

"봉주르 *마담Bonjour Madame*, 도살장에서 겪으신 일은 정말 가슴이 아픕니다. 이곳에 있는 우리는 모두 인간에게 영양을 공급하다 희생된

동물들의 인간 심판

분들이 겪으신 엄청난 이야기를 듣고 가슴이 아팠습니다. 하지만 제 질문에도 답변을 부탁드립니다. 당신은 인간이 영양을 섭취할 권리가 있다고 생각하십니까?"

"크와*Quoi*, 뭐라고요? 지금 무슨 질문을 하신 건가요?"

곳곳에서 들리는 청중들의 성난 목소리가 증인과 똑같이 당황했음을 보여 주었다.

"제가 분명하게 질문을 드린 것 같은데요. 답변 부탁드립니다."

"분명 권리가 있긴 합니다만, 그건…."

"제가 드린 질문에만 답변 부탁드립니다. *실 부플레s'il vous plait*, 답변해 주시죠."

"물론 있습니다. 모든 생물에겐 영양을 섭취할 권리가 있으니까요."

"그럼 인간이 다른 동물의 고기로 영양을 섭취하는 것이 합법적이라고 생각하십니까?"

"이보세요, 인간은 원래 육식동물이 아닙니다. 발톱도 송곳니도 날카롭지 않고, 날카로운 부리도 없습니다. 그들의 치아는 반듯하고 턱은 다른 초식동물처럼 씹도록 만들어졌습니다. 모든 유인원은 기본적으로 *베제타리앙végétarien*, 채식주의자입니다."

"기본적으로는 그럴 수 있죠."

필로스가 동의했다.

"하지만 침팬지나 다른 유인원, 확실하게 호모 사피엔스는 다른 포유류, 물고기, 갑각류 등의 고기로 영양을 보충해 왔습니다. 사실 치아가 대부분 뭉뚝해도 아주 날카로운 송곳니 두 개나 있습니다. 안 그렇습니까?"

그라제시가 내는 부글부글 끓는 이상한 소리가 내게까지 들렸다. 그는 육식동물의 발톱으로 땅바닥을 계속 긁어대고 있었다. 그 모습이 꽤 우스꽝스러웠다.

"네, 맞습니다."

장브누아르는 단상에 초조하게 올려져 있는 발을 탕탕거리며 동의했다.

"그럼 다시 질문 드리겠습니다. 그것이 정당하다고 생각하십니까?"

돼지는 단 위에서 내려와서는 초조하게 한 바퀴를 돌면서 이렇게 대답했다.

"네, 특성상 그들이 가끔 고기를 먹는 것은 정당하다고 봅니다. 내가 정당하지 못하다고 생각하는 부분은 그들이 '항상' 돼지의 살, 닭의 알, 소의 젖을 먹는다는 겁니다. 그것도 매일, 매시간, 인간 의사들이 너무 육식만 하면 위험하다고 경고할 때까지 말입니다. 그것은 지나친 욕구입니다. 그들이 편애하고 좋아하는 육식을 위해서 희생자들이 치러야 하는 값이 너무 크기 때문입니다. 또한 우리를 대하는 태도도 적당하지 않다고 봅니다. 그저 고기랑 달걀을 좀 더 쉽게 얻으려고 하는 태도 말입니다…."

"마담, 이해합니다. 그럼 인간이 돼지를 길들이기 전의 돼지의 생활에 대해서 알려 주시겠습니까? 다른 포식동물이나 대지의 어머니가 당신을 어떻게 대했나요?"

"크와*Quoi*, 뭐라고요? 그건 아주 오래전에 있었던 일이라고요! 쥬 느 세 파*Je ne sais pas*, 전 모르겠습니다!"

"생각해 보시죠. 늑대가 매일 당신에게 음식이나 마실 것을 줬습니까? 아니면 다른 포식자가 이빨로 물 때 당신에게 친절을 베풀었습니까?"

그라제시는 마치 잡아놓은 사냥감을 대하듯 발톱으로 땅바닥을 꽉 누르며, 기분 나쁘게 웃기 시작했다.

"농 세르텐멍 파*Non, certainement pas*, 아뇨, 분명 그렇지 않았습니다. 하지만 그들은 우리가 새끼일 때 꼬리와 부리를 잘라내지도, 움직이지도 못하게 좁거나 콧등으로 땅을 팔 수 없는 감옥 같은 공간에 우리를 가두지도 않았습니다. 적어도 우리가 살아 있는 동안에는 자유롭게 본능에 따라 가족을 꾸릴 수 있게 해 주었습니다. 그럴 수도 없다면 사는 것이 무슨 의미가 있겠습니까? 케 크 세 라 비*Qu'est que c'est la vie*, 산다는 게 뭡니까?"

"괜찮으시다면 이만 마무리하겠습니다, 마담. 분명 인간은, 특히 최근 50년 동안 돼지와 많은 동물을 과도하게 남용했습니다. 오로지 식욕을 돋우기 위한 잔혹한 기계처럼 우리를 대했습니다. 하지만 동물과 인간 사이, 좀 더 공정한 합의가 이루어질 수 없는지 궁금합니다. 예를 들어, 농장의 돼지가 그들의 특성에 따라 더 길게 살 수 있게 해 준다든지, 인간이 육식을 덜 하면서 먼 사촌뻘 되는 모든 동물과 연대감을 더 느낀다든지 하는 것 말입니다."

"세 포시블*C'est possible*, 가능할까요? 그럴 수도 있겠지만 가능성이 그렇게 커 보이지 않습니다."

"곧 그렇게 되지 않을까요. 적더라도 가능성이 있다고 보십니까?"

"위, 작셉트*Oui, j'accepte*, 네, 그렇습니다."

"혹시 강제 수용소 같은 농장 말고 동물들에게 잘 대해 주는 농장에 대해 들어 보신 적이 있습니까?"

장브누아르는 마지못해 꿀꿀거리며 대답했다.

"위Oui, 네. 그런 농장들이 있습니다. 진짜 있긴 있죠."

"최근 들어 그런 농장에서 생산하는 우유, 달걀, 고기를 원하는 사람이 점점 늘고 있다는 건 알고 계신가요?"

"알고 있습니다. 하지만 그런 인간은 여전히 얼마 되지 않고 극소수입니다. 그런 곳에서 나온 음식 재료를 사려면 돈을 더 많이 지불해야 하니까요. 인간은 늘 라장l'argent, 돈이라는 것을 덜 쓰려고 합니다."

"그런가요? 예를 좀 들어 주시기 바랍니다. 햄과 소시지를 사는 사람들이 돼지가 길러지는 곳이 대부분 지옥이라는 사실을 알고 있다고 생각합니까?"

"모를 수도 있습니다. 모든 일은 아무도 보지 못하는 먼 곳, 인간이 사는 곳과 한참 떨어진 곳, 그 망할 놈의 담 안에서 이루어지고 있으니까요."

"부인은 도살장 문에 행복한 돼지 그림이 붙은 것을 보셨습니다. 돼지를 먹는 인간이 알고 있는 농장동물에 대한 인식이 그렇지 않을까요?"

장브누아르는 화가 나서 씩씩거렸다.

"생각만 해도 화가 나는군요! 구체적으로는 잘 모르겠습니다. 주 느세 파Je ne sais pas, 전 모르겠어요."

필로스가 조수를 불렀다.

"부메르 씨. 다음 증거를 제출해 주시기 바랍니다."

캥거루 부메르가 판사의 책상 앞으로 통통 튀어가서 뱃속 주머니에 들어 있던 책과 종이를 꺼내서 솔로몬 재판장에게 제출하기 전에 청중에게 하나하나 천천히 펼쳐서 보여 주었다. 솔로몬은 제출된 증거에 큰 관심을 보였다. 필로스가 말을 이었다.

"보시는 것처럼, 이것은 한가로운 전원 목장에서 기쁘게 사는 동물의 사진이 담겨 있는 서류입니다. 그들은 그곳에서 인간과 자연과 조화를 이루며 살고 있지요. 한 젊은 여성이 부드럽게 젖을 짜고, 새끼 돼지는 진흙탕에서 자유롭게 뛰놀고, 닭은 자유롭게 들판을 쏘다닙니다. 거기에는 닫힌 철장 우리도 없고, 우리 안에 심하게 많은 동물이 한꺼번에 들어 있지도 않으며, 신체 부위를 절단해서 불구로 만드는 일도 없습니다. 그리고 어린이들을 위해 마련된 그림책에는 그들이 먹는 동물의 삶이 얼마나 놀라운지 담겨 있습니다."

"세 드 라 프로파간드C'est de la propagande, 전부 선전용입니다!"

화가 난 돼지가 소리를 질렀다. 필로스가 그 말에 동의했다.

"맞습니다. 인간은 이런 선전을 통해 고기가 만들어지는 끔찍한 과정을 비밀스럽게 숨기고 있습니다. 하지만 많은 인간이 숨겨진 진실을 알 기회가 있다면 상황이 달라지지 않을까요? 끔찍하게 만들어지는 고기, 달걀, 우유를 계속 사 먹을까요? 더 싸다고 그런 환경에서 나온 것들을 살까요?"

"그럴 것 같은데요."

캥거루가 또 다른 서류를 들어올리자 필로스가 말을 이어 나갔다.

"인간들의 공동체인 '유럽인간공동체'*에서 만든 이 법에는 인간의

---

* 유럽연합을 말한다. 유럽연합은 2012년에 산란계를 층층이 쌓인 철장인 배터리 케이지에서 키우지 못하게 금지했고, 2013년에 돼지 감금 장치인 스톨의 사용을 금지했다.

육식을 위해 포로로 잡힌 동물을 잘 대하자는 변화된 내용이 담겨 있습니다. 물론 이 법률이 있다고 해도 동물에게 진짜 품위 있는 삶이 보장되지는 않습니다. 하지만 적어도 동물이 '상처받기 쉬운 존재'란 것을 인정하고 법률에 따라 보호하려는 겁니다. 많은 사람들이 농장에 갇힌 동물의 권리를 위해 싸우고, 모든 동물이 그들의 본성에 따라 살아야 한다고 주장하고 있습니다. 마담 장브누아르, 당신은 그것을 이미 보셨으니 잘 아실 겁니다, 그렇죠?"

그 큰 돼지는 놀라 소리치며 한 걸음 뒤로 물러섰다.

"도대체 무슨 말을 하고 싶으신 거죠?"

"마담 장브누아르, 죽음의 수용소에서 탈출하신 이야기의 마무리를 부탁드립니다."

장브누아르는 바닥에 코를 대고 후비기만 하면서 한참 동안 아무 말도 하지 않았다. 마침내 그녀는 입술을 뜯으며 말했다.

"인간 몇 명이 나를 구해 주었습니다."

이 말이 나오자 청중이 동요하기 시작했다. 하늘을 날던 앨버트로스는 소란을 피웠고, 바퀴벌레는 웅성거렸으며, 개울도 몹시 놀라 말을 더듬거리며 콜콜콜 흘러갔다. 나를 위협하던 고릴라도 불쾌한 듯 숨을 헐떡이며 네 발을 다른 곳으로 향했다.

"나는 거의 죽어 가다가 *라 포레la forét*, 숲에서 한 인간을 만났습니다. 그는 나를 도와줄 만한 사람들을 불렀습니다. 나는 누구도 믿을 수 없어서 처음에는 그들을 공격했습니다. 하지만 계속 그러기엔 내가 너무 약해진 상태였습니다. 그들은 나를 지금 내가 살고 있는 일종의 동물 난민 캠프로 데려갔습니다. 그곳에서 다른 생존 동물을 만났고 그들과 경험을 나누었습니다. 그곳의 인간은 모든 종의 동물을 받아서 돌봐 주었습니다. 그리고 후원자들을 모았습니다."

"그곳에서는 인간들이 잘 대해 줬다는 말씀입니까?"

"정말로, *트레 비엥très bien*, 아주 잘, 대해 줬습니다. 그곳은 넉넉한 공간에 땅이 깨끗했고 자연적인 음식, 좋은 동료, 자유와 사랑이 있었습니다. 그들은 우리를 고기, 달걀, 우유로 생각하지 않고 아무르*amour*, 사랑으로 대해 줬습니다. 더 많은 돼지, 소, 닭이 그렇게 살 수 있기를 바랍니다."

"만일 더 많은 인간들이 강제 수용소 같은 농장에 대한 진실을 알게 된다면 그 꿈이 현실이 될 수 있지 않을까요? 물론 자기들에게 고기를 제공하기 때문에 동물을 돌보는 것이겠지만 우리가 살아 있는 동안만이라도 존엄, 존중, 사랑으로 대해야 한다고 봅니다. 이 일이 가능하다고 생각하십니까?"

장브누아르는 표식이 있는 커다란 귀를 움직이며 한동안 침묵을 지켰다.

"가능하겠죠."

"*메르시, 마담Merci, Madame*, 감사합니다. 그럼 이만 마치겠습니다."

장브누아르가 내 앞을 지날 때 나는 그녀 앞에서 벌벌 떨며 다른 곳으로 시선을 돌렸다. 그녀는 작고 푹 파인 눈으로 내게 질문을 던지는 것 같았다. 하지만 그녀는 슬픈 한숨만 내쉬고는 나를 지나쳐 갔다.

감정도 고통도 없는 동물, 실험동물
고양이 핀초

비가 갠 후 먹구름 사이로 햇빛이 뚫고 나오자 파란 하늘이 조금씩 보이기 시작했다. 칼리는 진흙 사이로 스르르 미끄러져 나오더니 젖은 풀밭을 지나 다음 증인을 불렀다.

"고양이 핀초*를 다음 증인으로 신청합니다."

검은 고양이 한 마리가 불안한지 꼬리를 잔뜩 세우고 나타났다. 몸에 묻은 물기를 털다가 생긴 것 같은 독특한 헤어스타일은 의도가 어떻든 보기에 좀 위협적이었다. 핀초는 원래 고양이들이 그렇듯 타고난 우아함으로 꼬리를 살랑거리며 걸었는데 꼬리가 거의 직각으로 서 있었다. 그는 단 위에 자세를 잡고는 청중들에게 미소를 날렸다.

그라제시는 자신의 먼 친척을 바라보며 이 길고양이가 고양잇과 대

---

* 핀초(Pincho)는 스페인어로 가시, 못, 동물이나 식물에게 있는 뾰족한 것을 통칭한다. 실험 때문에 털이 곤두선 채로 사는 내용 속 고양이의 모습에서 따온 이름이다.

　　　　　　　　　　　　　　　　　　　동물들의 인간 심판

표로 뽑혔다는 사실을 믿지 못하겠다는 듯 우아한 표정이지만 경멸에 찬 눈빛으로 눈썹을 치켜 올렸다. 칼리가 말을 시작했다.

"핀초 씨. 당신은 그러니까…."

"검사님, 나를 그냥 고양이 친구라고 불러 주시면 됩니다."

핀초가 말을 자르며 덧붙였다.

"아니면 그냥 친구라고 불러도 됩니다. 뭐, 이런 호칭에 예민하다면 '핀초'라고 불러도 좋을 것 같습니다만."

칼리가 무시하는 듯한 눈빛으로 그를 하나하나 뜯어보며 말했다.

"그냥 핀초 씨라고 부르도록 하죠. 감사합니다."

"뭐, 원하시는 대로 하시죠, 파충류 양반. 근데 얼굴이 꼭 두건을 쓴 래퍼 같군요. 다른 분들은 그렇게 안 보이시나요?"

칼리가 그 말을 듣자마자 접시 같은 두 눈을 부릅떴는데, 정확히 그 말이 무슨 뜻인지 모르는 것 같았다. 칼리가 다가가서 귓가에 대고 뭐라고 속삭이자 핀초는 귓가를 간질이는 뱀의 혀에 야옹야옹 소리를 내며 웃음을 터뜨렸다. 핀초는 귀를 긁적이며 말했다.

"알겠습니다, 검사님. 근데 내게 너무 가까이 다가오지는 마세요. 비록 내가 거세를 당하긴 했어도 여전히 흥분은 되거든요…."

그 말에 코브라는 고개를 빳빳이 쳐들어 공격하는 자세를 취했다. 화가 많이 난 것 같았다. 그러나 고양이는 계속 귀를 긁적이며 그녀의 반응에는 별로 신경 쓰지 않았다. 결국 칼리는 일직선으로 빳빳하게 긴장된 몸을 풀어 완만한 곡선을 만들며 진정했다.

"당신은 인간과 나머지 동물들의 관계 중에서 가장 불행하면서도 잘 알려지지 않은 진실에 대해 잘 알고 계십니다. 연구실에서 벌어지는 동물실험 말입니다."

"이미 말씀드리지 않았습니까. 그건 불행한 사건 그 자체라고요."

"당신은 실험실 생활을 어떻게 시작하셨습니까?"

"어느 날 인간들이 어린 나를 줄로 묶은 후 케이지에 넣어 그곳으로 데리고 갔습니다. 물론 나는 동의한 적이 없습니다. 나는 그곳에서 친구도 사귀었습니다. 연구실에 있던 다른 동물인데, 개, 고양이, 토끼, 원숭이, 생쥐를 비롯한 쥣과의 동물들이었죠."

"그곳에서 인간은 당신을 어떻게 대했습니까?"

"호모 사피엔스요? 그들이 돼지 농장의 인간들만큼 그렇게 나쁜지는 잘 모르겠습니다. 그들은 우리에게 먹을 것도 잘 주고, 잘 씻겨 주고, 심지어 쓰다듬어 주기도 했으니까요. 뭐 그렇다고 우리가 아주 멋진 생활을 한 건 아닙니다. 인간이 만들어 놓은 그 감옥 안에서는 혼자 할 수 있는 게 없었으니까요. 그리고 '실험'이 시작되면 상황에 따라 정말 안 좋아질 수도 있으니까요. 나는 운이 좋았지만, 다른 이들은…."

"우리에게 좀 더 자세히 설명해 주실 수 있으신가요? 실험이란 게 도대체 뭡니까?"

"한 마디로 완전히 미친 짓입니다. 호모 사피엔스들이 참과 거짓을 구분하려고 혹은 세상이 어떻게 돌아가는지 알아보고 사물이 상황에 어떤 영향을 받는지 알아보려고 하는 것입니다. 호모 사피엔스들은 호기심 덩어리입니다. 그들은 모든 것을 알고 싶어 해서, 자주 새로운 도구를 만들어 냅니다. 때로는 특별한 이유 없이, 그저 그래야 하기 때문에 새로운 것을 만들기도 합니다. 때로는 상황에 떠밀려 그런 일을 하기도 하고요. 사람들은 그걸 '과학'이라고 부릅디다. 과학자들은 흰 가운을 입고 우쭐거립니다. 그들은 엄마는 설득하지 못해도, 젊은이에게 감탄의 대상이 됩니다. 참, 사람들은 실험이란 걸 통해 우주가 어떻게 움직이는지도 알아냅니다."

"실험이 어떤 건지 예를 들어 설명해 주시면 감사하겠습니다."

"야옹."

한참 생각에 잠겨 있던 핀초가 소리를 냈다.

"음, 이 예를 들어 보죠. 몇몇 동료는 오븐 세정제를 만드는 곳에 갔습니다."

"오븐 세정제가 뭐죠?"

"오븐은 인간이 동물을 먹어 치우기 전에 요리할 때 쓰는 조리기구입니다. 오븐 세정제는 오븐 안에 들러붙은 지저분한 것, 기름이나 재 같은 것을 제거하는 용액입니다. 실험실에서는 오븐 세정제가 인간의 건강에 괜찮은지 알아보기 위해 먼저 실험을 합니다."

"모든 세척 제품이 인간에게 해로운 건 아니지 않습니까? 게다가 인간이 세정제가 아닌 다른 것 때문에 해를 입는지 누가 압니까?"

"정확한 지적인데 호모 사피엔스는 그걸 인정하지 않습니다. 대부분의 오븐 세정제는 옷을 부식시키는데 호모 사피엔스에게 '옷을 부식시킬 정도'라고 말하는 건 성에 차는 답이 아닙니다. 그들은 정확한 부식 정도와 관련 자료, 숫자, 수치를 알고 싶어 합니다. 정말 너무 피곤한 존재들이죠."

"그런 자료를 어떻게 얻는 거죠?"

"아직도 모르시겠어요? 어떤 불쌍한 누군가가 그걸 몸에 직접 발라 봐야죠. 그들은 오븐 세정제 한 병을 완전히 들이부을 대상으로 강아지, 고양이, 생쥐를 선택합니다. 한 곳에 동물을 몰아넣고 세정제를 뿌리고는 밖으로 빠져나가지 못하도록 문과 창문을 전부 막습니다. 그런 다음 어떤 증상이 나타나는지 지켜보는 겁니다. 또는 꼼짝달싹 할 수 없는 상자에 토끼를 넣은 채 얼굴만 내놓게 해서 눈에 화학물질을 넣습니다. 네 발이 통 속에 갇혀 있으니 토끼는 눈이 아파도 비빌 수가 없습니다.* 실험에서 정한 기준을 통과하지 못하면 화장품이나 세정제로 팔 수 없습니다. 그러면 인간들은 그 화장품이나 세정제를 못 쓰게 되는 거죠, 헤헤."

"동물들이 피해를 보는군요?"

"하악~! 이봐요, 아직 이해를 못하는 겁니까? 피해라고요? 고통에 찬 비명 소리를 피해라고 표현하다니, 직접 듣는다면 그렇게 말 못합니다. 하긴 뭐, 개가 짖지 못하게 하려고 성대 수술까지 시키는 게 인간이니까요."

"그런 실험 중에 죽는 동물도 있을 것 같은데요…."

"야옹야옹, 이 양반아, 내 말을 뭐로 들었나? 모든 동물은 실험 중 또는 실험이 끝난 후 죽임을 당해요. 더 이상 필요 없으면 그렇게 돼 버립니다. 얼마나 끔찍한 일입니까!"

"인간은 이런 비참한 꼴을 봐 가면서까지 도대체 뭘 하는 겁니까?"

"자료를 만든답시고 그걸 다 기록하고 사진을 찍어댑니다. 화학성분

---

* 화학물질이 인간 눈에 어떤 영향을 미치는지를 알아보고 안전성과 유해성을 알아보기 위한 실험인 드레이즈 테스트(Draize test)를 묘사하고 있다. 토끼를 얼굴만 빼고 통에 넣어서 꼼짝 못하게 한 후 눈에 시험물질을 넣어서 자극반응을 알아보는 실험으로 잔인한 동물실험 중 하나로 꼽힌다.

동물들의 인간 심판

의 양에 따라 얼마나 많은 동물이 죽는지, 화학성분이 퍼지거나 죽을 때까지 몇 분이나 걸리는지, 화학성분이 몸 안에 얼마나 오래 머무르는지 등을 알아보는 거죠."

"이 모든 게 그저 오븐 세정제 때문이라고요?"

"그것만이 아닙니다! 많은 동물이 인간을 위한 신약 개발에 이용되다가 죽음을 맞습니다. 그건 그럴 만합니다. 네, 나도 위중한 질병의 치료용 약을 개발하기 위한 실험은 그럴 수 있다고 생각합니다. 하지만 립스틱, 식기 세척제, 기침약, 크리스마스트리를 더 싱싱하게 유지하기 위한 스프레이를 만드는 데도 동물실험을 합니다. 기가 막힌 건 이것보다 별거 아닌 것에도 실험을 합니다. 정말 완전히 돌아버리겠다니까요! 그저 호기심 때문에 실험을 하기도 합니다. 생쥐가 추운 곳에서 어떻게 죽는지 알아보려고 냉장고에 넣기도 합니다. 어미와 강제로 떨어진 새끼 원숭이가 어떤 행동을 하는지 연구하기도 합니다. 또 그들이 실험에 잘 사용하는 것 중 하나가 전기 쇼크입니다."

"쇼크란 건 또 뭐죠?"

"벼락에 맞거나 해파리한테 물릴 때처럼 찌릿하게 경련이 일어나는 것을 말합니다. 호모 사피엔스는 쇼크를 주는 기계를 가지고 있어서 많은 동물 연구에 사용합니다. 전기 쇼크를 사용하는 실험에서 우리가 실험 과정을 잘 해내면 과자를 줍니다. 하지만 조금이라도 실수를 하면 바로 쇼크 공격을 당합니다! 이런 것을 심리학자들은 '조건화'라고 부릅니다. 여기에 걸리면 순식간에 조건화된다니까요. 안 되고는 못 배깁니다."

"당신은 그 고문 시설에서 이 모든 걸 보셨는데도 어떻게 살아 나왔나요?"

"인간의 말 중에 고양이는 목숨이 아홉 개라는 말이 있는데 그 말이 사실일지도 모르겠습니다. 비록 내게는 이제 한 개 반 정도만 남은 것 같지만요. 연구소에는 우리에게 고문을 더 많이 가한 인간도 있고, 덜 한 인간도 있습니다. 어떤 인간은 우리를 미로 속에 집어넣고 그 안에서 공을 굴리게 하거나 다채로운 공 중에서 어떤 공을 선택할 것을 요구하기도 했습니다. 또 그렇게 많지는 않지만 근육 경련을 일으키게도 했습니다. 물론 어떤 인간은 오븐 세정제를 뿌렸고요.

나 같은 경우는 처음에는 괜찮았습니다. 근데 조건화 실험은 너무 무서웠습니다. 그래서 제 털이 펑키 스타일로 곤두섰어요. 정전기를 몸에 달고 살게 된 겁니다. 그 실험 후 저는 마약에 쩔게 되었죠."

칼리가 잔뜩 겁을 먹은 모습으로 질문했다.

"억지로 헤로인을 하도록 강요했다는 건가요? 양귀비꽃에서 추출한다는 그것이요?"

핀초는 웃으며 대답했다.

"음, 뭐 꼭 억지로, 억지로는…. 내가 스스로 기계 버튼을 눌러서 마약을 한 겁니다. 그곳에서는 수많은 동물이 그렇게 하는데 어떤 동물은 헤로인에, 어떤 동물은 코카인에, 어떤 동물은 다른 환각제에 쩔들어 있습니다. 난 그건 별 불만이 없었어요, 헤헤. 바로 이런 게 조건화인 거죠, 아시겠어요? 버튼을 누르면 수천 가지의 다양한 약물을 주는데 약발이 떨어지면 다시 버튼을 누르게 되는 거지요. 온종일 약에 취해 있으면 온갖 새들이 눈앞에서 휙휙 날아다닙니다. 환각이죠. 근데 그게 뭐 그렇게 나쁜 건 아닙니다. 적어도 내가 보기엔 그랬습니다.

그렇게 지내던 어느 순간 그것들이 구역질나는 가학 행위임을 깨달게 되었습니다. 그들은 유리창 너머에서 나를 쳐다보며 노트에 뭔가를 기록했습니다. 그것도 내가 벽을 기어오르며 고통에 울부짖고 있을 때 말이죠. 나는 너무 아파서 바닥에서 뒹굴고 복부를 할퀴며 자해를 할 정도였습니다. 그 모든 것을 참아내고는 마침내 그 검은 소굴에서 빠져 나왔는데 그들은 결국 나를 '프랭키'로 만들었습니다."

"프… 뭐라고요?"

"'프랑켄슈타인'이요. 그곳에서는 사람들이 그렇게 부릅니다. 머리를 갈라서 안에 전기 자극을 주는 물체를 집어넣는 수술 말입니다. 그러면 인간들은 우리가 생각하고 달리고 자는 동안에 머릿속에서 벌어지는 일들을 분석할 수 있게 됩니다. 그들이 내 뇌에 이런 피어싱을 했다는 게 믿어지십니까?"

핀초는 머리를 숙이더니만 그의 두개골 중간에 있는 반원형의 흉터와 머리털 위로 살짝 튀어나와 있는 작은 금속관을 손으로 가리키며 모두에게 보여 주었다. 청중들은 몸을 부르르 떨었다. 그라제시는 자기도 모르게 손으로 자기 머리 꼭대기를 만졌다. 그러자 핀초는 자랑스럽게 웃었다.

"자자, 모두들 진정하세요, 이건 아무것도 아닙니다."

"아무것도 아니라고요?"

칼리가 믿을 수 없다는 듯 되물었다.

"수술은 별로 아프지 않았습니다. 물론 절대 누구에게도 권하고 싶지는 않지만 다른 학대에 비하면 그야말로 스치는 바람 정도입니다. 게다가 결과적으로 나는 그것 덕분에 도망칠 수 있었으니까요. 그 수술을 하다가 기계에 불이 났고 혼란한 틈을 타 창문으로 빠져나왔습니다. 머리에 달아 놓은 줄을 그대로 단 채로 말이죠. 3층에서 떨어지는 바람에 목숨을 두세 개 썼고, 도망가는 중에 금속 막대기에 걸려서 꼬리가 잘렸습니다. 하지만 지금 여기 여러분 앞에는 나이가 들긴 했지만 살아남은 건강한 핀초가 서 있습니다. 짜잔!"

"네, 정말 우리도 너무 기쁩니다. 증언해 주셔서 감사합니다."

칼리가 필로스에게 눈짓을 보내자 필로스는 빠른 걸음으로 법정 중앙에 섰다.

"핀초 씨, 지금 어디에 살고 계십니까?"

"나요? 대도시에 살고 있습니다만. 호모 사피엔스가 마드리드, 엘 포로라고 부르는 지역입니다."

"잘 알고 계시는군요. 인간들이 사는 세상은 복잡하고 변화무쌍하죠."

"경험하셔서 아시겠지만 실험실에서의 비참한 삶보다 나을 것도 없습니다."

"그렇다면 인간들이 실험실 외의 장소, 그러니까 일상생활에서 동물을 어떻게 대하는지 말씀해 주시기 바랍니다."

"좋습니다. 사실 그들은 일반적으로는 우리에게 잘해 줍니다. 잘 아시겠지만, 난 남들 일에 별로 신경 쓰지 않고 내 일만 하는 편입니다. 그렇다고 다른 이들과 잘 어울리지 못할 거라고 오해하진 마시고요. 현재 늘 내게 우유나 생선을 선물로 주는 두세 사람이 있습니다. 또 어떤 사람은 나를 귀여워해 줍니다. 리베라 데 쿠르티도레스* 거리에 사

---

* 마드리드 벼룩시장 지역.

는 키 작은 할머니, 세바다 시장의 생선장수, 오래된 선술집을 운영하는 부부 등이 그렇습니다. 나는 뭐 그러려니 합니다. 그 사람들의 행동이 내게 큰 도움이 되는 건 없지만 뭐, 나를 좋아한다니 좋아하게 그냥 두는 거죠.

거기에는 인간이 사는 호화로운 집이 많은데 수많은 고양이가 그 안에서 살고 있습니다. 인간은 동물보다는 자기들끼리 주로 대화를 나누기를 좋아하죠. 하지만 다른 동물 주변을 맴돌면서 돌보고 음식을 주고 쓰다듬어 주는 유일한 동물이기도 합니다. 게다가 몸이 안 좋아지면 병원에도 데리고 가죠. 어떤 인간은 강아지나 고양이를 자신의 동반자로 여기며 사랑하기도 합니다, 헤헤. 그들은 우리도 그들을 사랑해 주기를 바라죠. 사랑은 서로 주고받는 거니까요, 특별히 당신 갯과 동물은 더 그런 것으로 알고 있습니다.

개들이 하는 일이… 그렇지 않습니까? 인간 옆에서 군침을 흘린다거나 신문을 가져다 주는 모습 등을 옆에서 보다 보면 살짝 역겹기도 합니다. 뭐, 당신들에게는 가치가 있는 일이겠지만요. 내 표현이 좀 쎈 것 같군요. 용서해 주시기 바랍니다. 물론 나는 그것이 진실한 사랑임을 인정합니다. 세계 어느 나라에나 인간 친구의 묘지까지 따라간 개의 이야기는 차고 넘치지 않습니까? 먹지도 마시지도 않은 채 아무 소용도 없는 인간 친구의 뼈를 파내려고 애쓰기도 하다가 안타깝게 무덤에서 죽기도 하고요."

"그렇다면 결론적으로, 당신은 대부분의 인간이 동물을 전기 쇼크나 독극물을 이용해 죽이거나 고문한다고 생각하시는 겁니까?"

"아니, 절대 아닙니다. 귀가 먹었나요? 어떻게 그런 결론을 내리는 거죠? 이봐요, 내가 말했잖습니까. 대부분의 인간이 우리를 잘 대해 주고 절대 해를 입히지 않는다고요."

"그렇다면 당신의 경험을 어떻게 설명해야 할까요?"

"정말 백만 불짜리 질문이군요. 나도 실험실에 있을 때는 모든 인간이 동물을 죽이거나 고문한다고 믿었는데 그건 아니었죠. 이후 이런 일이 가능한 두 가지 원인을 알아냈습니다. 첫 번째는 인간들이 실험실에서 벌어지는 일을 모르고 있다는 겁니다. 인간들은 온 세상의 수많은 동물이 실험실에서 비참한 일을 겪고 죽어 간다는 사실을 모릅니다. 이런 모든 실험이 진짜 바보 같은 결론을 얻기 위한 거라고는 꿈에도 생각하지 못할 겁니다. 그들은 과학자들이 실험실에서 암 치료법을 개발한다고 믿죠. 하지만 대부분은 그저 일상생활에서 쓰는 자루 대걸레에 시베리아소나무 향을 첨가하는 수준이거나 이미 모든 사람이 알고 있거나 굳이 알 필요조차 없는 것을 증명하는 실험들이라는 것을요.

아무도 실험실에서 벌어지는 일을 알지 못합니다. 왜냐하면 한 번도 텔레비전에서 실험하는 모습을 제대로 보여 주지 않았으니까요. 텔레비전은 그저 드라마나 노래를 틀어 주는 곳이죠. 사람들은 과학자를 그저 믿을 뿐입니다. 그들은 과학자들이 흰 가운을 입고 무슨 일을 하는지 잘 모릅니다. 동물실험은 정말 완벽하게 비밀리에 이루어집니다. 호모 사피엔스는 스스로를 '사피엔스'라고 부르는데 자신들이 다른 동물보다 많이 알고 있다고 믿기 때문이죠. 하지만 그들은 이런 것들을 전혀 알려고 하지 않습니다. 바보 같은 거죠!"

"하신 말씀대로라면 비극적인 실험이 이뤄질 수 있는 이유가 두 가지라는 건데 나머지 하나는 뭔가요?"

동물들의 인간 심판

"또 다른 이유는 과학자들이 현실과 동떨어진 딴 세상에 살고 있기 때문입니다. 인간은 동물을 그저 큰 기계쯤으로 여겨서 우리를 마치 감정도 없는 그릇 정도로 취급합니다. 우리가 울부짖거나 병에 걸려도 그저 자동반사 하는 기계처럼 대할 뿐입니다. 길을 가다가 나 같은 검은 고양이를 만나면 재수 없다는 말도 서슴지 않고 대놓고 합니다. 칫, 우리한테 정말 재수 없는 건 길을 가다가 흰 가운을 입은 과학자랑 마주치는 건데 말이죠!"

"데카르트가 한 말을 들으셨나요?"

"그게 누굽니까? 모르는 사람인데요."

필로스가 눈짓을 하자 캥거루 부메르가 주머니에서 책을 한 권 꺼내 들고는 기뻐하며 뛰어왔다. 쿵, 쿵, 쿵.

"이 책은 《방법서설》로 인간 과학의 기둥 중 하나죠. 이 책을 보면 저자인 르네 데카르트가 당신이 방금 한 이야기를 하고 있습니다. 오직 인간만이 감정이 있고 다른 동물은 시계처럼 무감각한 기계나 다름없다고 말입니다. 그런 생각 때문에 개를 탁자에 못 박아 놓고 산 채로 해부할 수 있었죠."

"그런 미친 소리를 들으니 구역질이 나는군요."

"하지만 저는 과학이 논리적이고 일관된 사고체계라고 믿습니다. 동물이 느끼지 못한다고요? 데카르트가 개를 해부할 때 뱃속에 인간처럼 장기와 신경체계가 없었답니까? 결국 다윈은 호모 사피엔스는 여느 포유류와 같은 원숭이의 후손임을 증명했습니다. 오늘날 과학자들은 인간의 유전자 10개 중 9개가 생쥐의 유전자와 일치한다는 것도 알아냈습니다."

"보세요! 그 모든 정보가 내 머릿속에 있습니다. 실제로 그들은 우리를 가지고 독극물 실험을 했습니다. 우리가 인간과 같은 반응을 보이기 때문입니다. 심지어 인간의 장기가 상했을 때 돼지의 장기를 이식하기도 한다니까요! 그래서 나는 그들이 하는 짓이 너무 이상하다고 하는 겁니다. 그들 스스로 그렇게 생각할지는 모르겠지만 그들도 조건화가 되어 있습니다."

"조건화되어 있다고요? 실험실 동물처럼 말인가요?"

"완전히 그런 거죠. 보상과 쇼크로 조건화되어 있습니다. 만약 어떤 과학자가 동물실험을 하는데 동물이 무감각한 기계처럼 차분하게 굴어서 실험이 빨리 끝나면 좋은 점수뿐 아니라 장학금, 연구 자금, 교수직까지 얻을 수 있습니다. 반대로 실험 과정에서 동물들이 반항하고 혼란스럽게 굴어서 일정에 차질이 생기면 과학자들은 벌을 받을 수도 있습니다."

"전기 쇼크라도 받습니까?"

"아뇨, 그런 건 아니고, 수업에서 과락이라는 충격을 받겠죠. 만일 학생이라면요. 과학자 가운을 입은 연구원이라면 줄이 끊어질 겁니다."

"'줄'이요?"

"줄, 그러니까 지금 줄 말입니다. 금속이나 종이 쪼가리로 만든 것으로 호모 사피엔스가 아주 좋아하는 것입니다. 만약 과학자들이 동물을 로봇처럼 대하지 못하면 그 줄이 끊기는 겁니다. 그래서 나쁜 것들을 재빨리 익힙니다. 호모 사피엔스는 기억력이 말도 못하게 좋습니다. 그래서 그들은 모든 살아 있는 동물은 고통을 느낀다는 사실을 알고 있지만, 모른 척하는 겁니다."

"그렇다면 동물을 학대하고 괴롭히는 과학자는 인간 중에 일부라고 말씀하시는 건가요?"

"네, 사실 아주 극소수입니다, 헤헤."

"그럼 이런 범죄를 모르는 강아지와 고양이를 좋아하는 대부분의 인간은 실험실에서 고통받는 동물의 생활 개선을 위해 뭔가를 할 수 있겠군요?"

"그럴 수 있을 겁니다, 내 생각에는 그렇습니다. 그들은 끔찍한 동물실험의 개선을 위해 세금이랑 물건 살 때 돈을 더 쓰게 되겠죠."

"동물실험에 변화가 있었다는 건 알고 계신가요?"

"몰랐습니다. 나는 지금 다른 일에 집중하고 있으니까요. 실험실에서의 일은 지난 일이고 내게는 끔찍한 기억입니다."

필로스가 캥거루 부메르에게 다시 눈짓을 보내자 부메르는 신나는 걸음으로 달려오더니 주머니에서 전집 책과 유리병, 통 등을 꺼냈다. 필로스가 설명을 시작했다.

"이 책에는… 동물실험을 제한하거나 금지하는 법이 포함되어 있습니다. 여기 이 화장품 통에는 동물실험을 하지 않았다는 표시가 있습니다. 많은 인간들은 이런 표시가 되어 있는 화장품만 구입하기도 합니다. 이런 발전은 동물을 대신해서 일하고 있는 일부 인간들이 움직인 결과입니다."

"정말 좋네요. 슬슬 눈앞에 그림이 그려집니다. 어쩌면 호모 사피엔스가 동물과 함께할 수 있는 방법도 모색할 수 있겠군요."

필로스가 물었다.

"그렇게 될 수 있다고 보십니까?"

"네, 내 이름을 걸죠. 만일 아침마다 내게 우유를 주는 할머니가 동물실험을 하는 과학자들이 하는 일을 알게 된다면 분명 이가 다 빠질 정도로 그들에게 주먹을 날릴 겁니다. 내가 말했잖아요!"

고양이는 공중에 헛발질을 하며 말했다.

"감사합니다, 핀초 씨."

"별말씀을요, 친구."

핀초는 고양잇과 특유의 우아함으로 꼬리를 곧게 쳐들고 법정을 크게 빙 돌았다. 그 어느 때보다 흥미로운 증인과 동행하던 그라제시가 나를 향해 미소를 지어 보였다. 재판을 시작하고 그가 보인 첫 웃음이었다. 그러면서 나를 향해 이렇게 말했다.

"핀초는 정말 사랑스러운 녀석이야!"

모든 존재는 죽음을 두려워한다
암소 옴

솔로몬은 피고인 측으로 고개를 돌렸다.

"당신 차례입니다, 필로스 씨. 검사 측엔 더 이상 증인이 없습니다."

"감사합니다, 판사님."

필로스가 청중을 돌아보며 대답했다.

"코브라 칼리는 인간이 동물의 감정을 생각하지 않고 그들을 학대하고 험하게 대한다는 사실을 증명했습니다. 죽음과 싸워야 하는 엄청나게 잔인한 광경과 고기와 달걀의 대량생산 공장, 살아 있는 동물을 대상으로 하는 동물실험 등 많은 사실을 증명했습니다.

너무도 분명한 사실입니다. 저는 인간을 변호하고 있지만 그들이 비난받아 마땅한 학대를 저질렀다는 사실을 부정하지 않습니다. 다만, 인간은 그들 자신이 하는 행동에 대해 잘 모르고 있다는 것과 의식이 생기면, 그러니까 그들이 자신들이 무슨 짓을 하고 있는지 정확히 알게 된다면, 즉 진짜 의식을 갖게 된다면 다른 종에게 사랑을 쏟는다는 것도 충분히 증명했습니다.

왜 인간은 실험실과 도살장에서 하는 일을 그렇게 꽁꽁 숨기는 걸까요? 그것은 그것으로 이득을 보는 사람들이 그곳에서 벌어지는 일이 밖으로 알려지지 않게 막고 있기 때문입니다. 무시무시한 시설에서 일하는 사람들은 경제적인 상황 때문에 어쩔 수 없이, 또는 과학의 변질된 논리에 익숙해져서 그 일을 합니다. 하지만 그런 시설을 운영하는 인간과 달리 어떤 인간들은 동물에게 감사하고 자기 자신처럼 생각하기도 합니다. 동물 주변에 살고, 함께 놀며 보호하고, 가족으로 받아들이지요. 한 마디로 그들을 사랑하는 겁니다.

만 번의 봄을 지나는 동안 인간은 많은 동물을 착취했고, 잔인한 경우도 많았습니다. 하지만 동물의 권리를 보호하자는 움직임과 목소리 또한 함께 존재하였고, 그것이 오늘날처럼 왕성한 적도 없었습니다. 이 주제를 좀 더 깊게 파고들어가려면 인간과 아주 가까이에 사는 또 다른 분의 증언이 필요하다고 생각됩니다. 그래서 저는 암소 옴* 부인을 증인으로 모시려고 합니다."

이때 인도의 브라만 암소 한 마리가 물을 건너고 있었다. 각각 빨강과 노랑으로 칠해진 뿔과 온몸을 차분하게 덮고 있는 흰 피부 위의 장식은 태양과 무지개를 그려놓은 캔버스 같았다. 등 위에 툭 튀어나온 부분과 코끼리 귀 크기만 한 양쪽 귀는 그녀가 한 걸음 한 걸음 내디딜 때마다 천천히 움직였다. 암소는 단 위에 올라서서 청중을 향해 겸손하게 고개를 숙였다. 필로스가 말을 시작했다.

---

* 힌두어로 옴(om, aum)은 힌두교의 거룩한 음절로 명상할 때 내는 주문 또는 소리이다.

"옴 부인. 여기 있는 많은 동물은 부인 등의 장식을 보고 깜짝 놀랐습니다. 색에 특별한 의미가 있나요?"

암소는 명상하듯 두 눈을 감고 있다가 조용히 입을 열었다. 그녀의 목구멍에서 들리지 않을 정도로 가느다란 소리가 흘러나왔다. 미세하게 흔들리는 떨림은 마치 멀리 산꼭대기에 있는 사찰에서 울리는 풍경소리 같았다.

"아아아오오오옴…."

그 소리는 유리처럼 순수한 소 울음소리로 변했고, 산들바람처럼 피부를 상쾌하게 하고 오감을 일깨웠다. 그 순간, 나는 재판을 시작하고 처음으로 그곳의 모든 동물과 조화를 이루고 있다는 느낌을 받았다. 동물뿐 아니라 나무, 식물, 돌마저 한 데 어우러지는 것만 같았다. 하늘 위로 퍼져 가는 거대한 종소리처럼 울림 소리가 일제히 내 주변을 맴돌았다. 귀로 들리는 소리보다 마음으로 느껴지는 언어가 솟아 나왔다.

"모든 창조물은 태양과 땅, 물, 그 외 다른 생물들에게 빚을 지고 있습니다. 인간은 진정한 본질과 닿아 있고 그것에 감사합니다. 인도에 사는 인간은 자연에 감사하기 위해 수많은 축제를 엽니다. 그중 하나가 태양에 감사하는 퐁갈(Pongal) 축제입니다. 그래서 이렇게 내 몸에 장식도 해 주었습니다. 축제는 우리가 그들에게 준 우유와 그 외 도움에 감사를 하는 날이기도 하기 때문입니다.

인도인은 암소를 아주 성스러운 동물로 여기면서 존중하고 공경합니다. 우리를 죽이거나 학대해서도 안 되는데 그것은 곧 자기 아들을 죽이거나 학대하는 것과 같다고 여기기 때문입니다."

그녀의 울림이 점점 더 퍼져 하늘 너머로 사라지면서 매혹적인 주문도 끝이 났다. 나도 모르게 탄성이 터져 나왔다. 필로스도 다른 동물들처럼 모든 것을 잊고 신나게 놀 만반의 준비를 끝낸 강아지 같은 모습이었다. 하지만 곧바로 변호인다운 자세를 취했다.

"그러니까 인간 무리 중에서, 인도라는 곳에서는 수많은 사람들이 다른 동물 고기를 먹지 않는다는 말씀이신가요?"

암소가 다시 눈을 감았고 파도의 포효와 새들의 노랫소리, 번개의 분노, 산들바람의 속삭임 등 자연의 모든 소리를 잠재울 만한 조화로운 소리를 내기 시작했다.

"사랑은 자연의 법칙입니다. 지혜로운 인간은 그것을 알고 있습니다. 힌두교는 인간 종교의 나뭇가지 중 하나이며 뿌리는 지혜입니다. 힌두교의 기본 원리 중 하나는 아힘사(ahimsa), 즉 비폭력인데 이 원리 때문에 인간은 가능한 한 살아 있는 생물에 해를 입히지 않습니다. 수천 년이 지나는 동안 인간은 땅에서 나는 식물과 과일, 벌꿀, 소젖을 먹고 살았습니다. 고대 인도의 신성한 힌두 법전인 《마누 법전》에는 '고기를 얻는 것은 살아 있는 창조물에 해를 입히는 것이고, 다른 창조물에 해를 입히면 천국에 갈 수 없다. 그러므로 인간은 고기를 삼가야 한다.'라고 적혀 있습니다."

마지막의 인용구는 마치 그 글을 쓴 저자가 직접 말하는 것처럼 들렸다. 마지막 문장을 말할 때, 옴은 눈을 떴는데 나는 그 눈 속에서 인간의 눈빛을 감지했다. 옴이 이미 말을 마쳤는데 필로스는 여전히 그 소리에 홀려 있었다. 몽롱한 상태에서 천천히 빠져나온 필로스는 개가 목욕 후 몸을 터는 것처럼 털더니 크게 짖었다. 그러고는 말을 이어 나갔다.

"부인은 채식을 선택하는 인간의 영향력이 널리 퍼질 수 있다고 생각하십니까?"

세 번째로 암소의 소리가 울려 퍼졌다.

"아아아우우우옴…."

그 소리의 중심에서 황금 소리로 정교하게 짜인 언어들이 내 안으로 들어오기 시작했다.

"고대 힌두교도들의 지혜는 불교의 창시자인 싯다르타 고타마에게 영감을 주었습니다. 부처는 '모든 존재는 폭력 앞에서 떤다. 모두 죽음을 두려워한다. 살생하지 말고, 다른 이들이 당신을 죽이지도 않게 하라.'라고 말씀하셨습니다. 이 정신은 그리스의 철학자인 피타고라스에게도 영감을 주어서 그는 '동물은 우리처럼 영혼을 가질 권리가 있다.'면서 제자들에게 동물의 고기를 먹지 말라고 권했습니다. 그 후 수많은 봄이 지나면서 그 지혜는 인간 사이에 널리 퍼져 나갔습니다. 플루타크,[*] 레오나르도 다빈치, 톨스토이, 헨리 데이비드 소로, 조지 버나드 쇼 등은 앞선 위대한 현인들의 말을 전파했습니다.

많은 인간이 고기를 과도하게 섭취하고 있습니다. 의사가 그렇게 경고를 하는데도 말이죠. 고기를 줄여야 건강한 삶을 살 수 있다는 말을 무시합니다. 고기 대신 어떤 음식을 먹고 어떻게 요리해야 하는지도 잘 모릅니다. 더 중요한 건 그것으로 인한 동물들의 고통을 이해하지 못합니다. 사람들은 대부분 직접 손으로 동물을 죽이지 않고 동물을 죽이는 장소에도 가지 않습니다. 그러다 보니 자신 때문에 생명을 잃는 동물의 희생에 대해 생각하지 않습니다.

---

[*] 그리스의 철학자로 《영웅전》의 작가.

하지만 갈수록 채식주의자가 늘고 있고, 고기 소비도 조금씩 줄고 있습니다. 특히 영향력 있는 인간들에게서 그런 일이 일어나고 있으니 희망의 표시가 아닐까요?"

법정은 찬물을 끼얹은 듯 조용해졌다. 나무를 스치는 산들바람, 물결의 움직임, 동물들이 내쉬는 숨소리만 들릴 뿐이었다. 칼리 역시 똬리를 틀고 깊은 명상에 잠긴 것 같았다. 그 순간 나는 옴 부인이 이미 법정을 빠져나갔다는 사실을 깨달았다. 하지만 언제 어떻게 나갔는지 알 수 없었다. 나를 둘러싸고 있던 모든 시간 개념이 어느 순간엔가 사라졌다.

"우우우우-우우우우웅."

부엉이 판사는 한쪽 눈만 뜬 채 하품을 했다.

"검사 측, 질문 있습니까?"

"없습니다, 재판장님."

칼리의 돌돌 말린 몸속에서 목소리가 흘러 나왔다.

"필로스 변호인은 더 할 말이 있습니까?"

"이만 변호를 마치겠습니다, 재판장님."

"그럼 이것으로 학대에 대한 내용은 마무리 짓겠습니다."

코끼리들의 나팔 소리가 마지막 고발 건 재판의 시작을 알렸다.

인간의 죄, 세 번째

대량학살

다시 갠 하늘에는 구름 조각이 둥둥 떠 있었다. 구름은 마치 넓은 푸른 초원에서 누구에게라도 잡아먹힐 것 같은 연약한 양 같았다. 태양조차 그들을 버리고 숲 속 집으로 도망치고는 어둠 속에서 몰래 움직이고 있었다. 칼리의 그림자가 뱀 모양에서 거대한 괴물로 변하며 법정 안으로 들어왔다. 두려움에 떨고 있던 청중 사이에 새하얀 침묵이 맴돌았다.

"세 번째이자 마지막 고발 건은… 모든 고발 건 중 가장 중대한 사안입니다. 이것은 인간이 동물의 왕국에 사는 같은 동물을 학대하고 욕하는 차원이 아니라, 글자 그대로 근절, 절멸에 이르게 한 것에 관한 내용입니다. 모두가 아는 것처럼 인간이 희귀종뿐 아니라 수많은 동물을 멸종시켜서 얼마나 많은 종이 사라졌는지 모릅니다. 그래서 이번에는 대지의 어머니의 균형을 깨뜨리는 심각한 대량학살에 대해 다루려고 합니다.

이러한 잔학함에는 오로지 한 가지 처벌만 있을 뿐입니다. 예방 차원에서 호모 사피엔스를 미리 다 없애는 것입니다. 더 늦기 전에 많은 생명체의 삶을 볼모로 잡는 끔찍한 위협을 끝내야 합니다. 우리의 모기 비행 중대는 이미 그들에게 독극물을 투여할 준비가 되어 있습니다. 이렇게 해야만 진화 과정에서 우리가 살아남을 수 있습니다.

그럼, 고대로부터 인간의 대량학살로 인해 피해를 보고 있는 대표적인 종을 불러서 심문을 시작하겠습니다. 늑대 브랑코를 증인으로 신청합니다."

동물들의 인간 심판

거대한 무리가 사라지고 소수만 살아남았다
늑대 브랑코

검사가 다음 증인의 이름을 부르자 웅성웅성하던 청중들이 갑자기 조용해졌다. 겁이 나서인지, 존경해서인지, 기대감 때문인지, 아니면 셋이 다 섞여서인지 알 수 없었다. 갑자기 뒤에서 사나운 울부짖음이 들려오기 시작했다. 적어도 열에서 열둘은 돼 보이는 늑대 무리가 길을 내려오면서 청중들에게 겁을 주고 있었다. 무리 중에 가장 몸집이 크고 무섭게 생긴 늑대 한 마리가 그들 사이로 조용히 걸어 들어왔다. 털은 어두운색이었고, 피부에는 수많은 상처가 있었으며, 눈초리는 가늘고 길게 찢겨서 노란빛을 띠고 있었다. 그의 자신감 있으면서도 차분한 걸음에서 힘이 느껴졌다.

브랑코*가 강가에 도착해 미묘한 소리를 내자 수많은 악어가 순식간

---

* 브랑코(Branco)는 이탈리아어로 '떼, 무리, 패거리, 일당'을 의미한다. 이야기 속에서 브랑코는 이탈리아어를 쓰는 회색늑대인데 늑대가 무리 생활을 하는 종이라서 붙인 이름이다.

에 모여들어 다리를 만들었다. 브랑코가 포식자 특유의 무섭고 매서운 눈빛으로 나를 쳐다보며 코앞에 있는 강을 건너는 모습에 나는 심장이 얼어붙는 듯했다. 그 순간 그라제시가 내 옆에 있다는 것이 든든했다. 브랑코는 매서운 눈빛을 거두고 웃으면서 돌로 만든 연단 위를 향해 나아갔다. 그러자 갑자기 청중 사이에서 한 명이 일어서서 나오더니 그를 향해 몸을 조아렸다.

"벤베누토Benvenuto, 환영합니다, 브랑코 씨."

칼리가 보통 때보다 훨씬 더 존경을 담아 인사를 건넸다.

"그라지에, 피스칼레Grazie, fiscale, 감사합니다, 검사님. 잘 아시겠지만 나는 법정과는 별로 친하지 않습니다. 하지만 이번에는 특별한 경우라 이렇게 나오게 되었습니다."

"괜찮으시다면, 바로 질문을 하겠습니다."

"프레고, 프레고Prego, prego, 괜찮고말고요."

브랑코가 인자한 모습으로 대답했다.

"브랑코 씨, 혹시 인간들이 '빨간 모자'라고 부르는 이야기를 알고 계십니까?"

그는 살짝 피곤한 듯한 목소리로 대답했다.

"알다마다요, 너무 잘 알고 있습니다. 카푸체토 로소Cappuccetto Rosso, 빨간 모자! 이건 독일의 빌어먹을 그림 형제가 써서 인간 사이에서 인기 있고 유명해진 이야기가 아닙니까?"

"그럼, 그 이야기를 좀 해 주시죠."

"빨간 모자는 어린 여자 인간인데 할머니 댁에 가다가 숲에서 늑대를 만납니다. 그런데 그 늑대가 이미 먼저 가서 할머니를 잡아먹고는 곧바로 불쌍한 *시뇨라signora*, 부인의 옷으로 갈아입고서 빨간 모자를 속이려고 했습니다. 결국 어른 남자 인간이 그 *밤비나bambina*, 계집아이를 구해 주고 늑대를 죽였습니다."

"늑대들은 이 이야기를 어떻게 생각합니까?"

"처음부터 완전 바보 같은 이야기입니다. 만일 늑대가 계집아이를 잡아먹고 싶었다면, 왜 버섯을 먹을 때 함께 먹어치우지 않았겠습니까? 왜 숲에 혼자 있을 때 바로 잡아먹지 않았겠습니까? 뭐 하러 할머니까지 끼워 넣어서 *비타vita*, 삶을 더 복잡하게 만들었겠냐고요. 인간은 아주 똑똑하지만, *스투피도stupido*, 멍청한 일을 하기도 해서 이렇게 황당한 소리를 하는 겁니다. 게다가 늑대는 사냥감 하나 잡으려고 대본까지 쓰지는 않습니다. 그냥 지칠 때까지 무리를 쫓고 언제나 그들과 당당하게 맞섭니다. 아시겠어요? 그렇게 비겁하게 남을 속이는 건 인간들이나 하는 짓입니다."

"재판장님, 이의 있습니다."

필로스가 말을 막았다.

"지금 증인이 말하는 건 대량학살 고발 건과는 전혀 상관이 없습니다. 왜 빨간 모자를 들먹이는 겁니까? 검사 측에서는 앞서 이미 인간의 중상 혐의에 대해 질문했고, 지금 말하는 내용은 그 고발 건과 증거가 겹칩니다."

그 말을 듣자 칼리가 판사에게 다가갔다.

"재판장님, 저는 인간이 동물에게 하는 만행을 좀 더 확실하게 보여주기 위해 인간을 늑대와 비교하려고 합니다. 좀 더 인내심을 가져주시길 바랍니다."

"이의를 기각합니다."

솔로몬이 날개를 치며 말했다.

"검사 측, 본론으로 곧장 들어가세요."

"감사합니다, 재판장님. 브랑코 씨, 이 이야기에서 중요한 핵심은 인간이 늑대를 잔인하고도 공격적이며 사나운 이미지로 그려 놓았다는 점입니다. 그런데 늑대가 실제로도 그렇습니까? 인간을 마구 공격하나요? 사람들을 아무렇게나 죽이고 먹어치웁니까?"

브랑코가 짜증을 냈다.

"언제요, 장난합니까? 그런 말은 전혀 근거가 없습니다. 물론, 그들이 우리를 공격한다면, 그러니까 우리 *파밀리아famiglia*, 무리를 공격한다면, 우리도 방어를 할 수밖에 없습니다. 하지만 그들이 우리를 *리스페토rispetto*, 존중한다면 우리도 그들을 존중할 겁니다.

내 말을 믿으세요. 미쳐서 정신 나간 늑대나 아무 이유 없이 인간을 공격합니다. 늑대가 배고플 때 먹고 싶은 건 사슴고기로 만든 오소부코*와 들소로 만든 맛있는 코스톨리테**나 산토끼로 만든 카르파초***입니다. 바로 잡은 동물은 아주 신선하니까요. 인간은 우리 메뉴에 끼지도 못합니다, 왝!"

"하지만 인간은 늑대를 공격성의 상징으로 그려 놓았습니다. 늑대가 그렇게 사납고 무자비한 동물입니까?"

---

* 송아지의 정강이 살을 와인, 양파, 토마토 등과 함께 찐 이탈리아 요리.
** 갈비 요리.
*** 날고기나 날생선을 얇게 썰어서 소스를 뿌린 요리.

브랑코는 마치 죄 없는 어린 양의 얼굴을 하고는 말했다.

"우리들의 생활방식인 코사 노스트라*cosa nostra*에 대한 오해가 많습니다. 네, 맞습니다. 늑대는 포식동물입니다. 근데 그게 죄입니까? 우리는 날카로운 발톱, 송곳니, 사냥 본능을 타고났습니다. 생존을 위해 다른 동물들을 죽입니다. 우리에게 폭력은 삶의 일부입니다. 그렇다고 우리가 동물의 왕국 내에서 특별히 사나운 동물도 아닙니다. 우리는 분명 인간보다는 덜 사납습니다."

"인간보다 덜 사납다고요?"

"훨씬요. 예를 들어 늑대는 서로 죽이지 않습니다. 우리는 누가 일 카포*il capo*, 우두머리인지를 정하거나 무리를 어떻게 꾸려 갈지를 결정하는 세력 다툼을 할 때는 물론 사나운 면이 있습니다. 곰 같은 다른 포식자나 경쟁하는 다른 무리와 무장해서 싸우기도 합니다. 하지만 이건 외부 침략으로부터 우리 무리를 지키기 위한 영토 게임일 뿐입니다. 사투를 벌이지도 않습니다. 싸움의 목적은 당연한 존중을 받기 위한 것이어서 그것을 얻으면 싸움은 중단됩니다. 늑대 사이에서도 오노레 *onore*, 명예가 있고, 다른 이들을 무자비하게 죽이지 않는 존중의 규칙이 있습니다. 늑대는 자신이 상대방과 겨룰 만한 상대가 되지 않는다고 생각하면 무릎을 꿇고 고개를 숙입니다. 그러고는 '항복합니다, 당신이 일 카포입니다.'라고 인정합니다. 그러면 승자는 목숨을 살려 주는데, 이미 자신의 명예를 회복했고 존중을 얻었기 때문입니다."

"근데 인간들은 어떻습니까?"

---

* '우리의 것'이라는 뜻의 이탈리아 마피아 조직의 이름.

브랑코가 천천히 짖기 시작했다.

"인간들은 명예가 없고 그저 잔인하고 비겁합니다. 직접 부딪쳐 싸우지 않고 멀리서도 상대를 즉시 죽일 수 있는 무기를 갖고 있습니다. 버튼 하나만 누르면 손에 피 한 방울 묻히지 않고 수백 또는 수천 명을 죽일 수 있습니다. 이런 상황에서 희생자들은 종종 항복한다는 표시조차 못한 채 죽음을 맞습니다. 이보다 더 사악하고 비겁한 짓을 본 적이 있습니까?"

"인간이 그런 무기를 자주 사용합니까?"

"*체르토Certo*, 물론입니다. 인간은 늑대보다 훨씬 더 지역적이고 계층적입니다. 그들은 자주 '형제애' 또는 '평등'에 대해 말합니다. 인간의 무리 중에서 우두머리는 어느 알파 늑대*보다 힘이 세고 강력합니다. 그들의 영토 전쟁은 피비린내 날 정도로 잔인해서 희생자를 셀 수 없습니다. 수십 년 전에 아돌프 히틀러라는 무시무시한 우두머리가 여러 이웃 무리와 전쟁을 일으켰고, 수많은 동족의 뜻에 반하여 대량학살을 일으켰습니다. 정말 많은 사람이 죽었는데 그들 중 대다수는 싸움을 원하지 않았고 무방비 상태에서 죽었습니다.

맘마 미아Mamma mia, 맙소사! 인간들은 *비올렌자violenza*, 폭력을 매우 숭상합니다. 전쟁사를 기념하기 위해 도시의 가장 중요한 곳에는 개선문이, 런던에는 넬슨 기념비 같은 멋진 돌과 청동으로 만든 기념비가 세워졌습니다. 또한 전쟁 무기를 장난감으로 갖고 놀고, 텔레비전에서 전쟁 이야기가 나오고, '전쟁', '혁명' 등의 영토와 권력 게임의 복잡한

---

* 늑대 무리의 최상위 우두머리.

동물들의 인간 심판

갈등 요인을 연구하는 데 전력을 다하기도 합니다. 그걸 '역사'라고 부르더군요. 그리고 늘 '뉴스', 즉 전쟁과 살인, 영토분쟁, 대량학살 등 가장 폭력적인 최근 소식에 귀를 쫑긋 세웁니다."

칼리가 비꼬면서 말했다.

"참나, 진화된 원숭이가 하는 짓을 좀 보세요. 내 기억이 틀리지 않다면 철학자인 토머스 홉스는 이런 인간의 잔인성을 두고 '인간은 모든 인간에 대해 늑대이다.'라는 말을 했습니다."

늑대가 목구멍 깊숙이에서 소리를 끌어내며 울부짖었다.

"아우우우우! 부디 인간이 모든 인간에 대해 늑대이기를! 우리 늑대는 자신의 종족에게 친절하고 공평합니다. 늑대는 인간처럼 발톱을 하나하나 뽑아 가며 고문하지 않습니다. 돌에 묶어 깊숙한 강바닥 속으로 던지지도 않습니다. 살아 있는 채로 태우거나 치명적인 미사일을 쏘지도 않으며, 지하 감옥에 가두거나 그저 호기심이나 *벤데타vendetta*, 복수 때문에 살인하지도 않습니다. 또한 잔혹행위를 한 이들을 위해 기념비를 세우지도 않습니다. 쳇, 그런데 인간이 모든 인간에 대해 늑대라니. 다행히 늑대는 모든 늑대에 대해 인간이 아닙니다. 홉스의 말은 참을 수 없는 중상입니다. 거기에 왜 늑대를 끌어들이는 겁니까!"

"그러니까… 늑대는 인간을 공격하지도 않고 그들처럼 잔혹하지도 않다는 말이로군요. 그렇다면 인간은 늑대를 어떻게 대합니까?"

"이건 슬픈 이야기인데요. 수많은 봄을 지나오면서 우리는 서로 존중하라는 조약을 세웠습니다. 우리는 우리의 조약이 있고, 그들은 그들의 것이 있습니다. 그들은 우리에게 많은 은혜를 빚졌습니다, 아시죠? 우리 조상 중 하나가 *그란데 치타 디 로마grande città di Roma*, 위대한 로마 도시를 세운 사람인 로물로와 레모*를 젖을 먹여 길렀습니다. 하지만 인간을 믿는 건 바보짓이었죠. 로물로가 자신의 형제인 레모를 죽였으니까요. 자신의 가족도 존중하지 않는 종을 어떻게 믿을 수 있겠습니까?

결국 그들은 우리를 배신했습니다. 끔찍한 배신이죠. 갈수록 치명적인 무기로 사슴, 들소 등 우리의 먹잇감이 되는 초식동물을 죽였습니다. 목초지와 경작지를 만든다는 이유로 숲을 파괴하고 영토를 빼앗았습니다. 우리는 별 수 없이 인간에게 포로로 잡힌 양을 공격했습니다. 먹고살기 위해서는 별다른 도리가 없으니까요. 그랬더니 그들은 우리 무리와 몰살 전쟁을 시작하더군요. 우리에게 현상금을 붙였고, 전 세계 청부 살인자들은 올가미를 놓거나 독을 타거나 총으로 우리를 처단하기 시작했습니다. 시실리아 섬에 살던 가장 아름다웠던 우리의 막내까지 죽었습니다…. 케 트라제디아*che tragedia*, 정말 비극적인 일입니다!

예전에는 온 지구의 온대림에서 늑대의 노랫소리가 들렸지만 지금은 어둠 속 그림자가 돼서 비밀스럽게 살아가는 법을 배운 몇몇 무리만 남았습니다. 내가 속한 무리는 로마에서 가까운 아브르초 숲에 살고 있습니다. 우리의 울부짖음은 갈수록 슬프게 퍼지고 있고, 곧 그 소리마저 멈출지도 모릅니다."

"그라지에*Grazie*, 감사합니다, 브랑코 씨."

"프레고*Prego*, 천만에요, 검사님."

칼리는 필로스에게 자리를 물려주고는 원래 있던 나무로 가서 똬리를 틀었다. 필로스가 늑대에게 다가가자 두 갯과 동물은 서로 쿵쿵거리

---

* 신화 속에서 로마는 늑대의 젖을 먹고 자란 로물로와 레모에 의해 시작된다.

　　　　　　　　　　　　　　　　　동물들의 인간 심판

며 냄새를 맡기 시작했다. 개와 늑대가 아주 비슷한 것은 아니지만 둘이 먼 친척 사이라는 것은 모두 아는 사실이다. 어쩌면… 라이벌 관계일지도 모르고.

그러다 갑자기 예상치 못한 일이 벌어졌다. 개와 늑대 사이의 긴장감이 개가 짖는 소리를 신호탄으로 터져 버렸다. 브랑코가 화가 나서 필로스의 목을 물어뜯을 기세로 공격했다.

"늙은, 앞잡이, 매수된, 배신자!"

브랑코는 사납게 소리를 질렀다. 필로스가 공격을 피하려고 사방팔방으로 뛰면서 항변했다.

"브랑코 씨! 진정하세요!"

"왜 당신 개들은 가족을 버리고 인간을 택한 겁니까? 정말 역겹습니다!"

"브랑코 씨, 법정 규정을 준수해 주시기 바랍니다!"

필로스가 브랑코의 공격을 재빨리 피하면서 외쳤다.

"겁쟁이, 덤비시지! 늑대처럼 싸워 보시지…. 한 번 보여 줘 보시지!"

이 싸움에서 그들은 회오리바람이 일 듯 털을 곤두세우고 이빨을 내보이며 발로 차고 침을 뱉었다. 모여 있던 청중들은 혼란스러워하면서 몇몇은 소동을 일으키고, 다른 몇몇은 그 소란에 끼어들며 부추겼다. 브랑코의 무리는 사납게 짖어댔다. 칼리는 나뭇가지에 매달린 채 싸움을 흥미진진하게 지켜보고 있었다. 부엉이 솔로몬은 날아올라 필로스와 브랑코 위를 왔다 갔다 하며 날개를 펄럭거렸다.

"조오오오-요요용!"

부엉이가 소리쳤다. 하지만 정작 울부짖는 짐승들의 싸움을 막으며 조용히 하라고 소리친 것은 그라제시였다. 그러자 브랑코는 커다란 고양이 앞의 불쌍한 작은 고양이처럼 즉시 공격을 멈추고 탄식하며 바위 뒤로 몸을 감췄다. 법정 안에는 다시 바위로 돌아오는 부엉이의 날갯짓 소리만 들릴 뿐 적막이 흘렀다.

"필로스 씨, 괜찮으십니까?"

솔로몬이 물었다.

"네, 재판장님, 다친 곳은 없습니다. 괜찮습니다."

필로스는 예상치 못한 공격에 놀랐다가 정신을 차리며 대답했다.

"그라제시, 숨어 있는 증인을 좀 불러오세요."

호랑이 그라제시는 숨어 있는 늑대에게 천천히 다가가서는 낮은 목소리로 으르렁거렸다.

"브랑코, 내가 자네가 거절할 수 없는 제안을 하나 하지. 법정으로 다시 돌아와서 순하고 작은 강아지처럼 굴어. 아니면 자네의 안전을 보장할 수 없을 거야. 어흥."

호랑이 그라제시의 말이 끝나기가 무섭게 머리를 떨어뜨리고 다리 사이에 꼬리를 내린 늑대가 모습을 드러냈다. 그라제시는 원래 있던 자리로 자랑스럽게 돌아와서는 나를 돌아보며 한숨을 쉬었다. 눈앞에서 벌어진 일이 믿기 어려운지 머리를 절레절레 흔들며 걸으면서 혼잣말을 했다.

"정말 우습군."

판사가 주의를 줬다.

"브랑코 씨, 이곳은 결전을 위해 모인 자리가 아닙니다. 다시는 본인의 역할을 잊지 마시길 강력히 부탁드립니다."

브랑코가 돌 위에서 정중하게 잘못을 뉘우치며 속삭였다.

"재판장님, 정말 죄송합니다. 다시는 이런 일이 없을 겁니다. 약속드립니다. 특별히 변호사님께 죄송합니다."

"아닙니다, 브랑코 씨. 조금 전 일은 잊고 다시 질문하겠습니다."

"당신의 관대함에 언젠가 보답하겠습니다."

"아닙니다, 모두 잊으세요."

"나는 절대 잊지 않습니다."

늑대는 자존심을 조금 회복했는지 앞발을 위로 들며 말했다. 필로스는 브랑코의 마지막 대답에는 신경도 쓰지 않고 아무 일도 일어나지 않았다는 듯 질문을 이어 나갔다.

"브랑코 씨, 이제까지 인간의 잔인한 공격성에 대해 말씀해 주셨습니다. 하지만 이해가 안 가는 부분이 있습니다, 정말 이해가 안 갑니다. 인간들이 매우 파괴적인 무기를 들고 전쟁을 한다면 어떻게 그들의 숫자가 그렇게 늘어날 수 있는 건가요? 그들이 언제나 공격적이라면 벌써 예전에 서로를 죽여서 사라지지 않았을까요?"

"나는 그들이 늘 싸운다고는 말하지 않았습니다."

늑대가 퉁명스럽게 대답했다.

"그렇게 말씀은 안 하셨지만 말씀하신 내용을 들어보면 당연히 그런 생각이 듭니다. 인간의 행동이 정상이라고 보십니까? 그들이 가정, 직장, 거리, 들판에서 정상적으로 행동한다는 건가요? 아니면 대부분은 공격적인가요? 그것도 아니면 평화로운가요?"

"바 베네*Va bene*, 좋습니다. 그들의 일상은 보통 아주 평화롭습니다. 가족이나 친구, 동료 사이에서는 서로를 존중하고 배려하며, 게다가 친절하고 따뜻하기까지 하니까요. 그들은 마치 부오네 파밀리아*buone* *famiglie*, 좋은 가족처럼 서로 돕습니다. 사실 늑대도 그런 인간들이 살인을 일삼는 종족이라는 것이 놀랍습니다."

"오래된 도덕 법규에 따르면 인간 사이에서 폭력과 살인은 불법과 금기가 아닌가요? 폭력적인 일이 벌어지면 '비인간적'이라고 말하지 않습니까?"

"네, 맞습니다. 하지만 법규가 있어도 피 흘리는 살인은 여전히 발생합니다. 전쟁은 또 어떤가요? 어떤 법도 전쟁을 금지하고 있지 않습니다. 인간은 전사를 칭송하고, 그들을 위해 시를 지어 바치며, 그들의 이름을 따서 거리를 만들거나 기념비도 세웁니다."

"반면 인간은 사랑과 평화를 담은 노래나 시, 예술 작품도 만들어 바치지 않습니까? 어떤 인간은 전쟁이나 폭력에 대해 비판도 하고요. 그리고 오늘날에는 아돌프 히틀러를 부끄러운 범죄자라고 여기지 않나요?"

"네, 그건 분명합니다."

"사실 인간은 평화를 사랑하고, 실제로 특별한 동물, 당신들도 아시겠지만, 비둘기를 특별히 평화의 상징으로 여깁니다."

비둘기들이 나무 상자 위에서 쿠우-쿠우우우우, 쿠우-쿠우우 합창을 하면서 화답했다. 필로스도 그 소리에 맞춰 꼬리를 흔들었다.

"브랑코 씨, 노벨 평화상이라고 인간이 서로 조화롭고 평화롭게 살기 위해 노력하는 사람에게 주는 명망 높은 상을 아시죠?"

"네. 하지만 *아텐치오네attenzione*, 주목하세요! 그 상을 만든 스웨덴 사람 알프레드 노벨이 가장 파괴적인 무기인 '다이너마이트'를 만들었다는 사실도 꼭 알아야 합니다. 그는 그 전쟁 무기를 발명해서 엄청난 돈을 번 다음에 노벨 평화상을 만드는 데 유산을 기증했습니다. 이후 무

　　　　　　　　　　　　　　　　　　　동물들의 인간 심판

기를 만드는 전통을 이어받아 노벨 평화상 수상자로 안드레이 사하로 프가 뽑히기도 했습니다. 그 자는 몇 초 내에 온 도시를 가루로 만들어 버릴 수 있는 무기인 원자폭탄을 고안한 구소련의 인물입니다. 이런 것을 평화를 위한 상이라고 할 수 있을까요!"

필로스가 헛기침을 하며 짖어댔다. 분명한 반문에 그도 놀란 눈치였다.

"좋습니다, 콜록, 콜록. 당신도 그게 인간 법칙에서 예외적인 것이고, 보통은 평화롭다고 생각하시는 거군요…"

"맞습니다. 대량학살이 벌어지지 않을 때는 대체로 그렇죠."

"그럼 인간의 예외적인 행동에 대해 말해 봅시다. 인간이 모르는 사람을 포함해 누군가를 돕다가 자신이 손해를 보는 것을 본 적이 있습니까?"

늑대는 잠깐 조용히 생각에 잠겼다. 한참 생각에 잠겨 있던 브랑코가 대답했다.

"네, 있습니다. 인간은 어떤 동물보다 잔인한 면이 있습니다. 그러나 모순이긴 합니다만 고귀한 이타심을 보이는 것도 사실입니다. 꼭 가족이 아니어도, 어떤 *파보레favore*, 호의를 바라지 않고 남을 돕습니다."

"정확하게 말하면 그 놀라운 이타심을 '박애정신' 혹은 '인도주의적'이라고 하지 않습니까? 그리고 그 반대의 잔인함을 '비인간적'이라고 부르고요."

브랑코가 묘한 웃음을 지으며 인정했다.

"그렇네요."

"인간의 이타심에 대해 아시는 것 몇 가지만 들려 주시기 바랍니다."

"인간은 아픈 사람이나 노인을 돌봅니다. 가장 약하고 불리한 상황에 처한 사람도 돕죠. 매우 예외적이긴 하지만 다른 사람을 돕기 위해 위험을 무릅쓰거나 생명을 바치기도 합니다."

"이런 예외적인 경우에 대해서는 어떻게 생각하십니까?"

"물론 나는 그들을 존경합니다. 진심으로 가장 높은 존경을 보냅니다. 종종 사람들은 그들을 신처럼 여기기도 합니다."

"예를 들어 주실 수 있으신가요?"

"그리스인 중에는 소크라테스가 있고, 유대인 중에는 예수가 있는데, 가장 존경받는 두 인물입니다. 이 둘은 *베리타verità*, 진리나 *아모레 amore*, 사랑 같은 가치를 지키다가 죽임을 당했습니다. 또한 해리엇 터브먼,* 에멀린 팽크허스트,** 마하트마 간디 같은 사람들은 차별받고 노예가 된 사람들을 돕기 위해 고문을 겪고 자신의 삶까지 내던졌습니다. 판사인 조반니 팔코네, 파올로 보르셀리노***는 죽음을 무릅쓰고 법을 지키기 위해 강력한 범죄자들과 맞서다가 결국은 죽임을 당했습니다. 그 가치와 헌신을 기리기 위한 기념비도 남아 있습니다."

"또 다른 자료를 보죠. 아주 평화로운 인간 집단도 존재하지 않나요? 물리적인 폭력을 한 번도 겪지 않은 사람들이 존재하는지요?"

"몇몇 있습니다. 그건 미국에 사는 사촌 늑대들이 잘 알고 있는데,

---

* 흑인해방운동가.
** 영국의 사회운동가로 여성의 참정권을 획득하기 위하여 투쟁했다.
*** 조반니 팔코네와 파올로 보르셀리노는 이탈리아에서 벌어진 반마피아 운동을 이끌었던 법조인으로 마피아에 의해 암살당했다.

예를 들면 북쪽의 추운 지방에 사는 이누이트족* 무리가 그렇습니다. 그들은 분노와 폭력을 두려워합니다. 그래서 분노와 폭력을 예방하고 통제합니다. 하지만 이런 인간 무리가 별로 많이 남아 있지 않고, 대부분은 이들의 존재조차 모릅니다. 일반 사람들이 접근하기 어려운 곳에 살기 때문이죠. 평화로운 무리는 공격적인 무리들에게 쉽게 정복당할 수밖에 없습니다. 소크라테스, 예수, 간디가 겪은 것처럼 결국엔 폭력이 이겼습니다."

"사람들은 폭력이 이겼다고 말합니다. 하지만 소크라테스, 예수, 간디 그리고 살인자 중 누가 더 존경을 받습니까?"

"물론, 의심할 여지없이 전자들이죠. 그들이 죽고 수많은 시간이 흘렀는데도 다른 사람들에게 용기, 존엄성, 평화의 본보기가 되고 있으니까요."

"왜 인간들은 무기보다 평화의 손을 들어 줄까요? 알프레드 노벨도 그런 의미에서 다이너마이트로 번 돈으로 평화의 상을 만들 결심을 한 게 아닐까요?"

"나도 그렇다고 생각합니다."

"우리는 지금 늑대와 인간 사이의 관계에 대한 이야기를 나누고 있었습니다. 모든 인간이 똑같은 편견을 가지고 늑대에게 만행을 저질렀나요?"

"물론 모두가 그런 것은 아닙니다. 수천 년 전에 살았던 미국의 늑대는 그곳에 살았던 붉은 피부색을 가진 무리와 이리저리 돌아다니면서

---

* 그린란드·캐나다·알래스카 등에 사는 어로·수렵인종.

평화롭게 살았습니다. 앞서 이누이트족에 대해 말했지만 그들 외에도 체로키족,* 나바호족,** 호피족,*** 수족****도 있습니다. 늑대와 붉은 피부족 사이에는 서로를 존중하고 존경하는 마음이 있었고, 땅, 사냥감, 숲, 강을 공유했습니다.

당시 유럽에서 피부가 흰 거대한 사병조직이 북아메리카에 도착했을 때 늑대는 모든 것을 잃기 시작했습니다. 그들은 모든 소란을 빨리 잠재우고 싶어 했습니다. 늑대만이 아니라 붉은 피부족도 감금되었다가 결국 대량학살을 당했습니다."

"'거대한 사병조직'은 늑대에게 하나같이 잔인하게 대한 겁니까?"

"모두가 소총을 난사한 것은 아니지만 대부분의 사람이 빨간 모자에서 묘사된 것처럼 늑대를 잔인한 동물이라고 아는 것 같았습니다. 그러다 보니 무서운 마음에 늑대의 운명에 대해 별로 관심이 없었던 것 같습니다."

"혹시 아시시의 성 프란체스코의 설교를 들어보셨습니까?"

브랑코는 그 이름을 듣자 꼬리를 이리저리 흔들었다.

"네. 그들은 우리 무리가 사는 곳 근처에 살았습니다. 그는 늘 '평화와 행복'을 호소했습니다. 예수님의 청빈과 희생하는 삶을 그대로 따르면서 사랑을 다른 종인 동물에게까지 확장했습니다. 그는 인간이 아닌 동물을 프라텔로*fratello*, 형제라고 부르며 가족처럼 여겼습니다."

---

* 애팔래치아 산맥 남부에 거주하는 인디언 족.
** 북아메리카 원주민 종족.
*** 북아메리카 원주민 종족. 주로 애리조나 주에 거주한다.
**** 아메리카 원주민의 한 종족.

동물들의 인간 심판

"그와 늑대의 우정을 담은 이야기를 알고 계신가요?"

"이탈리아의 아시시 근처에 구비오*라는 인간 마을이 있었습니다. 그곳 주민들은 도시를 서성거리는 늑대 한 마리 때문에 자주 놀라다 보니 불만이 많았습니다. 그 늑대는 굶주린 상태였습니다. 사람들은 그가 *밤비노bambino*, 어린아이를 잡아먹을까 봐 두려웠습니다. 프란체스코는 그런 늑대에게 음식을 주었고, 늑대는 그에게 마음을 주었습니다. 그는 두려움과 폭력이 아닌 *아모레amore*, 사랑을 가르쳐 주었습니다. 늑대들이 이때처럼 대접을 잘 받았던 적이 없습니다. 그래서 그곳의 모든 주민은 늑대를 사랑하게 되었고, 늑대가 죽자 사람들은 슬프게 울었습니다."

"혹시 스페인의 저명한 자연주의자인 펠릭스 로드리게스 데 라 푸엔테라는 이름도 들어보셨습니까?"

"그럼요. 펠릭스도 우리의 인간 *아미코amico*, 친구였습니다. 그는 늑대 무리와 함께 산에 살면서 무리의 우두머리가 되었습니다. 펠릭스와 같은 자연주의자들은 다른 동물의 행동양식에 대해 연구하면서 인간들의 마음에 자연에 대한 사랑과 존중을 심어 주었죠. 펠릭스는 텔레비전에 나오면서 인간 사이에서도 유명해졌지요. 그런 사람들 덕분에 지금은 늑대와 늑대가 사는 서식지 보호에 힘쓰는 다양한 인간 조직도 생겼습니다."

"지금 이 순간에도 늑대 숫자가 계속 줄어들고 있습니까?"

브랑코가 마치 이런 좋은 소식을 알리는 게 좀 불편하다는 듯 그르

---

* 이탈리아 중부의 도시.

렁거렸다.

"사실상 그렇지는 않습니다. 한 30년 전만 해도 우리 조직도 끝이 나는 듯했습니다. 인간이 거의 모든 늑대 무리를 없애서 유럽 늑대들의 피신처 중 하나인 아브르초 숲에 사는 늑대가 100마리도 채 남지 않았거든요. 하지만 그 후 늘어나기 시작해서 지금은 500마리 정도가 됐습니다. 다른 유럽과 미국의 무리 상황도 좋아졌고요. *센차 피에타senza pietà*, 무자비하게 사냥하는 인간도 여전히 있지만 최근에는 덜 공격적인 것은 분명합니다."

"그렇다면 늑대의 대량학살은 중단되었다고 말할 수 있습니까?"

"어떤 인간은 늑대와 새로운 조약을 맺고, 무자비한 폭력으로부터 우리를 보호해 왔습니다. 하지만 어떻게 인간의 호의를 신뢰할 수 있나요? 이미 수십 번 우리를 배신하지 않았습니까? 대량학살이 종결되었다고 단언할 수는 없습니다."

"감사합니다. 브랑코 씨."

"천만에요."

말이 끝나고 개와 늑대가 서로 인사를 나누었는데 이번에는 서로 적당한 거리를 두고 있었다. 브랑코는 자신의 무리를 향해 조용히 멀어져 갔다. 그러자 화가 난 칼리가 다시 법정으로 들어왔다.

"사랑과 평화에 대해 수많은 말씀을 해 주셨네요. 피고인 측은 아주 감성적이시군요. 감동해서 눈물까지 흘릴 뻔했습니다. 다른 분들은 안 그러신가요?

하지만 이런 의미 없는 이야기들로 이제까지 확인한 동물의 왕국에서 타의 추종을 불허하는 인간의 사나움을 덮을 수는 없습니다. 우리는 인간이 영토 전쟁, 권력 게임에서 수십만 명에 달하는 엄청난 인간을 한 번에 죽이는 것을 확인했습니다. 또한 인간이 너무나 사랑하는 개의 먼 친척인 늑대와 같은 동물이 수천 년 동안의 체계적이고 폭력적인 박해로 거의 다 사라진 것도 압니다. 인간은 늑대를 박멸하자는 수많은 캠페인 광고도 했습니다. 작은 동물보호구역에서나 겨우 살아남은 생존자는 또 어떻습니까? 인간은 기분에 따라 변하기 쉬운 동물입니다. 그러니 늑대 수가 늘었다고 큰 성공이라고 할 것이 아니라, 오늘날 이 자리에 없는 수많은 대다수의 늑대를 잊지 말아야 합니다.

이것은 인간의 추악하고 잔혹함을 드러내는 작은 일부분일 뿐임을 앞으로 계속 증명해 내도록 하겠습니다. 늑대는 여전히 존재하지만 인간 때문에 지구상에서 영원히 사라진 종은 수없이 많으니까요.

그럼 다음 증인으로 모기 피 씨를 신청합니다."

생명의 그물망을 찢고 종의 절멸로 이끌다
모기 피

거대한 모기 떼가 공중에서 크게 원을 그리며 혼란스럽게 지그재그로 날아 법정으로 쏟아져 들어오더니 법정 여기저기에 흩어져서 아치형을 이루며 앉아 있는 청중을 향해 날아갔다. 내 귀에도 윙윙거리는 소리가 들렸다.

"피피피피피피⋯ 하나-둘-셋. 하나-둘-셋. 테스트 중⋯ 나는 피의 말을 크게 전달해 주는 확성기 대변인입니다. 내 소리가 들리십니까? 들리세요? 히히히, 히히히."

모기 피는 워낙 작아서 잘 보이지 않고 작은 확성기 모양의 물체에서 피의 목소리가 흘러나오고 있었다.

"참고로 나는 고성능입니다."

나는 손바닥을 쳐서 윙윙 소리를 내는 모기를 때려잡고 싶었지만 금세 그다지 좋은 생각이 아니라는 사실을 깨달았다. 주변을 보니 호랑이 그라제시의 귀 주변에도 모기가 날고 있었고, 청중 옆에도 있었다.

단상 위에는 힘 있게 날아다니는 특별한 모기가 있었는데 그가 모기 피*인 것 같았다. 그는 날개가 크고 다리가 길었지만 피고인석에서 보니 공기에 떠다니는 작은 점처럼 보였다.

"좋습니다. 이미 확성기가 작동하고 있습니다. 피 사령관님 법정에 오신 걸 환영합니다."

칼리가 말을 시작했다.

"마침내 내 차례가 되었군요. 얼마나 증언하고 싶었는지 모릅니다."

피의 목소리가 확성기를 통해 생생하게 들렸다.

"반갑습니다, 사령관님. 곤충류에 속하는 모기는 이 땅에서 굉장히 오래 살았고, 다양하게 널리 퍼져 있죠?"

"그렇죠, 수천만 종이 있습니다. 다 셀 수 없을 정도죠. 우리는 수십억 년 전부터 살았고 여러 환경에 적응하면서 번식해 왔습니다. 숲이나 동굴, 동물의 피부, 북극의 얼음, 사막의 모래, 화산의 물, 석유 구덩이에서도 살아왔으니까요."

"그럼 인간을 잘 아시겠네요? 그들이 당신들을 어떻게 대하던가요?"

"멍청한 인간들! 정말 존중이라고는 전혀 없는 종족입니다. 특히 그들은 우리를 정말 미워합니다. 그저 모두 죽이려고만 듭니다. 벌레라고 부르면서 말이죠. '벌레 같다'라는 말은 혐오스럽고 초라하며 비참하여 살 권리도 없다는 의미로 쓰입니다. 우리를 볼 때마다 짓뭉개고 살충제를 뿌려대고 싶어 하죠. 대지의 어머니로부터 우리가 막 태어난 순간부터 인간은 손, 발, 구두, 신문, 화학물질 등으로 우리를 없애려고 달려

---

* 모기가 '피피피피' 소리를 내서 붙인 의성어 이름.

듭니다. 위생이라고 부르면서 말이죠! 청소라고도 부릅니다! 물론 우리는 그걸 대량학살이라고 부르지요."

"인간이 왜 그렇게 하는 겁니까?"

"가장 큰 이유는 우리가 인간을 물기 때문입니다. 참, 아니 어떻게 그렇다고 파리채 같은 살상 무기를 들이댈 수 있습니까! 또 인간은 우리와 마주치면 툭하면 웁니다. 마치 무서운 포식자를 만난 것처럼 펄쩍 뛰고, 벌벌 떨고, 달아나기도 합니다. 가엾은 인간들 같으니라고. 우리는 파리채지만 바퀴벌레나 말벌에게는 더한 무기를 장착합니다.

우리가 인간을 물기 때문에 죽인다는 것은 핑계에 불과합니다! 우리를 그렇게 대하는 진짜 이유는 우리를 아주 열등하고 보잘것없는 존재로 여기기 때문입니다. 우리가 인간의 주방이랑 경작지에 침범해서 그들의 식량을 먹는 것을 참지 못하는 겁니다. 우리가 그들의 코에 내려앉는 것도요. 궁극적으로 우리 때문에 자신들이 생각하는 것만큼 강하지 않다는 것이 들통 나는 것을 참지 못합니다. 하찮은 우리가 자신들을 공격하는 것을요. 인간에게 중요한 것은 우리를 보잘 것 없이 여기며 갖고 노는 것입니다."

"갖고 논다고요? 어떤 놀이를 말씀하시는 건가요? 이전에 브랑코가 말한 영토 게임이랑 권력 게임을 말씀하시는 건가요?"

"네, 맞습니다. 인간은 경쟁하는 동물입니다. 태어나서 죽을 때까지 경쟁을 즐기면서 이기고 지기를 반복합니다. 모든 개미, 흰개미, 벌과 같은 사회적 동물에겐 자기들만의 계급이 있습니다. 하지만 어떤 동물도 인간 계급을 당해 낼 수 없습니다. 인간은 어떤 동물보다도 경쟁심이 강합니다. 늘 누가 가장 예쁘고, 똑똑하며, 힘이 세고, 부자이며, 기술이 뛰어나고, 박식하며, 성스럽고, 즐거운지 정하려고 다툽니다. 조금만 차이가 나도 게임을 만들어 최고와 최악을 정하려고 하죠."

모기는 공중에서 위아래로 왔다 갔다 하면서 최고와 최악을 표현했다.

"참을 수가 없습니다! 인간은 최고가 아님에도 불구하고, 스스로 자신들이 최고라고 믿습니다. 다른 동물과 겨룰 때는 창조의 왕이자 진화의 결정판인 완벽한 존재의 자리까지 넘봅니다. 정말 웃깁니다. 그들이 걷는 것을 못 보서서 그렇지 두 다리로 서툴게 움직이는데 조금만 방심해도 바로 땅바닥에 구르게 됩니다. 그들의 추악함을 눈치 채지 못하셨나요? 벗은 몸을 감싸려고 인공적인 털로 옷까지 만들어 입는다니까요!

그리고 감히 곤충의 순위를 저 아래 가장 하등한 동물로 매겼습니다. 버릇없는 것들 같으니라고! 인간은 장미의 독특한 향기와 아름다움이 그들의 시와 밸런타인데이 준비를 위한 것이라고 믿고 싶어 하죠. 근데, 호모 사피엔스가 이걸 아는지 모르겠네요. 그 많은 꽃이 그들이 혐오하는 곤충을 끌어들이기 위해서 아름답다는 걸!

인간이 우리의 우월성을 순순히 인정하기를 바라지만 그럴 리는 없죠! 우리는 첫 번째 원숭이가 있기 훨씬 전부터 있었고 마지막 포유류 이후까지 있을 것입니다. 뭐, 특별히 어려운 일도 아닙니다. 이것이 삶의 법칙이니까요.

우리가 자기들을 이긴다는 것에 화가 나서일까요? 우리가 숫자가 많고 구석구석 존재해서 화가 난 걸까요? 인간 한 명당 수백만의 곤충이 곁에 있다는 것을 아십니까? 이렇게 많은 곤충을 어떻게 다 찾아낼 수 있겠어요! 개미의 후각이 예민하다는 것, 바퀴벌레가 머리가 없어도 살 수 있다는 것, 최고의 비행기도 파리의 놀라운 능력을 감히 흉내 낼 수 없다는 것, 이 사실에 그들이 화를 내는 걸까요? 그럴 겁니다. 빈대가 이불 속까지 들어왔다고 아주 성가시게 굴잖아요."

"그래서 인간이 곤충을 잡습니까?"

칼리가 질문했다.

"이보세요, 지금까지 뭘 들은 겁니다. 당연하죠. 몇 달 전에 대기업 사장의 피를 빨러 나간 적이 있습니다. 사장은 우리 쪽에서 보면 기업의 여왕벌 정도 되는 위치라고 할 수 있습니다. 그의 피는 과일즙 청량음료 같아서 맛있다고 소문이 자자했습니다.

사장이 불을 끄고 침대에 누웠습니다. 벽에 붙어 있던 나는 빛이 사라지자 천천히 그의 얼굴에 내려앉을 작업을 시작했습니다. 그런데 날개에서 나는 소리 때문인지 갑자기 불이 켜졌고 사람은 온갖 금기어를 남발하더니 실내화를 집어 들고서는 마구 내게 달려들었습니다. 일단 나는 공격을 피해서 가구 뒤편의 어두컴컴한 벽에 붙었습니다.

그는 정말 무식한 놈이었습니다. 화가 나서 방안이 쩌렁쩌렁 울리도록 '이런 숫염소 같은 망할 놈의 모기 같으니! 내가 반드시 잡고 말 테다. 내 신발 맛 좀 봐라.'라고 소리 지르며 달려들었습니다. 아직 물리지도 않았고, 게다가 암컷인 나를 수컷으로 아는지 숫염소라고 부르면서 말입니다. 사람을 무는 모기는 암컷이라는 걸 모르는 무식한 놈이죠. 이것도 남성우월주의 종들의 흔한 착각 중 하나입니다.

상황이야 어쨌든 나는 잘 숨었습니다. 인간이 아무리 애써도 나를 찾지 못했죠. 잠을 자다가 깬 그의 아내가 그냥 자자고 타일렀습니다.

그는 씩씩거리며 다시 불을 끄면서 또 '이런 망할 놈의 모기!'라고 소리쳤습니다."

"그래서 당신은 어떻게 했습니까?"

"조금 더 기다렸습니다. 사장이 잠이 들자마자 벽에서 떨어져 나와 다시 그의 얼굴 쪽으로 날아가서 코에 앉았습니다. 그리고 침을 꽂아 달콤한 피를 맛보았습니다. 멋진 식사였죠! 그런데 그때 사장이 다시 불을 켜고 소리를 지르더니 실내화를 집어 들고 미친 듯이 휘저었습니다. 다행히 나는 공격을 피해 천장에 매달려 있었습니다. 맹렬한 분노에 찬 목소리로 아내가 '모기는 내버려두고 제발 잠 좀 자자고!'라고 소리쳤습니다. 옆집에서도 '제발 조용히 좀 합시다!'라고 소리쳤습니다. 사장은 화가 났지만 코를 긁으며 불을 껐습니다. 나는 마침내 조용하게 그의 피를 먹기 시작했습니다. 이마와 눈꺼풀, 손가락, 몸 깊숙한 은밀한 곳의 피까지, 정말 오래간만에 포식했습니다.

이 인간의 과장된 반응에 주목해 주세요. 물기 전이라서 전혀 가렵지도 않은데 어이없게 불같이 성질을 냈습니다. 그들은 계급사회의 최고 자리에 있는 인간에 대한 하급 동물의 도전이라고 생각하는 것 같습니다. 감히 비천한 모기 따위가 인간의 피를 먹느냐는 거겠죠. 게다가 회사 사장이니 더 그렇겠죠. 권력 게임의 일부로 여기는 겁니다. 정말 용납할 수 없다, 이겁니다!

아마도 내가 벌레라서 인간에게 더 모욕감을 주는 걸 것입니다. 벌레는 놀랍고 생명력이 강한 존재인데 인간들은 유독 벌레를 싫어합니다. 구더기, 벌레는 욕으로 사용되죠. 우울할 때는 스스로 '벌레만도 못하다.'고 말하기도 합니다. 인간은 벌레를 천하고 불쌍한 최악의 존재로 여겨서 벌레에게 졌다는 것에 모욕감을 느낍니다. 사실 인간은 무덤 속에서조차 벌레에게 먹히니 결국 지는 꼴이지 않습니까? 인간이 크리스마스에 칠면조를 먹듯 벌레는 최고의 명절을 맞은 것처럼 인간의 사체를 맛있게 먹습니다."

칼리가 끼어들었다.

"근데 인간은 죽은 후에도 뭔가 남아 있습니까? 죽음이 종착역이 아닙니까?"

"인간은 죽음이 끝이 아닙니다. 그들은 죽고 나서도 경쟁하는 모순된 존재입니다. 넓고 고급스러운 묘와 다닥다닥 붙은 공동묘지를 못 보셨습니까? 정성 들여 비석 문구를 골라 새겨 놓거나 역사에 좋은 모습으로 남고 싶어서 안달하는 모습을 정말 본 적이 없습니까? 노벨이 유언을 통해 만든 것에는 평화 부문 상도 있지만 교육, 예술 부문도 있습니다. 거기에서 상을 받으면 묘비에 영원히 남습니다. 죽어서도 인간의 게임은 끝나지 않습니다.

하지만 벌레는 큰 무덤에 묻힌 사람과 공동묘지에 묻힌 사람, 성인, 평민, 아름다운 사람, 몸이 불편한 사람, 무지한 사람, 노벨상을 받은 사람을 똑같이 먹습니다. 벌레는 절대 누구도 차별하지 않습니다. 모든 인간을 평등하게 대합니다. 인간 삶 중에 유일하게 평등한 순간일 것입니다. 그런데 그것에 인간이 화를 냅니다. 당연히 경쟁하는 인간은 이렇게 모두를 평등하게 대하는 우리가 견딜 수 없게 싫겠죠."

"그래서 인간은 모든 살아 있는 벌레를 박멸하면서 최고임을 드러내고 싶어 하는 것이다?"

"맞습니다. 인간은 살면서 만나게 되는 모든 벌레 앞에서 최고이고

　　　　　　　　　　　　　　　　　　동물들의 인간 심판

싶어하죠. 한번은 열심히 일하던 개미 부대가 실수로 인간의 집에 들어 갔습니다. 얼마 되지도 않은 음식 부스러기를 먹으려고요. 그런데 인간 이 해충이라며 빗자루, 물통, 화학 살상 무기를 꺼냈습니다. 근데, 솔직 히 말해서 누가 진짜 해충입니까?"

칼리가 대답했다.

"직접 말씀해 주시지요. 누가 진짜 해충입니까?"

"바보 같은 소리 하시네. 내가 강조하려고 한 질문이잖습니까! 인간 이 그렇다는 거지 누구겠습니까? 내가 증명해 볼까요. 인간의 개체수 는 50년 전에는 20억 명이었고, 25년 전에는 40억 명, 오늘날은 70억 명 가까이 됩니다. 아마 100년 후에는 100억 명을 돌파할 겁니다. 물론 인간이 하는 계산에 따른 거죠. 그들이 온 지구를 오염시키고 있는 셈 이지요."

칼리가 이의를 제기했다.

"하지만 아까는 곤충이 더 많다고 하셨는데요. 인간이 많다고 꼭 위 험한 건 아니지 않습니까? 인간을 다른 동물과 공존할 수 없는 존재로 보시나요?"

피가 한숨을 쉰 후 하늘을 날면서 말했다.

"제발 공존할 수 있었으면 좋겠습니다! 인간은 예전부터 오랫동안 해 를 끼치지 않았습니다. 그때는 날카롭지 않은 도구와 간단한 기술로 작 은 짐승처럼 서툴게 사냥을 했습니다. 이후 큰 집단을 이루고 초강력한 놀라운 힘을 키웠지요. 그런데 중요한 건 사냥하는 시간은 전혀 줄어들 지 않았다는 겁니다. 자신들의 자리를 넘보는 모든 종에 대해 박멸 전 쟁을 선포했거든요. 그들은 지구의 생태계를 파괴하고 있습니다."

"좀 더 구체적으로 설명해 주시기 바랍니다."

피가 공중에서 이리저리 복잡한 교차선을 그리기 시작했다.

"생태계란 동식물 사이에 연결된 아름다운 그물과 같습니다. 참, 거미는 곤충이 아닙니다. 이 점은 확실히 해두고 싶습니다."

칼리가 대답했다.

"우리 중 누구도 그렇게 생각하지 않습니다."

"그런데 많은 사람들은 곤충이라고 생각하죠. 거미는 가재처럼 절지동물입니다."

모기가 거미에 대해서 설명하면서 다시 공중에 복잡한 그림을 그리기 시작했다.

"결국, 생태계란 여러 종 사이에 거미줄처럼 연결된 거대한 그물망입니다. 큰 물고기는 작은 물고기를 먹고, 곰은 또 다른 동물에게 먹힙니다. 기생충에게는 곰이 필요하고 더 큰 벌레에게는 기생충이 필요합니다. 새에게는 곤충이 필요하고 나무에게는 새가 필요합니다. 나무는 산소를 만들어 내고 그 산소로 모두가 숨을 쉽니다. 이 복잡한 생명의 그물망은 수많은 봄을 보내면서 커지고 촘촘하게 짜였습니다. 대지의 어머니인 지구는 수십 가지 다양한 색으로 멋지게 짜인 생명의 줄로 뒤덮여 있습니다. 정말 너무 아름답고 다채롭고 신비롭기까지 합니다.

여기에서 주의할 점이 있습니다! 생태계는 약하고 찢어지기 쉽다는 사실입니다. 지구상 어딘가에서 큰 변화가 일어날 때 그런 일이 벌어집니다. 새로운 약탈자들이 대거 생기거나 화산이 터지는 등 생태계의 균형이 깨지면 여러 유형의 돌연변이와 천재지변이 발생합니다. 마치 거미줄이 찢어지면 그것을 고치기 위해 거미가 미친 듯이 일을 해야 하는 것처럼 말이죠. 새로운 환경에서 어떤 종은 증식하고 어떤 종은 고통을 겪고 사라지기도 합니다. 또한 소멸하기도 하죠. 수많은 종이 그런 변화를 겪는데, 인간 중에서도 준비가 덜 된 인간은 먼저 죽음을 맞습니다. 물론 털이 많고, 키가 크고, 눈이 푸른색인 인간*이나 새로운 환경에 유리한 조건을 갖춘 인간은 살아남습니다. 시간이 지나면 새로운 균형이 잡히고, 생명의 그물망이 다시 새롭고 독특한 디자인으로 지구를 덮게 되며, 전체적으로 풍성해질 것입니다."

"근데 인간이 이 모든 것과 무슨 상관이 있죠?"

"조금만 더 기다리세요! 곧 설명해 드리겠습니다. 지금 이 거대한 생명의 그물망은 인간 때문에 예전과 비교해서 심각한 타격을 받고 있습니다. 이런 일은 대지의 어머니나 수많은 지역 균형에 변화가 생길 때 동시 다발적으로 벌어집니다. 자주 일어나는 일은 아니지만 원한다고 피할 수 있는 일도 아닙니다. 한때 수많은 종이 멸종하고, 수십억의 개체가 후대를 보지 못한 채 죽음을 맞았습니다. 거대한 소행성이 지구에 떨어지면서 공룡 가족도 사라졌습니다."

"그러니까 피 사령관께서 말씀하시고 싶은 게 인간을 이런 천재지변 중 하나와 비교할 수 있다는 겁니까? 천재지변이 공룡을 전멸시킨 것처럼 인간이 대량멸종을 일으키는 존재라는 말씀이신가요? 그러니까, 즉 인간이 대지의 어머니와 충돌을 일으킨 위험한 행성과 같은 존재라는 뜻인가요?"

"네, 실제로 인간들은 소행성일 뿐 아니라 공룡이기도 합니다. 인간

---

* 백인을 묘사한 것.

은 공룡처럼 지구를 지배하면서 수많은 환경 변화를 일으켰습니다. 또한 지구에 떨어진 소행성처럼 모든 생명의 그물망을 찢어놓고 수많은 종을 멸종시킵니다."

"모든 종이 인간의 행동 때문에 죽는다는 건가요? 예를 들어 주시기 바랍니다."

"인간은 창, 화살 같은 사냥 무기를 발명하자 동물들이 사라질 때까지 사냥했습니다. 첫 번째 희생자가 바로 지금도 동굴 속 그림으로만 남아 있는 큰곰,* 털이 난 코뿔소, 거대한 산양, 매머드입니다. 이들은 인간의 초기 예술 작품에 가장 많이 등장합니다. 하지만 그 이후 수많은 봄이 지나면서 빠른 속도의 재앙이 닥쳤고 그들은 사라졌습니다. 뉴질랜드에서 살았던 코끼리처럼 크고 거대한 새 모아는 마오리족 무리의 폭식으로 사라졌습니다. 까치오리는 더 이상 알을 낳을 수 없을 정도로 수많은 알을 도둑맞는 고통을 겪었습니다. 산양과 말의 중간쯤 되는 우아한 콰가는 카루고원의 주민들에게 잡아먹혀서 사라졌습니다. 오스트레일리아의 신비한 유대류인 돼지발반디쿠트는 유럽인들이 그 땅에 데리고 온 다른 동물 때문에 더 이상 살아남지 못했습니다. 여우나 고양이가 그들을 사냥하는 것도 모자라 산양과 소가 목초지를 다 차지했기 때문입니다. 다양한 종류의 물고기는 산업화로 인한 독성물질이 물에 흘러들면서 죽었습니다. 또한 인간이 강에 만들어 놓은 댐 때문에 산란 지역으로 갈 수 없어서 죽었습니다. 결국 수많은 종이 사라졌고 일일이 다 셀 수도 없습니다."

---

* 지금은 사라진 아프리카 곰으로 로마 시대 때 무차별적 사냥으로 멸종했다.

동물들의 인간 심판

"얼마나 많은 창조물이 이런 위기를 겪고 피해를 봤습니까?"

"셀 수 없을 정도입니다. 고양잇과, 원숭잇과, 독수리, 곰, 고래, 나비 등. 인간이 지구 전체를 정복하려고 하면서 그들이 가는 곳마다 생명의 그물망이 조금씩 끊어졌습니다. 잔인한 살인자들! 그들은 벌목하고 숲을 태우고 총으로 사냥을 해대고 땅에 아스팔트를 깔고 그들이 만든 운송 기구로 모두에게 치명적인 속도로 다가갔습니다. 귀찮은 생명체를 죽이려고 덫을 놓고 독을 뿌려서 강과 바다, 공기까지 더럽혔습니다. 전쟁으로 사방을 황폐화시키기도 했습니다. 그런 곳에서 견디거나 빠져나가기 쉬운 쥐나 우리 같은 모기만 이런 환경에서 살아남았습니다. 자연이라는 보루에서 살아남은 생명의 수는 갈수록 줄어들고 허약해지고 있습니다. 그나마 살아남은 생명이 아름다운 생명의 그물망을 이어가고 있습니다."

"그러니까 인간들이 이런 역사상 전례가 없는 대량학살을 일으켰다는 말씀인 거죠?"

"의심할 여지가 없습니다. 어떤 동물도 다른 종을 그렇게 빠른 속도로 절멸시키거나 멸종의 끝으로 몰아넣은 적이 없습니다."

"사령관님, 증언해 주셔서 감사합니다."

칼리는 변호사에게 연단을 넘겼다. 필로스가 무슨 흔적이라도 찾듯 킁킁 냄새를 맡으며 조심스럽게 모기에게 다가갔다. 풀밭 위로 가서 자리를 잡고는 고개를 들어 예측할 수 없는 궤도로 어지럽게 날고 있는 증인을 쳐다보며 말을 시작했다.

"피 사령관님, 말씀에 따르면 인간은 곤충이 물거나 조금만 귀찮게 해도 다른 이유가 아닌 열등감과 콤플렉스가 심해서 불평한다고 하셨는데요."

"네, 그렇습니다."

"그럼 말라리아나 뎅기열 등 모기가 인간에게 옮기는 감염병에 대해서는 어떻게 생각하십니까? 매년 봄마다 수많은 사람이 그 병 때문에 죽고 고통을 겪고 있습니다."

피는 공중에서 잠시 멈칫하더니 화가 난 듯 큰 소리로 윙윙거렸다.

"그 모기들에 대해 말씀하고 싶으신 거군요!!"

필로스가 정신없이 움직이는 피를 보며 인내심을 갖고 말했다.

"죄송합니다. 피 사령관님. 그 모기들에 대해서 듣고 싶습니다."

피가 사방팔방 공중을 휘저으며 설명했다.

"이것 보세요, 변호사님. 그건 우리가 원해서 그러는 게 아닙니다. 우리 모기의 삶에서 중요한 것은 오로지 동물의 피를 통해 영양분을 얻어 알을 생산하는 것입니다. 즉, 우리 자식들을 낳아서 대를 잇는 거라고요. 이해가 안 되십니까? 그건 이미 인간의 피가 병들어서 피해를 보는 거지 우리 잘못은 아닙니다. 말씀하신 것은 부수적인 피해일 뿐입니다!"

"부수적인 피해라고 하시지만 모기의 식사 습관 때문에 인간의 건강이 매우 위험하다는 걸 아셔야 합니다."

"맞습니다, 그건 그래요. 그러니 병에 걸리겠죠."

"실제로 정말 위험합니다. 그러니 인간이 모기를 불신하는 것도 일리가 있습니다. 그래서 소독을 하고 예방도 하는 것입니다. 그렇다고 생각 안 하십니까?"

"그건 아닙니다! 전혀 그렇지 않다고요! 소독하는 것 또한 다른 종을 죽이고 중독을 일으키는 행동입니다."

"그럼 그것도 부수적인 피해겠군요, 사령관님?"

청중 사이에서 웃음소리가 들렸다. 피는 화가 나서 아무 말 없이 윙윙거리기 시작했다. 필로스는 계속 추궁해 나가기로 마음먹었다.

"사령관님, 주제를 바꿔 보죠. 당신은 인간이 지구의 취약한 생명의 그물망을 체계적으로 파괴해 왔다고 말씀하셨습니다."

"분명, 사실입니다."

"그럼 다른 생명 사이의 복잡한 관계망 또한 인간에게 영향을 주나요?"

"물론 그렇죠."

"그러면 만일 인간이 그 관계망을 파괴하면 인간의 생존 가능성도 파괴되는 꼴이 되겠네요, 안 그렇습니까?"

"만일 그런 행동을 계속한다면 아무래도…."

"그러니까 인간이 자신들에게 위협이 될 수도 있는 안 좋은 영향을 끼치고 있다는 말은 논리적이지 않은 것 같습니다."

"그러니까 인간이 멍청한 거죠! 곤충이 꽃을 무작정 따라가듯 인간은 멍청한 쪽으로 향하고 있습니다. 호모 사피엔스는 스스로 믿는 것만큼 똑똑하지 않습니다. 이런 내 주장에는 타당한 증거가 있습니다. 인간은 똑똑하지 못한 사람을 보고 '모기 뇌'를 가졌다고 하지만 앞에서 말한 나와 인간 사장의 1 대 1 전략적 결투에서도 인간이 졌습니다. 내게 물린 많은 상처가 그 증거입니다."

"혹시 에드워드 윌슨이라고 아십니까?"

"윌슨, 알다마다요. 미국인 과학자 아닙니까? 그는 곤충 연구를 전문으로 했고 개미집에서 우글거리는 개미나 밀림의 죽은 나무줄기에 서식하는 엄청난 곤충 증식을 열정적으로 관찰하는 몇 안 되는 사람 중 하나입니다."

"판사님께 그의 책을 제출하겠습니다. 《생명의 미래》, 《생명의 다양성》입니다."

쿵, 쿵, 쿵. 캥거루 부메르가 판사의 책상 위에 책을 가져다 놓고는 다시 사라졌다. 필로스가 말을 이었다.

"이 책들을 통해 윌슨은 곤충을 비롯한 모든 동식물의 삶에 품은 열정을 전파하고 있습니다. 그는 아직 지구상에 남아 있는 야생 공간을 확장하고 지키기 위해 사람들을 설득합니다. 어떤 작은 종이라도 사라지는 비극에 대해 안타까워하며 한탄합니다. 인간에 의해 약한 생명의 그물망이 파괴되는 것에 대해 경고합니다. 피 사령관님, 윌슨처럼 환경에 대한 관심을 높여 준 자연주의자가 또 있습니까?"

"물론 있습니다. 모든 생물이 그들을 존경하죠. 그들은 동물을 연구하려고 본인의 편안한 삶도 버렸고, 많은 기계를 가지고 와서 동물의 모습과 소리를 담아서 자신이 봤던 동물의 아름다움에 대해, 동물의 삶에 대해 많은 사람들에게 알렸습니다. 제인 구달은 탄자니아의 곰베 숲에서 야생 침팬지의 친구가 되었고, 자크 쿠스토*는 물속에서 숨 쉴 수 있는 발명품을 이용해서 바다의 아름다움을 많은 인간과 나누었습니다. 제럴드 더럴**은 전 세계를 다니며 동물에 관해 연구한 기록을 많이 남겼습니다. 이외에도 많은 자연주의자가 있으며 갈수록 더 늘어나

---

* 프랑스의 해양탐험가이자 환경운동가. 수중 카메라와 잠수 장비를 개발했다.
** 야생동물보호운동의 선구자로 자연과 동물에 관한 글을 많이 썼다.

동물들의 인간 심판

고 있습니다.

많은 과학자들이 동물을 위해 목숨을 걸었는데 실제로 몇몇은 죽기도 했습니다. 다이앤 포시는 아프리카 산속에 사는 고릴라의 권리를 위해 싸우다가 사냥꾼들에게 죽임을 당했고, 펠릭스 로드리게스 데 라 푸엔테*는 텔레비전을 통해 자연에 대한 사랑을 전파하는 일을 하다가 불의의 사고로 목숨을 잃었습니다."

"그렇다면 그들 덕분에 자연에 대한 사랑이 인간 사이에 퍼지고 있습니까?"

"자연주의자들에게 영감을 받은 사람들이 늘고 있습니다. 그들 덕분에 사람들은 자연의 풍요로운 공간에 방문했다가 사랑에 빠지곤 합니다. 어떤 이들은 그런 곳들을 보기만 하는 것이 아니라 보호하고 싶어하게 되죠. 그런 사람들을 '환경보호주의자'라고 부릅니다. 중요한 건 이런 사람들은 많지 않고, 아직 소수에 불과하다는 점입니다."

"앞에서 브랑코 씨가 증언하기를, 그런 생각 때문에 인간은 계속 환경과 멸종위기에 놓인 동물을 보호하고 있다고 했습니다만…."

"사실입니다. 하지만 전 세계적으로 여전히 위험한 상황이 계속되고 있습니다. 아마존 밀림, 산호초, 그보다 더 고립된 소중한 장소 등 법으로 보호받아야 할 장소가 여전히 너무 쉽게 파괴되고 해를 입고 있습니다."

"참, 묻고 싶은 게 한 가지 더 있습니다. 보통 '여가 시간'이 생기거나 하고 싶은 일을 할 수 있는 시간이 생기면 인간은 어디로 갑니까?"

---

* 스페인의 유명한 자연주의자.

"필로스 씨 정말 똑똑한 질문을 하셨습니다. 그럴 때 인간은 시야가 탁 트이고 신선한 공기를 마실 수 있는 자연 공간을 찾습니다. 해안가, 숲, 목장, 산, 강 같은 곳이죠. 그런데 그곳에서는 그들이 너무 행복해서 그런지 우리 모기가 물어도 거의 불평을 하지 않더라고요."

"인간들은 그런 장소를 좋아하는군요."

"네, 그렇습니다. 어떻게 그것을 보호하는지는 잘 모르는 것 같지만 관심은 있어 보입니다."

"감사합니다, 사령관님."

마지막으로 피가 한 대답이 들리지 않아서 피가 떠났나 싶은 그 순간, 목덜미가 따끔했다. 물렸구나! 곧바로 윙윙거리는 소리가 들렸고, 그렇게 그는 멀어져 갔다.

"히히히, 히히히히히!"

피 사령관 주변으로 수많은 모기 떼가 다시 전열을 갖추었다. 그들은 최면을 거는 듯한 춤을 추면서 정글 속으로 사라졌다. 물린 부위가 점점 더 아팠다. 망할 놈의 모기 같으니! 빌어먹을!

동물들의 인간 심판

인간의 소유 게임이 초래한 재앙
거북 바이아

칼리가 다음 증인을 불렀다.

"거북 바이아* 부인, 들어오시죠!"

강물 속에서 거대한 아마존강에 사는 거북이 나타났다. 올리브색 반
들반들한 등딱지는 물에 적응하기에 딱 좋아 보였다. 비늘이 덮인 작은
다리를 한 발짝씩 조심스럽게 옮기며 느리게 걸어왔다. 나는 가서 밀어
주고 싶은 충동이 일었다. 거북이라고 일부러 느리게 걷는 듯했다.

시간이 한참 지났는데도 법정 중앙까지는 아직도 3분의 1 정도가 남
아 있었다. 참고 보기가 힘들었다. 시계도 없는 손목을 습관적으로 쳐
다봤다. 그런데 나를 제외한 누구도 조급해하지 않았다. 옆의 호랑이
그래제시도 부드럽게 으르렁거릴 뿐이었다. 새들은 기다리면서 날개를

---

* 바이아(Bahía)는 포르투갈어로 만이라는 뜻으로 이야기 속에서 바이아 부인은 포르투갈
  어를 사용한다. 갈라파고스 섬의 거북이만(Bahía tortuga) 해변과의 연관성으로 지은 이름
  으로 추정된다.

펴고 공중에서 운동을 했다. 다른 동물, 특히 털이 많은 동물은 배나 귀를 긁었다. 물고기도 유유히 물속을 돌아다녔다.

나도 따라 해보려고 바닥에 누워 하늘을 올려다보았다. 나무 뒤로 태양이 넘어가 구름이 오색찬란한 색으로 물들고 있었다. 노랗더니 빨갛게 변하고, 빨간색이 다시 자줏빛이 되고, 거의 눈에 보이지 않게 사라져 가는 것을 바라봤다. 뭐가 저렇게 바쁠까? 천천히 사라지면 좋으련만….

"*데스쿨파메Desculpa-me*, 실례합니다, 나를 불렀나요?"

달콤한 음악 소리와도 같은 목소리가 들리길래 똑바로 앉았다. 그 사이 시간이 꽤 흐른 모양이었다. 칼리도 큰 책이 펼쳐진 곳에 자리를 잡았다.

"바이아 부인, 여기까지 와주셔서 감사합니다."

"*오브리가다Obrigada*, 감사합니다. 이 자리에서 증언할 기회를 주셔서 물고기족를 비롯한 모든 물속에 사는 생물을 대신해 감사드립니다."

거북이가 검고 커다란 눈을 껌뻑이며 고개를 살짝 숙이면서 대답했다.

"저희도 영광입니다. 바이아 부인의 증언을 듣기 전에 먼저 스페인 작가인 발타사르 그라시안의 산문집인 《비평(*El Criticón*)》의 일부분을 읽어 드리겠습니다. 산문집에는 신이 세상을 창조할 때 있었던 일이 적혀 있습니다. '우주 최고 기술공은 세상이라는 가장 큰 공간을 만들었다. 모든 생물에게 살 수 있는 공간을 나누어 주기로 하고, 모기부터 코끼리까지 모두를 불러모았다. 지역을 보여 주면서 살고 싶은 곳을 선택하라고 하고는 반응을 하나하나 살폈다. 코끼리는 밀림을, 말은 초원을, 독수리는 공중을, 고래는 먼 바다를, 백조는 연못을, 뱅어는 강을, 개

동물들의 인간 심판

구리는 물웅덩이를 보고 만족했다. 마지막으로 인간의 차례가 되었다. 그런데 인간은 다 너무 좁다며 불평을 했다. 온 우주도 인간이 보기에는 그렇게 좁아 보였던 것이다.' 바이아 부인, 분명 이것은 지어낸 이야기로 사실은 아닙니다. 하지만 이 우화가 인간에 대해 충실하게 묘사하고 있다고 보십니까?"

바이아 부인이 다른 쪽으로 머리를 천천히 돌리면서 웃었다. 마치 거기에 모인 수많은 생물 하나하나와 눈을 맞추며 웃음을 나누고 있는 것 같았다. 그녀는 거의 알아챌 수 없을 정도로 살짝 리듬을 타며 조용히 웃었다. 만족스럽게 기쁨의 표현을 하고 나서 입을 벌려 웃기 시작했다.

"맞는 이야기, 아닌가요? 설마 아니라고 하실 분이 계실까요? 인간의 태도가 그렇습니다. 인간은 가장 높은 몬타냐montanha, 산에 올랐고 가장 깊숙한 곳에도 내려갔습니다. 또 물고기처럼 물속을 항해하고 새처럼 공중을 납니다. 적도의 태양과 북극의 추위를 견디며 대륙에 집을 지었습니다. 밤에 빛나는 루아lua, 달에 깃발을 세우고 바다도 휘저었습니다. 가는 곳마다 동물이든 광물이든 식물이든 모든 것을 자신의 필요에 맞게 이용했습니다. 도움이 되는 것을 만들어 낼 때까지 억지로 뽑고 흡수하고, 갈기갈기 찢고, 변화시키고 섞는 게 끝이 없지요. 절대로 자기가 가지고 있는 것에 만족하지 못했거든요. 인간은 늘 더 원했습니다."

"인간들은 왜 그렇게 행동하는 걸까요?"

"그것이 그들의 조구jogo, 게임 중 하나이기 때문입니다."

"또, 놀이인가요?"

"싱sim, 네. 많은 인간이 그것을 중요한 게임 중 하나로 여깁니다. 소유 게임이라는 건데, 그걸 경제라고 부르기도 합니다. 놀이의 목적은 가능한 한 많은 물질을 얻는 것으로, 몇 가지 점수를 정확히 매겨서 계층을 나눕니다. 바로 디네이루*dinheiro*, 돈이라는 것으로 매기는 겁니다."

"아, 그렇군요. 이미 이 재판에서 '돈'이 언급되었고, 우리는 인간이 이 신기한 물건을 좋아한다는 사실을 여러 증언을 통해 알았습니다. 저는 법정에 몇 가지 증거를 제출하려고 합니다."

칼리가 꼬리로 신호를 보내자 박쥐 한 마리가 법정으로 날아와 발에 말아서 들고 온 커다란 종이를 바닥에 내려놓았다. 종이가 펼쳐지자 전 세계의 다양한 지폐와 동전이 쏟아졌다. 루피, 달러, 페소, 유로, 엔, 피아스트라* 등 많은 돈이 쏟아졌다. 모여 있던 동물들은 신기한 듯 앞에 가서 쿵쿵 냄새를 맡으며 살펴보았다. 칼리는 송곳니로 지폐를 한 장씩 물어서 청중에게 보여 주었다. 각 나라 지폐는 여러 모양에 색색으로 칠해져 있었다. 모양도 쓰임새도 의미도 이해하기 어려웠다. 칼리가 물었다.

"설명을 좀 부탁드립니다. 인간은 아무런 의미도 없어 보이는 이 물건을 왜 좋아하는 건가요? 이것의 힘은 어디에서 나오는 겁니까?"

"사람들은 다양한 이유로 돈을 원합니다. 첫째는 살아남기 위해서입니다. 인간은 거북처럼 딱딱한 등딱지가 없고, 아무거나 먹으며 살 수도 없습니다. 그들에겐 집, 옷, 식량이 필요한데 그걸 위해서는 돈이 필요합니다. 그들에게 돈은 안전을 보장하는 데 꼭 필요한 것입니다. 우리의 딱딱한 등딱지와 같은 의미죠."

---

* 사용하고 있는 나라에 따라 가치가 다른 은화.

　　　　　　　　　　　동물들의 인간 심판

바이아의 마지막 말은 잘 들리지 않았다. 자신이 말한 뜻을 잘 설명하기 위해서 자신의 등딱지 속으로 쏙 들어갔기 때문이다. 그녀는 머리를 밖으로 내밀며 소리쳤다.

"물론 그것이 전부는 아닙니다! 그것만으로는 인간이 돈에 매달리는 이유를 설명하지 못합니다. 더 중요한 이유는 바로 돈이 재미있는 소유 게임을 하면서 얻는 점수이기 때문입니다."

"소유 게임은 어떻게 하는 거죠? 어떻게 점수를 얻는 겁니까?"

바이아가 등딱지에서 꼬리와 발을 꺼내며 설명하기 시작했다.

"다양한 방법으로 점수를 얻습니다. 대부분의 사람들은 누가 빠른지 경쟁하면서 점수를 얻습니다."

"누가 더 빠른지 보기 위해서라니 여기저기 뛰어다니는 거요? 빨리 달리기를 말씀하시는 건가요?"

바이아가 아까보다 훨씬 빠른 속도로 연단으로 올라가며 말꼬리를 흐렸다.

"낭Não, 아니요. 꼭 그런 건 아닙니다. 물론 달리기도 하지만 그들은 다양한 분야에서 누가 최고인지 경쟁합니다. 경쟁은 교육부터 시작됩니다. 교육 경쟁에서 모두 상위를 차지하기 위해 뛰는데 목표는 직업과 관련되어 있습니다. 인간은 한 명, 한 명 앞지르기 위해 매우 많이 뛰어야 합니다. 늘 시계를 보면서 시간이 부족하다, 시간을 벌었다, 시간을 버렸다라는 말을 입에 달고 삽니다. 그러니 거북이 느린 걸 보고 그렇게 비웃어 대는 거죠. '템포 에 디네이루tempo é dinheiro', '타임 이즈 머니time is money', '시간이 돈이다'라는 말이 있는 거고요. 다 같은 말입니다. 인간은 심판의 스톱워치가 절대 멈추지 않는다고 생각합니다. 그들에게는 모든 것이 경주이고, 모든 순간이 경기 시간입니다."

바이아는 몸통에서 가능한 한 머리를 많이 내밀고 네 발을 바삐 움직이며 계속 말을 했다. 그래봤자 빠른 건 아니지만 일반적인 거북의 기준에 비해서 꽤 빠른 속도였다. 그러다 보니 목소리에는 갈수록 숨이 차올랐다.

"그들은 계속해서 시스템, 기계, 방법 등을 만들어 냅니다. 시간을 절약하기 위해서죠. 고작 몇 초를 절약하는 것이라도, 무슨 일이든 시간을 절약하려 합니다. 음식도 빨리 먹고, 짝짓기도 속도가 중요한지 급하게 하고, 춤도 빨리 추고, 빨리 읽고, 잠을 자는 것조차 그럽니다. 기계가 아침에 잠을 깨운다니까요. 기계는 무시무시한 소음을 내면서 사람을 깨워서 오늘 열릴 새로운 경주에 빨리 뛰어들라고 알립니다! 인간들의 세상에서는 모든 것을 빨리빨리 해야 합니다."

"그렇다면 소유 게임의 승자가 각 경주의 승자인가요?"

바이아는 멈춰 서서 발과 배를 바닥에 기댔다. 단거리 경주를 하고 난 후라 숨을 헐떡이고 있었다.

"그렇게 단순하지가 않습니다. 달리기 경주를 하지 않고 많은 점수를 얻는 또 다른 방법이 있습니다."

"그게 뭐죠?"

"어떤 사람은 아무것도 하지 않는데도 점수를 얻습니다. 운이 좋은 경우죠. 복권, 주식 같은 도박을 하거나 가족이나 죽은 지인으로부터 점수를 받기도 하는데 그걸 유산이라고 합니다. 큰 점수를 버는 또 다른 방법은 기업 게임을 하는 것입니다. 많은 점수를 벌기 위해 뛰는 사람들의 노력을 한곳에 모아 이용하는 것입니다."

"그러니까 인간은 기업, 복권 등의 경주들로 계급을 형성하는 겁니까?"

"아주 정확한 계급을 만듭니다. 그곳에서 선수는 지지 않기 위해 싸웁니다. 하지만 사실 이 게임은 훨씬 더 복잡합니다. 왜냐하면 선수가 직접 점수를 비교할 수 없기 때문입니다. 그 점수에 대해 말할 수도 없는 게, 말하는 걸 금기시하기 때문입니다."

"또다시 금기라는 말이 나왔군요! 그들은 자신의 점수를 말할 수 없나요?"

거북이 등딱지 속으로 다시 몸을 숨기자 법정에 있는 다른 바위처럼 보였다.

"바이아 부인?"

칼리가 등딱지 가까이 다가가서 등딱지 속으로 얼굴을 들이밀며 그녀를 불렀다.

"그건 비밀입니다." 깜깜한 안 쪽에서 울리는 목소리가 들렸다. "이것이 게임의 신비한 특징입니다. 만일 누군가 돈이 얼마나 있는지 말하면 아주 형편없는 사람이 되는 겁니다."

칼리는 바이아가 얼굴을 숨긴 등딱지 가까이에 머리를 대고 계속 숙인 자세로 물었다.

"그렇다면 계급은 어떻게 형성되는 건가요?"

"계급은 옷차림, 교육, 소유물, 삶의 방식에 따라 형성됩니다."

바이아는 결국 머리를 꺼내며 말했다. 바이아는 네 가지 요소에 각각 힘을 주었다. 하나하나를 말할 때마다 연극을 하듯 넣었던 다리를 하나씩 꺼냈다. 다리가 모두 밖으로 나오자 그녀는 땅에서 몸을 일으켜서 귀족 같은 자세로 자랑스럽게 바닥에 섰다. 그러고는 청중을 이리 저리 살폈다. 그녀의 목은 방향이 바뀔 때마다 주름이 생겼는데, 다시 조용히 웃으며 설명하기 시작했다.

"거북에게 인간처럼 경제적 계급이 있다고 상상해 보세요. 높은 계급의 거북의 등딱지는 번쩍이고 무게가 많이 나가는 금으로 만들고 안에는 보석도 박혀 있는 거죠. 등딱지도 유명한 예술가가 디자인한 거고, 헤엄을 치거나 걸을 때 힘을 덜어 주기 위해 초강력 모터가 달려 있고요. 게다가 그들은 사는 곳도 다릅니다. 그들만 크고 깨끗한 물에 삽니다. 당연히 그들이 사는 물에는 식욕을 자극하는 물고기가 많고, 하층 계급 출신의 비서가 호위도 해 줍니다.

중산층 거북의 등딱지에는 모터가 달려 있지만, 이 등딱지는 대량생산된 기성품입니다. 사는 곳은 깨끗한 강이나 바다이며 물고기들이 충분해서 편안하게 살 수 있습니다. 하지만 하층 계급의 거북은 단순한 등딱지에 장식도 모터도 없습니다. 오염되고 위험한 물속에 살며, 필요한 물고기를 잡기 위해 일을 엄청 많이 해야 합니다. 더 심한 최하층 계급의 거북은 등딱지조차 없어서 외부 공격으로부터 전혀 보호받지 못하는 비참한 생활을 합니다. 당연히 힘도 없고 다른 거북의 도움을 받으면서 더러운 웅덩이에서 살아야 합니다.

대부분의 거북은 하층 계급에 속합니다. 등딱지조차 없는 최하층 계급의 거북은 완전 밑바닥이라 경쟁조차 할 수 없습니다. 소수의 몇몇 거북만 중상류층의 호화로움을 즐기게 되는 겁니다."

"그럼 대부분이 게임에서 중상류층이 되기 위해 죽을 만큼 노력해야 한다는 건가요?"

바이아가 칼리의 천진난만한 질문에 놀라서 웃었다.

"낭낭Não, Não, 아니요, 아닙니다. 소유 게임에서 가장 중요한 것은 특정 수준의 부에 도달하는 게 아니라 남보다 '더' 갖는 것입니다. 등에 다이아몬드가 박히고 모터가 달린 상류층 거북을 한번 상상해 보세요. 가난한 거북은 그를 보며 '정말 운이 좋네, 다 가졌군.'이라고 하면서 온 힘을 다해 그를 따라잡기 위해 경주하겠죠. 풍족한 생활을 꿈꾸면서 말입니다.

그런데 중요한 건 부자 거북도 스스로 부자라고 느끼지 않는다는 점입니다. 오히려 가난하다고 느낍니다. 바다에는 더 부자인 다른 거북이 있기 때문입니다. 등딱지에 날개가 달려서 공중을 날아다니고, 날 때는 한 번도 보지 못한 새로운 돌풍을 일으키며, 가슴 부근에 휘황찬란한 보석이 박혀 있는 거북도 있을 테니까요! 부자 거북도 전력을 다해 달려야 합니다. 게다가 게임은 '유행' 덕분에 계속해서 새로워집니다."

"유행이란 게 뭐죠?"

"소유 게임에서 매우 중요한 법칙이죠. 아름다운 등딱지를 보여 주는 것만으로는 충분하지 않고, 봄, 여름, 가을, 겨울마다 새롭게 바꿔야 합니다. 더 많은 점수와 돈을 가졌다는 것을 드러내기 위해서요. 오래된 등딱지를 버리거나 까진 등딱지로는 게임에서 경쟁해서 이길 수 없기 때문에 새로 유행하는 등딱지를 삽니다. 자랑스럽게 그걸 내보임으로써 새로운 걸 갖지 못한 거북에게 굴욕감을 안겨 주는 거죠."

"재판장님, 이의 있습니다."

필로스가 말을 막았다.

"이 토론이 아주 흥미롭지만 지금 사안과 관련이 없어 보입니다. 도대체 이런 주장이 대량학살 고발 건과 무슨 상관이 있습니까?"

부엉이 솔로몬은 마치 잠에서 방금 깬 듯 놀라며 날갯짓을 했다.

"그건, 에헴. 맞습니다. 그러니까 칼리 검사, 당신은 도대체 무슨 말을 하고 싶은 겁니까?"

"이제 본론으로 들어갈 겁니다. 인간에게 소유 게임이 얼마나 중요하고 어떤 기능을 하는지 설명하고 싶었습니다."

"그렇다면 이제 본론으로 들어가시죠. 계속하세요."

솔로몬이 날개를 쓰다듬으며 말했다.

"부인, 인간의 소유 게임이 지구에 사는 인간 외 다른 동물에게 어떤 영향을 끼치나요?"

코브라가 거북에게 질문을 했지만 거북은 주둥이를 꾹 닫고 대답을 하지 않았다. 눈에는 커다란 슬픔이 어렸고, 그때 처음으로 바이아의 나이가 드러났다. 자세히 보니 그녀는 노파였다. 다시 입을 열기 시작했을 때 그녀의 목소리는 더 낮고 힘이 없었다.

"호모 사피엔스가 더 가지려고 하는 이런 다양한 게임은 모두에게 재앙입니다. 앞에서 말한 인간인 작가 그라시안이 말한 것처럼 지구라는 공간은 제한적인데 인간의 탐욕은 끝이 없습니다. 모기인 피 사령관이 짚었던 것처럼 문제는 70억 명의 인간이 먹고 살아야 하는 게 아니라 '누가 더 가졌는지'를 결정하는 거대한 경기에 참여하는 선수가 70억 명이라는 사실입니다. 그들이 더 가지면 분명 우리는 당연히 덜 갖게 되니까요. 물도, 깨끗한 공기도, 식량도, 살 공간까지 줄어드는 겁니다. 한 마디로 인간의 부유함은 곧 우리의 가난을 의미합니다.

가난한 인간도 부자처럼 살고 싶어 합니다. 그들도 부자가 돼 대지의 어머니 것인 대륙의 자원과 공간을 더 갖고 싶어 합니다. 이러니 우리가 가지고 있는 얼마 안 되는 것까지 곧 전부 그들의 차지가 되고 말 것입니다. 인간은 이미 지구에 심각한 변화를 일으켜서 이곳에 사는 모든 존재에게 영향을 끼치고 있습니다."

"그게 정확히 무슨 뜻인가요?"

칼리가 물었다. 바이아는 눈앞에서 사라진 태양이 남긴 노란빛과 하늘 사이의 텅 빈 공간을 주시했다.

"그들은 하늘도 바꾸고 있습니다. 거대한 등딱지처럼 우리를 보호해 주고 있는 하늘을 말이죠. 그들은 더 높이, 더 많이 소유하기 위해 나무를 태우고 없애고 있습니다. 공룡이 살던 시대부터 있던 오래된 나무를 말이죠. 땅에서 '석유'라고 부르는 검은 액체도 뽑아내 쓰고 있는데 그 불길에 휩싸인 연기 때문에 태양 빛이 막히고 하늘은 두꺼워지고 있습니다. 그래서 겨울은 갈수록 덜 춥고, 여름은 더 더워지는 겁니다. 북극의 얼음이 녹고 해수면이 올라가고 있습니다. 갈수록 태풍과 허리케인이 더 심해지고, 자연은 더 파괴되고 있습니다. 인간이 지구의 자연환경을 바꾸고 있습니다."

"호모 사피엔스는 왜 그따위 멍청한 짓거리를 하는 겁니까?"

칼리가 의아한 듯 묻자 청중 사이에서 웃음이 터져 나왔다.

"재판장님, 이의 있습니다!"

필로스가 짖어댔다.

"인정합니다, 검사 측은 언어를 순화해 주시길 바랍니다."

솔로몬이 꾸짖었다.

"죄송합니다, 재판장님. 정말 참을 수가 없었습니다. 제가 보기에 인간 주변에는 늘 연기가 자욱합니다. 심지어 담배 연기도 뿜어대니까요."

"칼리 검사, 그런 별거 아닌 것까지 설명하지 마세요. 여기에 그걸 모르는 분은 아무도 없습니다. 그럼 계속 질문해 주시길 바랍니다."

"알겠습니다, 재판장님. 부인, 인간은 왜 계속 하늘을 연기로 채우는 걸까요? 자신의 경작물, 해안 도시, 소유 게임까지 모두 위험에 빠뜨리는 걸 텐데요."

거북은 고개를 끄덕이더니 참석한 모두를 슬픈 눈으로 바라보며 잠시 침묵했다.

"내가 걱정스러운 점이 바로 그겁니다."

마침내 그녀가 입을 열었다.

"그들은 스스로에게도 해를 입히고 있습니다. 그들이 원하는 바도 아닙니다. 왜 그러는 걸까요? 왜냐하면, 갈수록 소유 게임을 통제하기가 어려워지기 때문입니다. 필로스 변호사는 환경을 보호하는 환경보호주의자들이 갈수록 늘어나고 있다고 주장하지만 동시에 소유 게임도 가속이 붙고 있습니다. 소유 게임은 더 복잡하고 힘도 커지는데, 아무도 그것을 통제하지 못합니다. 그러다 보니 그것을 만들어 낸 자들의 통제에서 벗어나 태풍처럼 된 겁니다."

"이 게임에 규칙이 있다고 하지 않으셨습니까? 규칙을 통해 변할 수는 없나요?"

"인간에게는 소유 게임에 대한 나름의 규칙이 있습니다. 하지만 규칙은 늘 변하고 갈등이 생기면서 논쟁의 대상이 됩니다. 그러다 보니 혁명을 꿈꾸게 되는 겁니다. 최근 새롭고 놀라운 일이 벌어졌습니다. 이른바 '세계화'라고 부르는 것입니다. 인간의 강력한 운송, 통신 기기 덕분에 오늘날 소유 게임은 더 넓은 곳에서 더 오랫동안 할 수 있게 되었습니다. 예를 들어 오스트레일리아에서 생산된 키위를 유럽에서 먹고, 아시아에서 만든 신발이 미국에서 팔립니다. 세계화로 인해 인간은 동일한 게임의 규칙에 따라 경쟁하게 되었습니다."

"그래서 지금 무슨 말씀을 하고 싶으신 건가요?"

"사람들은 이제 국제적인 게임에 어울리는 규칙을 새로 만들어 내려고 합니다. 가난한 사람, 숲, 거북을 보호하는 규칙을 약화시키면 더 쉽게 돈을 벌 수 있으니까요. 규칙이 적으면 적을수록 기업은 수월하게 운영되고 돈은 많이 유통됩니다. 그들은 그것을 '경쟁력이 있다.'라고 말합니다. 모든 인간은 경쟁력을 더 갖기 위해 규칙에 불만을 제기하고 더 자유롭게 게임을 할 수 있기를 요구합니다. 하지만 게임이 자유로워지면, 결국 인간의 자유도 줄어듭니다. 그건 더 이상 게임이 아닙니다. 게임이 인간을 가지고 놀게 되는 것이죠.

예를 들어 인간은 거북을 보호하고 싶어 합니다. 그들은 거북이 없는 세상을 원하지 않습니다. 하지만 거대한 그물을 이용해서 거북이나 돌고래를 잡으면 많은 돈을 벌 수 있습니다. 거북이 살고 있는 강에 독극물을 뿌리면 더 많은 돈을 벌 수 있습니다. 고급 레스토랑이나 거북이 신비한 치료 효과가 있다고 믿고 있는 중국 의사에게 거북을 팔면 더 많은 돈을 법니다. 그러다 보니 거북을 보호하는 인간은 게임에서 경쟁력을 잃어버리게 됩니다.

이런 일들이 거북뿐 아니라 숲, 하늘에서 벌어지고 있습니다. 인간은 소중한 것들을 보호하고 싶어 하지만 그럴 수가 없습니다. 그러면 게임에서 지기 때문입니다."

"감사합니다, 바이아 부인. 이제 필로스 씨 차례입니다."

칼리가 뒤돌아 변호사를 바라보며 말했다. 곧바로 필로스가 중앙으로 나와서 첫 번째 질문을 했다.

"바이아 부인, 인간의 소유 게임이 갈수록 통제를 잃어가고 있다고 증언하셨습니다. 그것을 통제하려고 하면 경쟁력을 잃는다고도 하셨고요."

"그렇습니다."

"규칙을 지키자는 말에 모두 동의할 가능성은 전혀 없는 건가요?"

거북은 고개를 절레절레 저었다.

"가능성이 매우 낮습니다. 사실 현재 대지의 어머니의 상황을 그들도 알고 있어서 규칙을 지키자는 움직임이 활발해졌습니다만 나무와 석유를 적게 태우자는 것에 모두 동의하지는 않습니다. 여전히 하늘에는 연기가 자욱하죠. 이런 일은 서둘러도 좋을 법한데 말입니다. 중대한 결정을 위한 동의가 필요할 때 인간은 그 어떤 거북보다 느립니다."

"몇 해 전에 인간이 하늘, 그러니까 오존층 파괴에 대해 논의하려고 모였던 일에 대해 하실 말씀이 있으신가요?"

바이아가 웃으며 말했습니다.

"네, 그때만은 인간이 서로 분명하게 동의했습니다. 그들은 스프레이나 에어콘, 냉장고 등 차갑게 만드는 기계가 오존을 파괴한다는 사실을 발견했거든요.* 그걸 알고는 모든 인간이 겁을 먹었습니다. 오존층

---

* 남극의 오존층 파괴는 1980년대 중반 영국 과학자들에 의해 프레온가스라고도 불리는 CFC(염화불화탄소)가 주요 원인임이 밝혀졌다. 각국은 CFC 사용을 제약, 금지하는 몬트리올 의정서를 1987년 체결했다. 이후 1997년 교토 의정서, 2015년 파리 기후변화협정이 체결됐다.

파괴로 바로 내리쬐는 태양광선 때문에 인간이 위험해졌기 때문입니다. 인간은 오존을 파괴하는 것들을 바꾸고, 줄이는 데 동의했고, 지금은 대부분 예전 오염 시스템을 사용하지 않습니다. 현재 오존 파괴는 줄어들고 있고, 정확하진 않지만 회복되기 시작했을 것입니다."

"그러니까 변화는 가능한 거네요."

"인정합니다. 다른 문제이긴 하지만 공장과 자동차에서 뿜어져 나오는 매연은 훨씬 더 어려워 보입니다. 거의 모든 기계가 나무나 석유를 태워야 돌아가기 때문입니다. 그것을 전부 바꾸기는 어렵습니다."

"좋습니다. 하지만 이 주제에 관해서는 앞에서 다루었던 '등딱지' 이야기보다 더 수박 겉핥기식으로 다루어지고 있다는 생각이 드는군요."

필로스는 하늘을 쳐다보고는 쿵쿵 냄새를 맡으며 영감이 떠오르기를 기다렸다.

"부인, 인간은 무엇을 위해 모든 게임에서 이기고 싶어 하는 걸까요? 그들이 바라는 최종 목표는 도대체 무엇일까요? 이기는 게 대체 무슨 소용입니까?"

거북이 생각에 잠긴 채 대답했다.

"보아boa, 좋은 질문입니다. 인간은 행복이라는 것에 관해 이야기합니다."

"'행복'이 뭐죠?"

"행복은 아픔, 굶주림, 두려움을 겪지 않는 자연 그대로의 피조물 상태를 말합니다. 모든 동물에게 다 적용되는 것입니다. 하지만 인간에게는 예외입니다. 이기고 싶은 욕망 탓에 쉴 새 없이 스스로를 고문하기 때문입니다."

"인간은 게임에서 이기면 더 행복해질 거라고 믿는 건가요?"

"네, 인간은 그들이 더 잘생기고, 건강하고, 힘이 세면 더 행복하다고 믿습니다. 그래서 그것을 얻으려고 무척 애를 씁니다. 그런 의미에서 소유 게임을 중요하게 여기는 겁니다. 온 도시에서 최신 옷이나 기계를 사고 나서 만족해하며 행복해하는 사람들의 모습을 담은 광고를 볼 수 있습니다. 더 가지면 더 행복하다는 메시지를 수백 번도 넘게 듣습니다."

"정말인가요?"

"절대적 패자, 즉 먹고 마시지도 못하고 추위와 더위를 피할 수조차 없는 사람들은 여타 다른 동물처럼 아주 불행해한다는 것은 사실입니다. 하지만 상류층이든 중상층이든 하층이든 상관없이 삶의 기본적인 것에 대한 행복지수는 거의 비슷합니다. 최근 오십 번의 봄이 지나는 동안, 더 풍요로운 부자 집단 혹은 부모에게 유산을 받은 부자가 있지만, 그들이 결코 더 행복하지는 않았습니다. 물론 그렇다고 덜 행복하지도 않았고요. 이전 세대와 행복의 정도가 비슷했습니다."

"인간들은 게임에서 이긴다고 행복한 것이 아니라는 사실을 깨닫지 못하나요?"

"어떤 패자도 그것을 정확히 알지 못합니다. 모든 사람은 더 가진 자들과 비교하면서 패배감을 느낍니다. 물론 예외적으로 소유 게임이 행복을 주지 못함을 이해하는 사람도 있습니다. 그런 사람은 다른 사람에게 자신의 자리를 내주거나 소유 게임에서 완전히 손을 떼기도 합니다. 늑대 브랑코 씨가 앞에서 소크라테스, 예수, 간디 등을 예로 들었지만 그 외에도 경쟁하지 않는 길을 선택한 사람은 수없이 많습니다. 그들은 더 갖는 것이 아니라 더 나은 사람이 되려고 검소하고 단순한

동물들의 인간 심판

삶을 삽니다. 실제로 이누이트족, 아미시족*, 마사이족** 등은 소유 게임에서 경쟁하지 않는 무리입니다. 그들은 대부분의 사람보다 더 행복합니다."

"인간의 과학은요? 그것은 행복과 관련이 없나요?"

거북은 반쯤 웃으며 질문했다.

"과학이요? 과학은 행복이라는 주제에 별 관심이 없습니다. 과학자들은 인간의 행복보다 원자 구조나 파도의 원리에 더 관심이 많습니다. 최근에는 소수가 행복에 대해 연구하기 시작하더군요."

"그 선구자들은 무엇을 발견했습니까?"

"그들은 설문, 실험, 뇌 사진을 통해 예수, 소크라테스 같은 인간이 진짜 부자인 것은 외부가 아니라 내부에 있음을 확인했습니다. 진짜 힘은 제국을 정복하는 게 아니라 자기 자신을 정복하는 데 있다는 것입니다. 어디로 갈지 알지 못하면서 전력을 다해 뛰는 것이 아무 소용이 없다는 것이죠."

"소유 게임이 행복을 주지 못한다는 것을 인간의 과학이 증명할 수 있다는 건가요?"

"그렇습니다."

"그럼 인간이 경쟁을 줄이고 지구에 남은 아름다움을 구하도록 설득할 수 있지 않나요?"

"그럴 것 같지만 이런 과학자의 말을 듣는 인간은 극소수입니다. '더

---

* 보수적인 프로테스탄트교회의 교파로 새로운 문명을 완강히 거부하면서 공동체생활을 하면서 산다.
** 아프리카 동부, 케냐 남부, 탄자니아 국경 부근에 사는 유목 부족.

가지면 더 행복하다'라는 광고를 매일 보고 듣고 있으니까요."

"하지만 가능성을 부인하지는 않으시는 거죠?"

거북은 미소를 지었다.

"네 그렇습니다."

"감사합니다, 부인."

"오브리가다Obrigada, 감사합니다."

거북은 천천히 강 쪽으로 고개를 돌리더니 왔던 길을 향해 걸어가기 시작했다. 태양빛은 나무 뒤로 사라졌고 그날의 마지막 하늘빛만이 법정 안을 비추고 있었다. 부엉이 솔로몬이 칼리 쪽을 쳐다보았다.

"이 고발 건과 관련해서 또 다른 증인을 부르실 겁니까?"

"아닙니다, 재판장님."

"변호인은 대량학살 건과 관련하여 인간의 변호를 시작하셔도 좋습니다."

"네, 알겠습니다."

대량학살자, 인간의 변화 가능성
인간 에밀리오

필로스는 꼬리를 흔들며 늠름하게 청중을 향해 갔다. 법정의 위엄에도 주눅 들지 않는 엄청난 에너지에 나도 깜짝 놀랐다.

"자, 이제 아무런 이유도 없이 모든 종을 없애고 있는 공격적 대량학살자, 인간을 소개하겠습니다. 사실 인간도 자신의 행동을 바꾸고 싶어 했지만 그럴 수 없었습니다. 자신들이 만든 발명품을 통제할 수 없었기 때문입니다. 하지만 우리는 실제로 인간이 늘 난폭한 것만은 아님을 지켜봤습니다. 규칙을 지키지 않을 때 폭력이 생기는 거고, 규칙을 따르고 존중하는 것이 평화이자 사랑입니다. 또한 우리는 인간 사이의 폭력 근절이 불가능한 것만은 아님도 알았습니다. 평화주의자들도 있기 때문입니다.

물론 호모 사피엔스가 수많은 멸종과 자연환경 파괴에 대한 책임이 있는 것은 사실입니다. 하지만 인간이 최근 몇 번의 봄을 지나는 동안 그 원인인 불균형과 파괴 상황을 깨닫고 구체적으로 동식물과 환경을 보호하기 시작했습니다. 본래 인간은 자연을 사랑합니다. 휴가 때면 자연의 품으로 돌아가는 이유가 그래서입니다.

소유 게임 때문에 자연을 보호하고자 하는 마음이 사그라질 때도 있지만, 지금은 소유 게임 자체가 위기를 맞을 거라는 신호도 보입니다. 왜냐하면 게임이 인간이 정말로 원하는 것, 즉 행복을 가져다 주지 못하기 때문입니다. 호모 사피엔스가 원하기만 하면 게임을 언제라도 포기할 수 있다는 증거도 여럿 있습니다.

그래서 이번 재판에서 다른 동물과는 구별되는 인간의 능력으로 이성이니 지능이니 하는 다른 무엇보다 중요하다고 생각하는 '유연성'에 대해 말씀드리고자 합니다. 모든 동물은 유전적이고 생물학적인 작동 원리와 구조를 갖고 태어나는데, 그로 인해 정해지는 행동이 있습니다. 유전적이고 생물학적으로 정해진 행동을 하는 게 그 이유인데 인간은 다른 종에 비해 후천적으로 배운 문화로 인해 다시 유연하게 변하고 새롭게 빚어지기 쉽습니다.

이런 관점에서 저는 증인에게 중요한 질문을 하고 싶습니다. 인간 에밀리오*를 법정으로 부르겠습니다."

인간을? 인간을 증인으로 세우겠다고? 나는 너무 놀라 혼자 중얼거렸다. 드디어 나의 동족 … 인간이 나타난다고! 이 놀라운 소식에 청중 사이에서 소란이 일었고, 놀라운 탄성, 이상한 노랫소리, 호기심 가득한 으르렁거림이 여기저기에서 커지기 시작했다. 칼리는 정신이 쏙 빠질 정도로 놀란 것 같았다. 칼리는 법정 여기저기를 쉬지 않고 구불구

---

* 장 자크 루소의 《에밀》 등을 참조한 이름이다(233쪽 글 참조).

동물들의 인간 심판

불하게 기어 다녔다. 원하지 않았던 상황에 항의하며 끼어들려는 듯 보였다. 칼리는 계속 입을 벌렸다 닫았다 했다.

단상 오른쪽을 지키고 있던 코끼리가 강 근처로 가더니 하마의 입에서 정체를 알 수 없는 작은 덩어리를 코로 꺼내 말았다. 그러고는 단상 위에 올려놓았다. 저게 뭐지? 순간 나는 그 덩어리가 인간임을 눈치 챘다. 생후 20개월도 채 되지 않은 남자 아기로 흰 피부에 눈과 머리카락은 갈색이었다.

놀라움도 잠시, 걱정이 되기 시작했다. 남자 아기는 어디에서 온 걸까? 이들이 아기를 납치한 걸까? 그런데 아기는 굉장히 기뻐 보였다. 바닥을 기어 다니면서 손에 묻은 흙이며 여기저기 자라는 식물, 흐르는 강, 강 저편의 다른 피조물을 보며 반가워했다.

"안녕, 덩물들!"

아기가 서툰 손동작을 하며 인사를 건넸다. 칼리는 놀란 마음을 넘어 고래고래 소리를 지르기 시작했다.

"이것은 인정할 수 없습니다! 재판장님, 이의 있습니다!"

"검사 측, 왜 그러시죠?"

부엉이 판사 솔로몬이 질문했다.

"아니, 왜냐니요…? 저건 바로 인간입니다! 인간은 고발당한 당사자입니다. 이 법정에서 증언을 할 권리가 없습니다."

"아니지요. 고발을 당한 당사자인데 자신을 변호할 수 없다는 것이 말이 안 된다고 생각합니다만."

"재판장님, 인간은 거짓말을 하는 무리입니다."

"아시겠지만 이 법정에서는 엄숙하게 선서를 해야 하고, 거짓말 탐지기를 비롯한 여러 시스템으로 거짓말 문제를 해결하고 있습니다. 물론 종종 절반쯤은 교활하게 거짓말을 하지만 그런 증언은 증거로써 효력을 얻지 못합니다."

필로스가 끼어들었다.

"재판장님. 괜찮으시다면 잠깐 설명해 드리고 싶습니다. 발달 초기 단계의 아기는 아직 거짓말을 하지 못합니다."

"검사 측, 하실 말씀이 있으신가요?"

칼리는 입을 꾹 다물었다. 도깨비처럼 가늘게 뜬 눈은 예리했고, 검은 머리는 터질 듯이 보였다. 칼리는 입은 다문 대신에 압력밥솥이 터지기 직전의 음습한 소리로 야유를 해 댔다.

"스스스스!"

솔로몬이 결론을 내렸다.

"하실 말씀이 없으신 것 같군요. 변호인, 증인 곁으로 가보세요. 증인이 멀뚱멀뚱 한 채 있네요. 지금은 뭔가 보고 있는 것 같습니다."

아기는 강물을 손으로 탕탕 치며 물속에서 유영하고 있는 물고기에게 인사를 건넸다. 얼마나 집중을 하는지 거의 물속으로 빠질 지경이었다. 필로스는 아기에게로 달려가서 살짝 주의를 주는 정도가 아니라 큰 소리로 짖어댔다.

"멍멍!"

아기가 한 발로 불안하게 균형을 유지하면서 개 짖는 소리를 따라했다. 아기는 개 쪽으로 다가왔고 필로스는 아기를 법정으로 천천히 인도했다. 아기의 오동통한 살은 걸을 때마다 젤리처럼 흔들려서 몸에서 바닥으로 흘러내릴 것만 같았다. 마침내 아기는 법정 중앙으로 와서 필로스를 껴안았다. 필로스가 아기의 얼굴을 핥자 환하게 웃었다. 청중 사이에 있던 아르마딜로, 기린, 악어가 한마디씩 했다.

"아, 저 작은 것 좀 봐!"

"정말 예쁘네. 안 그래?"

"저걸 봐! 아이고, 저렇게 핥다가는 아기 얼굴 다 닳겠어."

칼리가 나뭇가지에서 내려와 화를 내며 혼자 중얼거렸다.

"저게 가능할까? 하긴 저게 개의 오래된 수법이긴 해. 핥아 주면 아기의 마음이 녹겠지. 개가 종종 쓰는 방법이니까, 쳇!"

필로스는 청중이 잠잠해질 때까지 기다리다가 변호를 시작했다.

"저기, 에밀리오. 내가 하는 질문에 대답해 줄 거지? 넌 커서 뭐가되고 싶니?"

에밀리오는 강아지가 입을 움직이며 내는 소리를 신기한 듯 쳐다보았다. 턱을 늘어뜨리고 무표정한 눈으로 망연자실하게 있는 게 처음에는전혀 알아듣지 못하는 것 같았다. 하지만 곧바로 확실하게 대답했다.

"난 큰 어른들, 아빠랑 엄마처럼 될 꼬야."

에밀리오는 부모를 언급하더니 갑자기 어두운 얼굴이 되었다.

"근데, 엄마랑 아빠는 어디쪄?"

"에밀리오, 걱정 마. 곧 만날 거야. 우선 내 질문에 대답 좀 해 줘. 너혹시 동물을 좋아하니?"

"응. 난 덩물들 쪼아해. 난 덩물들이랑 노는 거또 쪼아해. 그리고 덩물 장난감도 있쩌. 곰이랑 사자랑 새랑. 근데 아빠한테 가고 시포."

"곧 오실 거야, 에밀리오. 하나만 더 물어보자. 너 돈 좋아해?"

"돈?"

아기가 멍한 표정이 되었다. 필로스가 50유로짜리 돈을 입에 물고 다가갔다. 에밀리오는 돈을 손에 쥐더니 신기한 듯 얼굴 앞에 갖다 댔다. 돈을 입에 넣었다가 우웩 하며 잡아 뺐다. 돈을 집어 들고는 공중에서 이리저리 흔들어도 보았다. 그러다가 양 손으로 잡아당기더니 찢고 말았다. 에밀리오는 청중을 바라보며 웃었다.

필로스가 찢어진 돈 쪼가리 하나를 공중에 날리며 소리치듯 말했다.

"여러분, 아기가 돈을 찢었습니다!"

에밀리오가 나머지 쪼가리를 두 손으로 쥐고는 다시 힘껏 찢었다.

"우와 이거 재밌쪄!"

아기가 웃으며 말했다. 청중들은 아기의 다정한 웃음과 칭얼거림에 마음이 풀렸다. 필로스는 그들을 돌아보았다.

"존경하는 동물의 왕국 여러분, 이미 여러분들도 보셨습니다. 지금 우리 앞에는 땅에 사는 짐승을 증오하는 사나운 괴물이 아니라 동물을 사랑하는 매력적인 한 생명체가 있습니다. 그는 자신의 놀이의 상대이자 환상의 대상인 동물들에게 둘러싸여 있습니다. 또한 태어나면서부터 돈에 집착하는 모습을 보이지도 않습니다. 이 나이 때에는 돈을 이해하지도 관심을 보이지도 않습니다. 그저 그 색깔과 촉감 때문에 신기해할 따름입니다."

에밀리오는 옆에서 계속 돈을 찢으며 수십 장이 된 쪼가리를 갖고 놀았다.

"여기 우리 앞에 있는 자는 동물의 왕국에서 뭔가를 배울 수 있는 능력을 갖춘 갓난아이입니다. 물론 이 나이 때 아기들은 능력이 전혀 없습니다. 완전 백지 상태에 있다는 사실에 주목하시기 바랍니다. 태어

동물들의 인간 심판

나서 봄을 두 번 지내고도 어설픈 몸동작이나 할 뿐 별 성장을 보이지 않습니다."

청중들이 아기를 쳐다보자 아기는 자그맣게 올라온 치아를 몇 개 보이며 크게 웃었다.

"이렇게 분명한 약점이 힘이 되기도 합니다. 인간 아기는 매일 지식과 기술을 습득하고 세상의 어떤 동물보다 더 빨리 새로운 환경과 상황에 적응해 가기 때문입니다. 지금은 별 볼 일 없지만, 어느 정도 시간이 지난 후 무언가 되겠죠. 그때 그의 행동, 사고방식, 취향, 그가 꾸는 꿈은 어린 시절 주변을 통해 어떤 것을, 얼마나 많이 배우느냐에 달려 있습니다.

어떤 시각으로 동물을 바라보느냐, 다른 동물과 어떤 관계를 맺느냐에 달린 겁니다! 아기에게 동물을 착취하고 괴롭히는 것을 가르치면, 자연스럽게 동물을 그렇게 대할 것입니다. 만일 다른 모든 생물을 존중하고 사랑을 갖고 대하도록 가르치면, 또 그렇게 하는 법을 배울 것입니다. 우리 모두가 생각해야 하는 점이 바로 이것입니다. 증인 심문을 마치겠습니다."

에밀리오는 더 이상 돈을 찢지 않고 지루해하기 시작했다.

"멍멍아! 엄마 아빠한테 갈래!"

에밀리오는 심통이 난 목소리로 개를 쳐다보며 말했다.

"자, 저기 누가 오는지 보렴!"

필로스는 아기에게 칼리를 가리키면서 말했다.

"그래, 뱀이란다! '칼리, 안녕'이라고 인사하렴."

아기는 순간 부모님 생각을 잊고 코브라에게 다가갔다.

"칼리, 안녕!"

에밀리오는 들뜬 기분에 한껏 부풀어 말했다. 검사는 뭔가 초조해 보이는 모습으로 아무 말 없이 여기저기를 배회했다.

"쳇, 이 꼬맹이한테 무슨 질문을 해?"

내 귀에 그녀의 속마음이 들렸다. 에밀리오는 칼리의 꼬리를 잡고 더 이상 멀리 가지 못하게 힘껏 잡아당기고 있었다.

"어쩌라고? 별난 애네!"

칼리는 몸을 꿈틀거리면서 아기의 손에서 벗어났다. 에밀리오는 너무 놀라서 울음을 터뜨렸다.

"으아아아아아앙!"

"에이, 이 코흘리개 정말 별꼴이네."

칼리가 한숨을 지었다.

"엄마한테 갈 꼬야!"

에밀리오가 목청껏 소리쳤다. 부엉이 솔로몬이 아기의 울음소리가 커지는 것을 듣고 끼어들었다.

"칼리 부인. 증인에게 질문하시겠습니까?"

"재판장님, 증인이 이런 상태라서 더 이상 집중을 할 수가 없습니다!"

"그러니까 서둘러 주세요. 이 상황을 누가 참을 수 있겠습니까?"

"엄마아아아아아아! 우아아아아앙!"

검사는 다시 똬리를 틀고 생각에 잠겼다. 아기는 소리 높여 더 크게 울기 시작했다. 청중도 불안해하기 시작했다. 그라제시는 앞발로 두 귀를 막았다.

"그만 퇴장하셔도 좋습니다!"

결국, 칼리가 입을 열고 말았다. 그러자 거대한 발을 가진 코끼리가

동물들의 인간 심판

아기에게 다가와서는 코로 아기를 조심스럽게 안았다. 순간 울음이 뚝 그쳤고 아기의 새근거리는 숨소리만 들렸다. 그곳에 있던 동물들은 긴급 경보 사이렌 같았던 아기의 울음소리가 사라지자 크게 안심하는 눈치였다. 에밀리오는 마치 조금 전에 있었던 일은 까맣게 잊었다는 듯 코끼리 코에 앉아 모두에게 행복한 인사를 건넸다. 코끼리는 아기를 강가의 하마에게 건넸고, 하마는 청중 사이로 사라졌다.

판결

　밤이 되었다. 짙은 파랑과 검정의 중간쯤의 색으로 변한 하늘에 별만 빛나고 있었다. 그래도 반딧불이가 나를 둘러싸고 있어서 잘 보이지 않는 것들로부터 나를 조금이나마 보호해 주는 것 같아 안심이 됐다. 어둠 속에서도 부엉이의 모습은 뚜렷하게 보였고, 비록 잘 보이지는 않았지만 코브라와 개의 속삭임도 들려왔다. 주변 공기는 내 운명을 놓고 낮은 목소리로 의논하고 있는 수많은 생물들의 심각한 대화로 세심하게 떨리고 있었다. 그 순간 나도 마음을 나눌 수 있는 누군가가 있었으면 좋겠다는 생각이 들었다.

　어둠이 완전히 내려앉자 머릿속은 지금까지 본 것들로 더 혼란스러웠다. 정글에서 눈을 뜨자마자 그라제시의 호위를 받으며 법정까지 왔고, 과카마야 앵무새, 보노보, 숫염소, 생쥐의 증언이 생생하게 떠올랐다. 인간에 대한 경멸부터 찬양까지. 밤꾀꼬리의 슬프면서도 음악 같은 목소리, 돼지 장브누아르와 고양이 핀초의 소름 끼치는 경험, 암소 옴의 화해의 노래, 늑대 브랑코가 변호사에게 하던 공격과 인간의 잔인함에 대한 고발, 틈틈이 달려드는 모기 피의 공격과 윙윙거림, 거북이 바이아의 느림과 사려 깊은 지혜, 아기의 울음소리까지.

내가 이제까지 살아오면서 잡아먹거나 짓눌렀던 다른 동물과의 관계를 곰곰이 되돌아보았다. 인생의 여러 순간에 동물에게 가졌던 애정, 무관심, 혐오 등 다양한 감정이 떠올랐다. 스스로에게 질문을 던졌다. 모여 있는 모든 동물의 입술과 부리에서 나오던 질문을 깊이 생각해 보았다. 인간은 무죄인가 유죄인가? 고발을 당한 대로 형벌을 받을 만한가? 최종 판결은 어떨까? 판사는 뭐라고 결론을 내릴 것인가?

어둠 속에서 뭔가가 움직이는 것 같았다. 청중들의 웅성거림이 갑자기 멈췄다. 판사 솔로몬의 목소리가 검정 실루엣 사이를 비집고 흘러나왔다.

"주목해 주십시오. 마지막 결론을 내릴 시간이 다가왔습니다. 먼저 검사 측에서 이번 재판에 대한 변론을 정리해 주시기 바랍니다. 칼리 검사님?"

순간 지평선에서 붉은빛이 나타났다. 바다 위로 달이 떠오르자 주변의 물, 코브라, 법정이 붉은 핏빛으로 물들었다. 칼리가 마지막 변론을 시작했다.

"모든 피조물은 동등합니다. 우리는 모두 삶을 사랑하고 고통과 죽음을 두려워합니다. 오늘 우리는 한 피조물인 인간이 나머지 피조물을 짓밟았기 때문에 이 자리에 모였습니다. 어떤 다른 동물보다 그들만 더 존중받아야 하고 더 고귀하다고 스스로 믿으면서 우리를 모욕하고 중상했습니다. 인간은 우리를 노예로 삼고 잔인한 도구와 감옥 시스템으로 학대했습니다. 소행성이 떨어져 공룡 왕국이 사라진 이후 없었던 또 다른 엄청난 멸종을 그들이 조장하여 이 땅에서 우리를 쫓아내고 있습니다. 인간은 자신들이 가장 뛰어나다고 믿는데, 인간은 원숭이의 후손으로 그 아래 있습니다. 가장 마지막 서열에 있는 겁니다.

저는 이제까지 놀랄 만한 증거를 여럿 보여 드렸습니다. 여러 증인의 증언은 인간이 벌인 죄에 대한 진위 여부를 폭넓게 확인하는 데 도움이 되었습니다. 변호인도 인정한 부분이고, 심지어 무죄라고도 하지 않았습니다. 의미 없는 실험적 증거와 변명은 별로 효력이 없습니다. 인간이 반려동물에게 많은 호의를 베풀고, 그런 관계를 통해서 더 선하고 너그러워지는 법을 배우고 있다는 둥 뭐 그런 연구 결과들 말입니다. 그들은 우리가 손가락이나 빨면서 놀고 있다고 생각하는 모양입니다. 적어도 저는 손가락은 빨지 않는데 말이죠, 그럴 손가락도 없고요!

변호인은 인간이 동물을 비방하고 중상만 한 것은 아니라고 주장합니다. 밤꾀꼬리를 위한 시도 쓰고, 어디 신전인지는 모르지만 생쥐를 숭상하거나, 비누 제조 기업이 도마뱀을 로고로 사용한다는 증거를 들면서 안심시키려고 합니다. 저라고 따뜻한 일화를 왜 부정하겠습니까? 하지만 그 한 가지로 다른 많은 일을 덮을 수는 없습니다. 비방·중상은 비방·중상일 뿐입니다. 사전을 오염시킨 모든 더러운 말과 표현을 우스운 비누 하나로 씻어 버릴 수는 없습니다.

인간이 강아지와 고양이 새끼는 쓰다듬으며 아끼면서, 과학이라는 이름으로 잔혹한 동물실험을 하는 실험실과 고기, 우유, 달걀을 공산품처럼 생산하는 나쁜 공장에서 벌어지는 잔인한 일에 대해서는 모르고 있다고 주장합니다. 그건 한심한 변명일 뿐입니다! 문제는 그것을 모르는 게 아니라, 알고 싶어 하지 않는다는 겁니다. 그들은 게걸스럽게 먹으면서 잔혹함을 직접 맞닥뜨리지 않기 위해 눈과 귀를 가립니다.

변호 내용을 보면 인간의 행동이 바뀔 것이고, 채식을 하는 인간도 많아지고, 숲에서 나무를 베고 불을 질러서 벌목이나 화재를 일으키던 일이 중단될 수 있을 거라고 합니다. 정신 나간 환상을 품고 있는 것입니다.

정말 냉철하게 생각해 봐야 합니다! 인간이 이런 상황을 바꿀 수 있다는 가능성만으로 이 문제를 슬쩍 넘어가도 될까요? 인간의 실제 행위를 근거로 판단하고 처벌해야 합니다. 호모 사피엔스는 잔인하고 오만한 독재자이자, 모든 종에게 위협이 되는 존재입니다. 따라서 이 재판에서 내릴 수 있는 최고형인 사형을 선고할 것을 요청합니다!"

칼리는 나를 향해 야유를 퍼붓고는 걸쳐 있던 나무에서 내려왔다. 필로스가 법정 중앙으로 천천히 걸어갔고 달빛은 갈수록 더 노랗게 빛났다. 필로스는 두세 번 깊은 숨을 쉬고 길게 울부짖고는 말을 시작했다.

"멍멍! 여전히 우리 마음속에는 여러 증언과 그로 인한 고통이 남아 있습니다. 오늘날까지 인간은 셀 수 없이 많은 동물에게 굴욕과 고문과 죽음을 안겼습니다. 여전히 현재 진행형이기도 하고요. 이 모든 것을 용서할 수 없다는 검사의 말에 분명 일리가 있습니다.

하지만 호모 사피엔스가 다른 종에 비해 지구에 나타난 지 얼마 되지 않은 아주 어린 종이라는 것을 아셔야 합니다. 인간은 아프리카 사바나에서 출현한 지 얼마 되지 않았고, 자신의 정신적 능력이 큰 힘이라는 것을 깨달은 지도 얼마 되지 않았습니다. 인간이 지구의 동식물을 지배하기 시작하고 나서 고작 만 번의 봄밤에 지나지 않았습니다.

우리가 아는 것처럼 모든 인간은 여전히 강아지를 많이 닮았습니다. 호기심이 많고 에너지가 넘치며 계속 뭔가를 시도하고 확인해 보고 싶어 합니다. 인간은 시험과 실험을 통해 상황을 악화시키고 주변에 피해를 주며 자신의 삶조차 위험에 빠뜨렸습니다. 하지만 정말 인간이 사악해서 그런 걸까요? 아니면 자신에게 주어진 큰 힘을 조절하는 법을 배우지 못해서일까요?

저는 인간의 변호를 맡으면서 그들이 본래 동물을 사랑한다는 것을 증명했습니다. 인간은 집에서 동물과 함께하며 그들을 알아갑니다. 왜냐하면 동물을 좋아하고 가까이에 두고 싶어 하기 때문입니다. 인간이 다른 종을 비방·중상하는 것은 인간이 깃털, 비늘, 발톱을 가진 먼 친척을 늘 존중해 온 것과 비교하면 빙산의 일각에 불과합니다. 물론 인간은 위험한 상황에서 동물을 자신들에게 유리하게 이용하지만 이는 동물인 우리가 위험한 상황에서 하는 행동과 별반 다르지 않습니다. 문제는 큰 뇌와 도구를 이용하는 능력 등 큰 힘을 가졌는데 이런 능력에 따르는 책임감이 부족하다는 것입니다.

더 많은 생명을 살리기 위해 필요한 약을 만드는 실험을 할 때 동물을 학대하는 것은 정당할까요? 정당합니다. 하지만 립스틱의 안전이나 크리스마스트리를 더 푸르게 하는 스프레이 실험을 위해 동물을 고문하는 것은 정당하지 않습니다. 참을 수 없는 일입니다. 고기를 먹는 것은 정당한가요? 아마도 그렇습니다. 하지만 인간이 고기를 지나치게 많이 먹는다면 그건 다른 문제입니다. 인간이 지나치게 고기를 많이 먹게 되면 농장에 사는 동물은 심각하게 잔인한 시스템으로 인해 고문과 같은 고통을 받게 될 테니까요. 인간에게 살아가기 위해, 행복하기 위해 공간과 자원이 필요한가요? 그렇습니다. 하지만 부자들이 쓸데없이 계속해서 공간과 자원을 축적해 나갈 정도로 많이 필요하지는 않습니다.

인간은 책임감을 점점 심각하게 받아들이기 시작했습니다. 동물의 권리를 보호하기 위해 법을 제정하고, 포로로 잡은 동물을 농장에서 덜 잔인하게 키우기 위한 시스템을 만들고 있습니다. 갈수록 고기 소비가 줄어들고 채식주의자들이 그 자리를 메우고 있습니다. 인간은 많은 자연보호 지역을 지정하고, 멸종위기 종을 보호하고 있으며 수많은 인간 무리가 동물과 자연보호를 위해 싸우고 있습니다. 이런 조치로 늑대를 비롯한 여러 종의 수가 점점 늘어나고 있습니다. 인간도 지구온난화와 같은 대지에서 일어나고 있는 뜻밖의 손상을 인식하고 있으며, 해결책을 강구하기 위해 노력하고 있습니다.

궁극적으로 검사 측이 말한 것처럼 모든 것이 바뀌는 건 불가능하지만, 이미 변화가 조금씩 감지되고 있습니다. 식물, 동물, 자연, 대지를 지배하는 능력이 늘어나면서 인간은 다 같은 종으로서 자신의 정체성을 인식하고, 우리 모두가 공동 운명체이고 확장된 가족이라는 개념을 분명히 인식하고 있습니다. 저는 호모 사피엔스에게 대지의 어머니를 다시 살리고, 그 일의 중요성을 인식하며 책임감을 받아들일 기회를 주어야 한다고 생각합니다."

필로스는 청중에게 고개를 숙여 인사하고, 나를 바라보며 환하게 웃고는 법정에서 퇴장해 내 곁으로 왔다. 필로스의 머리를 쓰다듬자 필로스는 내 손을 핥았다. 나와 필로스는 함께 판사를 바라보았다.

솔로몬은 연단 위에 서서 미동도 없이 생각을 정리했다. 이미 달은 떠올라서 하얗게 빛나고 있었다. 주변은 고요했다. 모두 판사의 판결을 기다리고 있었다.

솔로몬은 날개를 펴고 몇 번 퍼덕거리더니 공중으로 날아올랐다. 어느 정도 올라가자 한 바퀴 쓱 돌았다. 검은 밤하늘에 하얀 부엉이가 날고 있고, 그가 달 쪽으로 다가갈수록 흰 달은 검은색으로 변했다. 솔로몬은 날갯짓을 거의 하지 않고 다시 한 바퀴를 더 돌았다. 그러자 검은 달이 다시 흰색으로, 흰 달이 다시 검은색으로 계속 변했다.

마침내 달빛이 점점 더 열리더니 부엉이가 서서히 고도를 낮추었다. 우아한 모습을 한 그는 다시 중앙의 커다란 바위 위에 자리 잡았다. 솔로몬이 드디어 입을 열었다.

"이 문제에 대해 심사숙고했습니다. 이제 판결을 할 준비가 되었습니다. 먼저 결론부터 말씀드리겠습니다. 인간은 분명… 이 고발 건에 대해 죄가 있습니다."

여기저기에서 웅성거리는 소리가 들렸고 내 마음도 흔들렸다. 동물들은 솔로몬의 판결에 찬성한다는 의미와 승리했다는 안도감이 섞인 외침을 토해 냈다. 솔로몬이 다급하게 말을 이었다.

"잠시만요. 하지만 저는 변호인 측 주장에 따라 정상 참작도 했습니다. 주장에 수긍이 가기도 했으니까요. 인간은 인간이 아닌 동물을 대하는 태도와 행동을 조금씩 고쳐 나가고 있습니다. 그러니 검사 측이 요구한 예방 차원에서 이들을 다 없애 버리자는 의견은 제가 보기에 조금 과하고 성급한 결론인 것 같습니다. 인간은 최근 몇 번의 봄을 지나면서 이 땅 동료들의 운명과 복지에 관심을 보이고 있습니다. 비록 매우 늦은 감이 있긴 합니다만. 그들은 영리하고, 주변의 영향을 쉽게 받으며, 변하기도 쉬운 종입니다. 어떤 처벌이 되었든 결국에는 그들이

변할 수 있도록 촉구해야 한다고 생각합니다.

그래서 호모 사피엔스에게 교훈을 줄 만한 벌을 내릴 것입니다. 판결은 다음과 같습니다.

모든 인간의 머릿속에 꿈을 심어 놓을 것입니다. 악몽입니다. 악몽 속에서는 지금 여기에서 열린 것과 똑같은 재판이 열릴 것입니다. 이 상황을 충실히 재현할 것입니다. 각각의 인간은 발가벗겨진 채로 정글 바닥에서 눈을 뜨게 될 것입니다. 우리의 법에 따라 굴욕을 당하게 될 것입니다. 인간의 건방짐과 동물에 대한 잔인함, 절멸의 위험에 대한 여러 증언을 조용히 듣게 될 것입니다. 그리고 지금의 이런 판결을 듣게 될 것입니다. 인간은 진실 하나하나와 마주하게 될 것이고, 다른 동물들의 생각도 들을 것이며, 처벌의 위협도 느낄 것입니다. 이것이 오늘의 판결입니다.

이 판결을 실행하기 위해 모기 공군 중대인 체체파리*를 고용할 것입니다. 체체파리 중대는 재판이 필요한 인간을 공격해서 잠재운 후 이곳으로 데려올 것입니다. 먼저 대도시에서 시작해서 온 지구로 이 작업을 확산해 나갈 것입니다.

따라서 자연에 대한 수많은 범죄를 저지른 인간이지만 오늘 법정에서는 관대하게 집행유예를 선고하려고 합니다. 인간은 이 시간 이후로 동물 가족을 매우 존중하고 대지의 어머니의 모든 아들딸과 자신의 삶이 연결되어 있음을 깨달아야 할 것입니다. 그들과 함께 살되 존엄성, 공정함, 연대 책임을 갖고 그들을 대하도록 노력해야 할 것입니다. 그렇

---

* 수면병 등의 병원체를 매개하는 아프리카의 피 빨아먹는 파리.

동물들의 인간 심판

지 않으면, 이 법정의 정의 앞에서 다시 심판을 받게 될 것입니다. 그리고 이후에도 변화의 조짐이 보이지 않는다면 더 이상 오늘과 같은 관대한 판결을 기대하기 어려울 것입니다.

그럼 이만 폐회를 선언합니다."

판사의 지혜로운 판결로 법정 안은 축제 분위기가 됐다. 원숭이는 손뼉을 치며 웃었고, 네발동물은 기쁨의 울음을 터뜨리거나 뒷다리를 들어올리며 환호하고 감사의 기도를 올렸다. 새는 날갯짓하고 물고기는 꼬리를 흔들었고, 곤충은 더듬이를 이리저리 움직였다.

누님의 달 아래 우리 모두는 형제자매이다.*

---

* 아시시의 성 프란체스코가 지은 시 〈태양의 찬가〉에 나오는 표현으로 인간을 포함한 모든 피조물을 차별하지 않고 형제, 자매라고 부르며 우주 전체가 한 형제애 안에서 신을 찬미하는 내용이다. 거대한 가족으로서의 우주적인 형제애와 용서, 화해를 강조하고 있다.

• 에필로그

나는 내 침대에서 눈을 떴다. 곤충 한 마리가 유리창에 부딪혀 윙윙거리며 내는 소리가 마치 나를 부르는 소리 같았다. 나는 일어나서 파리가 밖으로 나갈 수 있도록 창문을 열어 주었다.

그는 윙윙거리며 "감사합니다. 즈즈즈."라고 말하고는 공중으로 날아갔다.

● 감사의 말

나와 아버지, 모든 동물을 대신하여 감사를 전하고 싶다.

우정과 가르침, 영감을 준 펠릭스 로드리게스 데 라 푸엔테, 에드워드 윌슨께 감사드린다.

그 외 내가 상상하고 이해하며 경험할 수 있도록 큰 도움을 준 위대한 스승이신 아리스토텔레스, 바흐, 칼비노, 세르반테스, 채플린, 쿠스토, 다윈, 뒤르켐, 디즈니, 엔데, 에반스 프리차드, 포시, 에리히 프롬, 간디, 어빙 고프먼, 제인 구달, 홉스, 예수, 칸트, 노자, 루카스, 마다리아가, 몬티 파이튼, 모차르트, 칼 마르크스, 미질리, 오웰, 플라톤, 루소, 생텍쥐페리, 싯다르타, 싱어, 시바난다, 소크라테스, 톨킨, 보네거트, 막스 베버에게도 감사를 드린다.

매번 다른 버전의 작품을 읽어 주고 평을 해 주며 지속적으로 도움을 준 미겔 앙헬 멜라도께도 감사를 드린다. 예술과 사랑을 표현해서 표지 그림을 그려 준 리카르도 마르티네스께도 감사를 드린다. 또한 처음 시작할 때부터 관심과 애정을 보내 준 출판사의 마르타 세비야, 메리트셀 파라레다, 에바 수리타, 라우라 산타플로렌티나, 옥타비오 보타나, 엘리사벳 리에라님께도 감사를 드린다.

이 프로젝트에 용기를 주시고 격려해 준 '싱킹 헤즈'사의 안토니오 산시그레께도 감사드린다. 믿어 주고 애써 준 대리인 안네-마리아 바라트께도 감사드린다. 이 책에 대한 아름다움을 말해 준 로사 몬테로께도 감사드린다. 내용의 일부분에 영감을 준 엔리케 니카노르께 감사드린다. 법적인 문제를 비롯해 관련된 사항에 도움을 준 카에타나 무레로께도 감사드린다. 많은 회의와 조언으로 도움을 준 카를로스 프레스네다께 감사드린다. 25년 전에 코브라, 부엉이, 개의 첫 번째 그림을 그려 준 마리아노 시누에스께 감사드린다.

수많은 책에 대해 조언을 해 준 호세 안토니오 '스트롬볼리' 아르실라, 헤수스 마미안 페르난데스 솔리스, 앤드루 마거맨, 크리스찬 호프만, 페르난도 로드리고, 아란차 마르티네스께 감사를 드린다. 프랑스, 브라질, 마드리드에 사는 사람들이 쓰는 언어에 대해 도움을 준 다니엘 세노비야, 장-마리아 슈미트, 멜리사 케네디, 로시 레히나 포메란크블룸께도 감사를 드린다. 사진을 제공해 준 다니엘 모르두초비치께 감사를 드린다.

채식주의자가 되는 것이 가능하다는 것을 몸소 보여 준 울리히 디머께 감사드린다. 시칠리아에서 다시 글을 쓰는 동안 챙겨 준 프랑코와 아드리아나께 감사드린다. 그 외 많은 도움을 준 파블로, 하비에르, 엘레나, 마이테, 키라, 구드룬, 사차, 다리오께 감사를 드린다.

나바로, 나바라, 루나, 보스톤, 아리엘, 헤니에, 엘피, 마야, 소피에, 페니, 힝게르, 미나, 피치리, 호세 안토니오가 에구일로르에서 키우던 이름 모를 새끼 돼지 그리고 우리가 알고 있는 모든 야생동물과 길들여진 동물에게도 감사를 드린다.

특히, 자연과 예술, 삶의 여정에서 나와 함께 해 주는 최고의 동반자 엠마에게 감사의 말을 전한다.

도리타와 무사 그리고 호세 안토니오의 아내분께도 늘 감사드린다.

에두아르도 하우레기

참고문헌에 관한 소론

인간의 죄, 첫 번째 – 비방·중상

- 인간들이 동물을 바라보는 방식에 대한 내용을 담은 책에는 Knight(2005), Shepard(1995), Caras(1996), Arluke and Sanders(1996), Dolins(1999)이 있다.

앵무새 치파우악

- 동물들을 향한 욕설(또는 아첨)은 스페인 한림원(2001), 옥스퍼드 대학교 출판부(2003), 프랑스 한림원(2005), 독일 서지학회(2004), 이탈리아어 사전(2005)에서 찾아볼 수 있다.

보노보 왐바

- 찰스 다윈(1974)은 '우리는 원숭이의 후손이다.'라는 유명한 이론을 주장했다.

- 터부와 '올바른' 행동과 완곡어법: Elias(1989)는 사회진보적 '문명'의 발전에 관해 설명했다. 그리고 Collell(2003) 또는 Axtell(2003)이 쓴 사회 예의범절과 완곡어법 참고서적도 있다.

- 인간 사회는 연극이다: 이미 셰익스피어와 칼데론이 말했지만, 사회학자 어빙 고프만(Erving Goffman, 1981)은 이런 은유적 표현이 어느 정도 맞는지를 다시 분석했다.

- 인간 동물: Morris(2003)와 De Waal(2000)을 비롯한 몇몇 학자들은 다른 영장류와 인간의 차이점을 설명했다.

- 용어집: Michael Voslenski(1984)

- 자유의 땅 노예들: Kolchin(2003)

숫염소 투룰로프

- 인간의 생각: 하우레기(1999, 2000)는 인간의 '뇌 컴퓨터' 행동과 '자유를 생각하다'라는 말의 의미를 분석했다.

- Andrés(2003)는 서양문화 기준으로 인간의 자살에 대해 분석했다.

- 최근 유행하는 우울증: 미국심리학협회 전 대표인 Seligman(2002)에 따르면, 오늘날 선진국의 우울증은 50년 전보다 10배 늘어났다. Seligman, Walker, and Rosenhan(2001), pp. 248-299도 참고.

- Davenport-Hines(2003)는 약물 사용과 남용 증가에 대해 설명했다.

- 인간들과 그 외 종들의 성(性)과 정절: Barash와 Lipton(2003)은 동물의 '일부일처제의 신화'를 분석했고, Cristóbal(2005)은 동물의 성에 대한 호기심을 설명했다.

생쥐 체다스

- Bueno(1996)와 Shepard(1995)를 비롯한 많은 학자들은 인간 종교에서 동물숭배에 관해 설명했다.

- 우주를 바라보는 원자론적 시선과 연대 추구: Erich Fromm(2000)은 인간이 자연으로부터 소외되면 존재적 딜레마가 생기고 이 딜레마는 자신을 헌신하고 초월하는 예술인 오직 사랑으로만 극복될 수 있다고 주장했다. 몇 세기 전에 노자는 이 비극에 대해서 《도덕경》(노자, 2001)에서 설명했고, 수많은 신비주의자와 예술가, 철학자들도 이를 옹호했다.

- '신은 죽었다.'라는 말은 《즐거운 지식》(니체, 2002)에 나온다.

- 오늘날의 신: 하우레기(1992)는 의심과 무신론이 지배적인 오늘날 신의 개념 효과를 분석했다.

- 전 세계 민간 문장학(紋章學)은 국제시민문장(International Civic Arms) 웹사이트인 www.ngw.nl에 있다.

- 기업 로고들은 옷과 사용하는 그릇, 주변 거리와 상점들에서 볼 수 있다. Lloyd(1999)의 책 참고.

- 성경 창세기 2-3장 내용에 따르면, 뱀이 아담과 하와를 유혹했다.

- 아인슈타인의 인용구는 1950년대 유명한 물리학자의 개인 서신 내용으로, Eves(1977)에 의해 알려졌다. 스페인어 번역은 에두아르도 하우레기가 했다.

- 플로리(Flori, 2004)는 기독교인과 이슬람교도의 종교 전쟁을 분석했다.

- 무르시아의 철학가 이븐 알 아라비(Ibn al'Arabi)의 인용구는 al'Arabi(1990), pp. 17-18에 있다.

- 성경 창세기 6-7장에서 노아는 세상의 홍수에서 동물을 구했다. 제레미 벤담(Jeremy Bentham)은 동물도 고통에 대한 권리와 그것을 이겨낼 능력이 있다고 말했다(Bentham, 1996: 17장).

- 〈나이팅게일에 부치는 노래〉: 낭만파 여류시인 존 케이츠(John Keats)는 밤꾀꼬리의 숭고한 노래를 듣기 위해 죽을 준비가 되어 있다고 했다. 스페인어 번역판 Keats(1982)에서도 확인할 수 있다.

- 에드윈 랜시어(Edwin Landseer)의 동물 그림은 우리에게 자연과 장엄함, 자유를 맘껏 보여 준다. Landseer, Cosmo, and Batty(1990)의 책 참고.

- '비틀즈(The Beatles)'는 '비트감 있는 딱정벌레들'이란 뜻이다. 참고로 〈Greatest Hits(비틀즈, 1993)〉 앨범은 상업음악 역사상 가장 많이 팔린 음반이다.

- Cardwell(2000)은 우리 역사상 놀라운 과학기술을 설명했다.

인간의 죄, 두 번째 – 학대

- Midgley(1998), Singer(1999), James(2002), Mosterín(2003)을 비롯한 학자들은 동물도 윤리 범주에 들어간다고 주장했다.

- 동물의 권리에 찬성하는 단체들로는 ADDA(www.addaong.org), 동물들을 위한 권리(www.derechosparalosanimales.org), 동물해방을 위한 대안(www.liberacionanimal.org), 활동하는 환경보호주의자들(www.ecologistasenaccion.org)이 있다. 12월 10일은 국제동물권리의 날(www.10diciembre.com)이다.

밤꾀꼬리 리우이

- Keller(1962), Spiegel(1997), Caras(1996)는 인간과 동물의 노예 역사를 설명했다.

- 미국의 동물 싸움 금지 법안: 연방동물복지법 및 규정(Federal Animal Welfare Act and Regulations)의 '동물 싸움 금지'. 미국연방법전(United States Code) 제7편(농업), 제54항, 섹션 2.156.

- 태양의 서커스(Cirque du Soleil)는 동물이 빠진 새로운 서커스의 좋은 예이다. www.cirquedusoleil.com.

돼지 장브누아르

- 아이작 싱어(1968)는 인간은 동물에게 '모두 나치'이고 '영원한 트레블링카(제2차 세계대전 중 폴란드 바르샤바 부근에 있었던 나치 수용소-옮긴이)'라고 생각했다.

- 피터 싱어의 고전 개정판(2002),《동물해방》중 "공장식 축산 농장에서… 또는 아직 동물이었을 때, 당신 음식이 되기 위해 거기에서 벌어진 일"에 돼지를 비롯해 인간들에게 잡힌 동물들의 생활환경이 나와 있다.

- 피터 싱어(1999)는 가장 최근에 나온 스페인어 개정판이다.

- 인간과 다른 영장류의 '본래' 식사는 기본적으로 채식주의이고 때에 따라 보충식으로 고기와 생선을 먹는다. 이 내용은 영장류 동물학자인 Fleagle이 영장류에 대해 쓴 대학교재(1998)에서 설명했다. 인간 유전자는 동물을 사냥하는 것이 오늘날 고기를 사는 것보다 훨씬 더 어려웠을 때인 유목과 선사시대, 농경 이전에 발전했음을 알아야 한다. 백만 년 동안 고기는 아주 훌륭하고 사치스러우며, 파티를 여는 이유가 되었고, 몇십 년 전까지도 계속되었다. 물론 왕과 상류층은 고기가 없어도 그런 생활을 누렸다. 미국 국립보건원(NIH) (win.niddk.nih.gov/publications/better_health.htm)과 영양학 및 식품과학 스페인협회(www.nutricion.org)는 시리얼과 채소, 과일을 바탕으로 한 음식을 권하고, 잘사는 나라일수록 동물 음식 소비를 덜 하는 경향이 있다. 가장 권위 있는 영양전문협회인 미국식이협회(American Dietary Association)에서는 균형 있는 채소 위주 음식(고기와 생선, 달걀과 유제품 제외)이 모든 생의 단계에서 건강을 유지하고 심장 질환과 비만, 당뇨, 각종 암의 위험성을 줄이는 데 도움이 된

다고 했다(채식주의자 관련 성명서 참조 www.eatright.org/cps/rde/xchg/ada/hs.xsl/advocacy_933_ENU_HTML.htm).

- Pfeffer(1989) 전집의 공동 저자들은 자연에서 포식자의 잔인한 현실에 관해 설명했다.

- 덜 잔인한 농장들과 더 윤리적인 요리: Fox(1997)와 Gips(1994)는 대안을 제시하고 설명했다. 스페인의 각 자치 마을에는 유기농 식품규제협의회가 있다. 여기에는 동물 출처가 포함되어 있다(건강한 생활 협회에서는 http://www.vidasana.org/autoridades.html을 통해 리스트를 제공함).

- 농장 동물의 복지를 위한 유럽연합 법안은 유럽위원회 유로파 홈페이지인 http://europa.eu.int/comm/food/animal/index_es.htm의 '동물 건강과 복지' 부분에 있다.

- 농장과 야생, 가축 보호소는 '동물 보호 및 구출'(http://www.google.com/Top/Society/Organizations/Animal_Welfare/Rescues_and_Shelters/)에 나와 있다. 또한 ADDA(www.addaong.org)에는 스페인의 동물보호구역 목록이 나와 있다.

고양이 핀초

- 싱어(1999)는 '연구도구'에 숨겨진 동물실험에 관해서 설명했다. 또한 '조건부' 과학자들의 윤리 상실에 대한 돈 바르네스(Don Barnes, 뉘우친 실험자)의 생각도 담겨 있다. 이런 실험에 투입되는 동물 숫자에 대한 완벽한 자료는 없다. 하지만 ADDA(www.addaong.org)에 따르면, 전 세계에서 매년 1억 마리가 넘고 적어도 유럽연합에서만 1,100만 마리가 된다. 싱어는 실험하는 동안 이들 중 10%가 진통제나 완화제 없이 고통을 겪거나 학대를 당한다고 계산했다.

- '헤로인'에 빠진 핀초: 동물실험에서 이런 사례는 흔하다. Barr, Huitron-Resendiz, Sánchez-Alavez, Henriksen, and Phillips(2003)는 고양이가 아편중독을 일으켰다고 생각하고(이 경우는 HIV 감염된 이전 사례) 이후 투여를 멈추었다.

- 《방법서설》에 나오는 '기계적인 세상'이란 개념은 데카르트(2004)에서 확인할 수 있다. 오늘날 동물이 '무감각한 기계'라고 대놓고 주장하는 과학자는 많지 않다. 하지만 동물을 대하는 방법을 보면 그런 생각이 전부 사라진 게 아니라

는 사실이 드러난다.

- 동물실험을 하지 않은 상품임을 보증하는 가장 유명한 표시는 유럽동물실험
종식연합(ECEAE, www.eceae.org)이다. 또한 Clarke(2004) 같은 '윤리적' 음식과
상품 가이드도 있다. ADDA(www.addaong.org)에서는 동물실험을 하지 않은
상품과 화장품 판매 기업 리스트를 제공한다.

- 동물실험을 제한하는 유럽연합과 미국의 법은 2003년 2월 27일 유럽의회와
이사회의 지침 2003/15/EC로, 이것은 화장품 및 연방동물복지법 및 규정에
관한 회원국 법률에 대한 의회 지침 76/768/EEC를 수정한 것이다. 미국연방
법전 제7편(농업), 제54항, 섹션 2.131-2.156.

암소 옴

- 채식주의: Moreno(2002)는 채식주의 역사를 이야기하고 Bodhipaksa(2002)
는 더 건강하고 주변과 연대 책임을 지는 친환경적 음식을 권하고 있다. 인도
인구의 약 40%가 채식주의자이지만, 미국과 영국, 스페인과 같은 선진국은
2-5%에 불과하다. 하지만 그 숫자는 갈수록 증가하고 있다. 그리고 최근 몇
년 동안 사람들의 고기 소비가 줄었지만, 모두가 그런 것은 아니다. 이와 관련
된 자료는 스페인 채식주의 연합(www.unionvegetariana.org)과 채식주의 세상
(www.mundovegetariano.com)에 있다.

- 《마누 법전》(고대 인도의 힌두 법전): "고기를 … 삼가야 한다."《마누 법전》 5:48,
Buhler 버전, 1984(에두아르도 하우레기의 영어와 스페인어 번역본).

- 부처: "모든 존재는 … 않게 하라."《법구경(法句經)》 10:129, Mascaro 버전,
1995(에두아르도 하우레기의 영어와 스페인어 번역본).

- 피타고라스: "동물은 … 권리가 있다." Jon Wynne-Tyson(1990)의 글 인용(에두
아르도 하우레기의 영어와 스페인어 번역본).

인간의 죄, 세 번째 - 대량학살

- 환경단체로는 '그린피스(www.greenpeace.es)', 'WWF/Adena(www.wwf.es)', 행동
하는 환경주의자(www.ecologistasenaccion.org)', '1년에 두 번, 건강한 생활연합

(www.vidasana.org)'은 스페인 '바이오 문화'에서 책임 있는 소비와 생태학 축제를 조직했다. 그 외 관련 정보는 '통합잡지(www.larevistaintegral.com)'와 '생태학자(www.theecologist.net)'를 통해 얻을 수 있다.

늑대 브랑코

- 실제로 늑대는 양을 제외하고, 도발이 없으면 인간을 공격하지 않는다⋯. Landry(2004)는 늑대와 우리 관계를 설명했다. 더 많은 정보는 '국제 늑대 센터'에서 얻을 수 있고, 그곳의 정보에 따르면, 현재 스페인과 세계 다른 지역의 늑대 수는 점점 늘어나고 있다. www.wolf.org 참조.

- 빨간 모자와 '사나운' 늑대 이야기는 그림형제(2003) 작품이다.

- 인간을 포함한 동물의 공격성과 세력권: 하우레기(1979)는 그의 책과 〈게임의 법칙: 부족들〉이라는 텔레비전 시리즈물을 통해 '부족주의'와 영토 폭력 그리고 인간의 전쟁 숭배를 분석했다. Huntingford and Turner(1987), Lorenz(1992)는 동물의 공격성을 연구했고, '인간 동물'에 대해서도 연구했다.

- '코사 노스트라(Cosa Nostra)'나 마피아는 수많은 연구 대상이 되어 왔다. Robb(1996)의 《시칠리아의 한밤중(Medianoche en Sicilia)》은 이런 범죄 조직과 잔인성, 내부 문화 등 최근 이야기를 담고 있다.

- "인간은 모든 인간에 대해 늑대이다."라는 말은 토마스 홉스(2002, p. 3)의 유명한 Plauto (1997, 495절)의 《아시나리아(Asinaria)》에 있다.

- 알프레드 노벨과 안드레이 사하로프(노벨평화상, 1975)의 일대기와 노벨상 관련 내용은 '노벨평화상(www.nobelprize.org)'에서 볼 수 있다.

- 폭력은 인간들 사이의 규칙에서 예외이다. 이것은 다양한 방법으로 증명할 수 있다. 예를 들어 20세기에는 전쟁과 살인으로 거의 2억 명이 죽었고, 지금도 여전히 전 세계의 인구의 5%가 전쟁 때문에 죽는다. 이런 대략적인 통계수치는 처음 아마추어 수집가인 매튜 화이트(Matthew White)가 만들었지만, 전 세계 인구의 사망률 통계자료에도 있다(users.erols.com/mwhite28/warstat8.htm). 간디(1998, 10쪽)도 역사와 뉴스는 사랑의 일반 규칙의 예외를 모은다고 말했다.

동물들의 인간 심판

- 인간의 이타심은 리들리(1998)가 분석했다. 비센테 페레르의 사례(Oliveras, 2000, 그의 전기 http://fundacionvicenteferrer.org/esp/home.php?s=29 참고)처럼 이타심의 일상생활 속 예와 예외 사례, 이외에도 연대 단체와 협력하는 자원 봉사들이 수백만은 된다. 또한 경제적 기부를 하는 사람들도 많다. 함께하고 싶다면, 자원봉사 홈페이지(www.voluntariado.net), 연대책임 홈페이지(www.canalsolidario.org)를 방문하면 된다.

- 이타심의 유명한 예는 다른 사람 때문에 자신의 삶을 위험에 빠트린 사례이다. 대표적인 인물로는 예수(신약 성서 참조), 해리엇 터브먼(Petry, 1996), 에멀린 팽크허스트(퍼비스, 2002), 모한다스 K. 마하트마 간디(Mohandas K. Mahatma Gandhi)(Wolpert, 2005), 조반니 팔코네, 파올로 보르셀리노(Robb, 1996)가 있다.

- Brock(1997)은 평화주의자의 역사를 썼다. Bonta(1997)는 평화주의 사회를 이루고 사는 이누이트족(에스키모족)과 발리섬 주민, 칼라하리사막의 그위족, 라다키스(Ladhakis: 인도의 티벳 불교 집단), 멕시코 남부의 사포테카(zapotecas)의 자료를 모았다.

- 동물과 또 다른 관계를 맺고 살아갈 수 있다: 미국 원주민과 Zimmerman(2003)의 관계, Chesterton(2005)이 쓴 아시시의 프란체스코와의 관계, Pou Vázquez(2005)가 쓴 펠릭스 로드리게스 데 라 푸엔테에 대한 이야기, 그 외 《사람과 땅(El hombre y la tierra)》 시리즈(Rodríguez de la Fuente, 2006), 펠릭스 로드리게스 데 라 푸엔테 재단(www.felixrodriguezdelafuente.com) 참조.

모기 피

- Gersteimer(1997)와 Waldbauer(2003)는 곤충들의 놀라운 세상을 알려 준다.

- 호세 안토니오 하우레기(José Antonio Jáuregui)는 모든 작품에서 인간의 소유 게임에 대해서 분석했고, 특히 그의 책 《삶은 게임(La vida es juego)》(2002)에서 더 강조했다. Livi-Bacci(2002)는 전 세계 인구가 늘어나고 있다는 사실을 설명했다.

- 윌슨(2002)은 삶의 조직과 인간의 손에 의한 파괴에 대해 아주 이해하기 쉽게 설명했다.

- 윌슨(2001, 1989)은 Edward Wilson의 다른 책을 인용했다.

- 중요한 자연주의자들: 제인 구달과 베코프(2003), 뒤렐(2003), 쿠스토(1966), 포시(1990) 등이 있다.

거북 바이아

- 발타사르 그라시안이 말하는 세계 창조는 《비평(*El Criticón*)》(1968, p.18)에 나온다.

- 사회계층들: 이 사안에 대한 가장 오래된 버전은 마르크스(2003)의 버전이다.

- 소유 게임과 진정한 행복: 에리히 프롬(2003)은 소유냐 존재냐 하는 삶의 두 가지 방식에 대한 이론을 다루었다. De Graaf(2005)는 오늘날 전염병인 소비주의에 대해서 말했다. Easterbrook(2003)은 갈수록 인간의 소유가 늘어나지만, 행복하지 않다는 역설적인 사실을 분석했다. 저명한 미국 심리학자인 마르틴 셀리그먼은 그의 책 《진정한 행복》(2002)에서 행복 심리학의 발전과 가난한 사람들을 제외하고 증명한 과학에 따르면 물질적 행복이 개인의 행복을 높여 주지 않는다는 사실에 대해 요약했다. 영국 경제학자인 리처드 레이어드(2005)는 국가가 국내총생산이 아닌 국민의 개인적 행복을 따르라고 제안했다. Fresneda(1998)와 Merkel(2005)은 더 단순한 삶을 살기 위한 지침을 주었다. 새로운 모델 개발(Centro Nuovo Modello di Sviluppo, 1997)에서 나온 책은 좀 더 친환경적이고 공정한 상품을 선택하도록 도와준다. 애드버스터즈(www.adbusters.org) 프로젝트와 '죽을 때까지 소비(www.consumehastamorir.org)'는 재미있는 풍자로 소비 현상을 비판하고 있다.

- Honoré(2005)는 시간과 속도에 대한 현대의 강박관념과 그에 반대하는 운동에 관해 설명했다. 미하엘 엔데(Michael Ende)는 그의 고전 우화집인 《모모》(2003)를 통해 그런 강박관념을 풍자했다.

- Wilson(2002), Delibes and Delibes(2005), Llebot(1998)은 자연파괴와 기후변화에 대해 말했다. Lomborg(2005)는 환경운동의 '강한 비관주의'에 대해 회의적인 태도를 드러냈다. 환경변화에 대해서는 '기후변화에 관한 국제연합 기본협약' 사이트인 unfccc.int/2860.php 참조.

- 조지프 스티글리츠(2002)는 세계화에 대해 비판적인 관점을 갖고 권력의 구조

를 가장 잘 알고 있는 사람 중 한 명이다. 세계사회포럼(www.forumsocialmundial.org.br)과 신경제재단(New Economics Foundation)과 같은 조직은 대안(www.neweconomics.org)을 만들었다. '세계경제포럼(www.weforum.org)'과 '이코노미스트(The Economist, www.economist.com)'는 이런 정설을 옹호한다.

- Klemens(2000)는 거북의 '대량학살'과 보호에 대해서 말했다.

- 에드 디너가 이누이트족과 아미시족, 마사이족들의 높은 삶의 만족도를 말했고, 이것을 Diener and Seligman(2004)이 인용했다.

인간 에밀리오

- 인간의 가능성과 교육을 통한 발전은 장 자크 루소의 중요한 책인 《에밀》(2004)의 핵심 주제이다.

- 호세 안토니오 하우레기가 사랑한 '또 다른 에밀'은 사회학의 아버지인 에밀 뒤르켐과 그의 어머니 에밀리아 오로키에타(Emilia Oroquieta)였다. '에밀'이란 이름의 의미는 '열정과 환상을 가지고 일하는 사람'이고, 이것은 호세 안토니오 하우레기가 인간을 설명하는 완벽한 표현이며, 그는 행복한 인간에 관해서도 설명했다.

판결

- Morín(2004)은 '지구의 의식'의 진보적 발전을 설명하면서, 의식 있는 존재가 지녀야 할 책임감과 다른 생명체와 함께하는 운명을 강조했다. 또한 '인간'과 '지구 생물권'의 지구의 '협력 추진'과 전체적 사고를 변호했다.

에필로그

- 이 책은 어디에서 영감을 얻은 것일까? 이런 동물의 목소리는 어디에서 나온 것일까?

- 호세 안토니오 하우레기는 펠릭스 로드리게스 데 라 푸엔테, 에드워드 윌슨 같은 자연주의자들의 친구였다. 그리고 이들의 사고방식은 주변에 큰 영향

을 끼쳤다. 이 책을 구상하고 쓸 때, 아버지와 나는 자연스럽게 앞서 살았던 사람들에 대해 알게 되면서 영감을 받았다. 이들 중에는 《동물 농장》을 쓴 조지 오웰, 동물에게 목소리를 내게 해 준 키플링(2003), 런던(2004), 화이트 (2005), 애덤스(1998) 등이 포함된다.

- 이 책을 끝낸 후이긴 하지만 아버지가 1980년도에 아이디어를 얻어 쓰기 시작했던 이 글과 아주 비슷한 생각을 했던 사람들이 있었음을 알게 되었다. 펠릭스 로드리게스 데 라 푸엔테와 공동 집필자였던 라몬 그란데 델 브리오는 《중단(*La tregua*)》(Grande, 2005)이라는 책을 출간했는데, 여기에서는 인간의 공격에 맞서는 동물의 우화를 다루었다. 호르헤 레데스마도 《동물들의 재판(*El juicio de los animales*)》(1997)을 출판했는데, 이것도 동물의 시선에서 바라보는 인간에 대한 이야기이다. 호세 마리아 카보데빌라는 10년 전에 《귀뚜라미의 명단(*La letanía del grillo*)》(Cabodevilla, 1995)을 출판했는데, 동물이 신에게 인간에 대한 보고서를 보내는 내용이다. 이탈리아 작가 귀도 미나 디 소스피로는 《나무 회상록》(Mina, 2005)이란 책에서 고대 주목의 관점에서 이야기하고 있다. 프란츠 카프카(Franz Kafka)는 1917년 《학술원에 보내는 보고서》(Kafka, 1985)를 썼는데, 창살에 갇힌 원숭이 한 마리가 자신의 이야기를 하고 인간 사회를 분석하는 내용이다. 이것은 연극 무대에 오르기도 했다.

- 무엇보다도 10세기의 책 한 권을 발견하고는 깜짝 놀랐다. 《인류에 대한 동물들의 재판》이라는 책으로 인도에서 나왔을 가능성이 높은 가장 오래된 책이었다. 이 책의 저자는 이크완 알-사파로 이라크 수피이다. 14세기에 크리스천 왕을 위해 한 히브리의 랍비가 번역했다. 최근에는 영어로도 번역됐다(Al-Safa, 2005).

- 생전에 아버지께서 이런 분들을 아셨다면 정말로 좋아하셨겠지만, 내가 알기로는 그들의 존재를 모르셨다.

- 그런데 동물들이 정말로 우리에게 이런 메시지를 보내게 될까?

참고문헌

Académie Française(2005), *Dictionnaire de l'Académie Française*, Neuvieme Ed. Paris: Fayard.

Adams, Richard(1998), *La Colina de Watership*, Barcelona: Seix Barral.

Al'Arabi, Ibn(1990), *La joya del viaje a la presencia de los santos*, Murcia: Editora Regional de Murcia.

Al-Safa, Ikhwan(2005), *The Animals' Lawsuit Against Humanity*, Louisville, KY: Fons Vitae.

Andres, Ramón(2003), *Historia del suicidio en Occidente*, Barcelona: Ediciones Península.

Arluke, Arnold and Sanders, Clinton(1996), *Regarding Animals: Animals, Culture, and Society*, Philadelphia: Temple University Press.

Axtell, Roger(2003), *Do's and Taboos Around The World*, Nueva York: Wiley.

Barash, David and Lipton, Judith(2003), *El mito de la monogamia*, Madrid: Siglo xxi.

Barr, M. C., Huitron-Resendiz, S., Sánchez-Alavez, M., Henriksen, S. J., and Phillips, T. R.(2003), "Escalating morphine exposures followed by withdrawal in feline immunodeficiency virus-infected cats: a model for HIV infection in chronic opiate abusers", in *Drug Alcohol Depend*, 24 de noviembre de 2003; 72(2): pp. 141-149.

Bashevis Singer, Isaac(1968), "The Letter Writer", in *The Seance and Other Stories*, Nueva York: Farrar.

Beatles, The(1993), 1962-1966 [compact disc musical], EMI-Odeon.

Beatles, The(1993), 1967-1970 [compact disc musical], EMI-Odeon.

Bentham, Jeremy(1996), *An Introduction to the Principles of Morals and Legislation*, Oxford: Oxford University Press.

Bibliographisches Institut(2004), *Der Duden. Die deutsche Rechtschreibung*, Mannheim: Bibliographisches Institut.

Bodhipaksa(2002), *Vegetarianismo: La dieta más sana y solidaria*, Barcelona: Onir.

Bonta, Bruce(1997), "Cooperation and Competition in Peaceful Societies," *Psychological Bulletin*, 121: pp. 299-320.

Brock, Peter(1997), *Breve historia del pacifismo*, Guatemala: Ediciones Semilla.

Bueno, Gustavo(1996), *El animal divino: Ensayo de una filosofía materialista de la religión*, Oviedo: Pentalfa Ediciones.

Bühler, George(1984), *The Laws of Manu*, Delhi: Banarsidass.

Cabodevilla, Jose María(1995), *La letanía del grillo*, Madrid: Espasa-Calpe.

Caras, Roger(1996), *A Perfect Harmony: The Intertwining Lives of Animals and Humans Throughout History*, Nueva York: Simon& Schuster.

Cardwell, Donald(2000), *Historia de la tecnología*, Madrid: Alianza.

Centro Nuovo Modello di Sviluppo-CRIC(1997), *Rebelión en la tienda: Opciones de Consumo, Opciones de Justicia*, Barcelona: Icaria.

Chesterton, G. K.(2005), *San Francisco de Asís*, Barcelona: Editorial Juventud.

Clarke, Duncan(2004), *The Rough Guide to Ethical Shopping*, Londres: Rough Guides.

Collell, María Rosa(2003), *Etiqueta social: Preguntas y respuestas*, Barcelona: Gestión 2000.

Cousteau, Jacques(1966), *El mundo submarino de Jacques Cousteau*, [Serie de televisión en DVD] Barcelona: S.A.V.

Cristóbal, Pilar(2005), *También los jabalíes se besan en la boca y otras curiosidades sexuales del reino animal*, Madrid: Temas de Hoy.

Darwin, Charles(1974), *El origen del hombre y la selección con relación al sexo*, Madrid: Edaf.

Davenport-Hines, Richard(2003), *La búsqueda del olvido: Historia global de las*

동물들의 인간 심판

drogas 1500-2000, Madrid: Turner.

De Graaf, John(2005), *Affluenza: The all-consuming epidemic*, San Francisco: Berret-Koehler.

Delibes, Miguel and Delibes de Castro, Miguel(2005), *La tierra herida*, Barcelona: Destino.

Descartes, René(2004), *Discurso sobre el método*, Buenos Aires: Losada.

De Waal, Frans(2000), *El simio y el aprendiz de sushi: Reflexiones de un primatólogo sobre la cultura*, Buenos Aires: Paidós.

Diener, E. and Seligman, M. E. P.(2004), "Beyond money: Toward an economy of well-being", in *Psychological Science in the Public Interest*, 5: pp. 1-31.

Dolins, Francine(1999), *Attitudes to Animals: Views in Animal Welfare*, Cambridge: Cambridge University Press.

Durrell, Gerald(2003), *Trilogía de Corfú: "Mi familia y otros animales", "Bichos y demás parientes" y "La isla de los dioses"*, Madrid: Alianza.

Easterbrook, Gregg(2003), *The progress paradox: How life gets better while people feel worse*, Nueva York: Random House.

Elias, Norbert(1989), *El proceso de la civilización*, Madrid: Fondo de Cultura Económica.

Ende, Michael(2003), *Momo*, Madrid: Punto de Lectura.

Eves, Howard W.(1977), *Mathematical circles adieu: A fourth collection of mathematical stories and anecdotes*, Boston: Prindle, Weber & Schmidt.

Fleagle, John(1998), *Primate Adaptation and Evolution*, Nueva York: Academic Press.

Flori, Jean(2004), *Guerra santa, yihad, cruzada: Violencia y religión en el cristianismo y el islam*, Granada: Universidad de Granada.

Fossey, Dian(1990), *Gorilas en la niebla*, Barcelona: Salvat.

Fox, Michael(1997), *Eating With Conscience: The Bioethics of Food*, Troutdale: New Sage Press.

Fresneda, Carlos(1998), *La vida simple*, Barcelona: Planeta.

Fromm, Erich(2000), *El arte de amar*, Buenos Aires: Paidós.

Fromm, Erich(2003), *Del tener al ser*, Barcelona: Paidós.

Gandhi, Mohandas K.(1998), *The Law of Love*, Mumbai: Bharatiya Vidya Bhavan.

Garzanti(2005), *Il Grande Dizionario di Italiano*, Patota, Giuseppe, ed. Milán: Garzanti.

Gersteimer, Roland(1997), *Insectos*, Leon: Everest.

Gips, Terry, ed.(1994), *The Humane Consumer and Producer Guide: Buying And Producing Farm Animal Products For A Humane Sustainable Agriculture*, Washington: The Humane Society.

Goffman, Erving(1981), *La presentación de la persona en la vida cotidiana*, Buenos Aires: Amorrortu.

Goodall, Jane and Bekoff, Marc(2003), *Los diez mandamientos para compartir el planeta con los animales que amamos*, Barcelona: Paidós.

Gracián, Baltasar(1968), *El Criticón*, Madrid: Espasa-Calpe.

Grande del Brío, Ramón(2005), *La tregua*, Madrid: Luca de Tena.

Grimm, Jakob and Grimm, Wilhelm(2003), *Caperucita*, Barcelona: Ediciones B.

Hobbes, Thomas(2000), *De Cive: Elementos filosóficos sobre el ciudadano*, Madrid: Alianza.

Honoré, Carl(2005), *Elogio de la lentitud*, Barcelona: RBA.

Huntingford, Felicity and Turner, Angela(1987), *Animal Conflict*, Londres: Chapman and Hall.

James, Barbara(2002), *Lo que tú debes saber sobre los derechos de los animales*, Salamanca: Loguez Ediciones.

Jáuregui, José Antonio(1979), *Las reglas del juego: Las tribus*, Madrid: Espasa-Calpe.

Jáuregui, José Antonio(1992), *Dios hoy*, Oviedo: Ediciones Nobel.

Jáuregui, José Antonio(1999), *Cerebro y emociones: el ordenador emocional*, Madrid: Maeva.

Jáuregui, José Antonio(2000), *Aprender a pensar en libertad*, Barcelona: Martínez Roca.

Jáuregui, José Antonio(2001), *La identidad humana*, Barcelona: Martínez Roca.

동물들의 인간 심판

Jáuregui, José Antonio(2002), *La vida es juego*, Barcelona: Belacqua.

Kafka, Franz(1985), *Informe para una Academia*, Madrid: Akal.

Keats, John(1982), *Sonetos, odas y otros poemas*, Madrid: Visor Libros.

Keller, Frantz(1962), *Historia de la esclavitud*, Barcelona: Ferma.

Kipling, Ruyard(2003), *El libro de la jungla*, Madrid: Akal.

Klemens, Michael, ed.(2000), *Turtle Conservation*, Smithsonian Books.

Knight, John, ed.(2005), *Animals in Person: Cultural Perspectives on Human-Animal Intimacies*, Oxford: Berg Publishers.

Kolchin, Peter(2003), *American Slavery: 1916-1877*, Nueva York: Hill and Wang.

Landry, Jean-Marc(2004), *El lobo*, Barcelona: Omega.

Landseer, Edwin, Cosmo Monkhouse, W., and Batty, J.(1990), *Landseer's Animal Illustrations: Including a Concise Art History of Sir Edwin Landseer*, Beech Publishing House.

Layard, Richard(2005), *La felicidad*, Barcelona: Taurus.

Lechado García, José Manuel(2000), *Diccionario de eufemismos y de expresiones eufemísticas del español actual*, Madrid: Verbum, D.L.

Ledesma, Jorge(1997), *El juicio de los animales*, Buenos Aires: Sudamericana.

Livi-Bacci, Massimo(2002), *Historia mínima de la población mundial*, Barcelona: Ariel.

Llebot, Josep Enric(1998), *El cambio climático*, Barcelona: Rubes.

Lloyd Morgan, Conway(1999), *Logos: Logotipos, identidad corporativa, marca, cultura*, Barcelona: McGraw-Hill Interamericana.

Lomborg, Bjorn(2005), *El ecologista escéptico*, Madrid: Espasa-Calpe.

London, Jack(2004), *Colmillo Blanco*, Madrid: Edelvives.

Lorenz, Konrad(1992), *Sobre la agresión*, Madrid: Siglo XXI.

Mascaró, Juan(1995), *Buddha's Teachings*, Londres: Penguin.

Marx, Karl(2003), *El Capital*, Madrid: Siglo XXI.

Merckel, Jim(2005), *Simplicidad Radical: Huellas pequeñas en una tierra finita*, Barcelona: Fundació Terra.

Midgley, Mary(1998), *Animals and why they matter*, Atenas: University of Georgia Press.

Mina di Sospiro(2005), *Memorias de un árbol*, Barcelona: RBA.

Moreno, Ana(2002), *La historia vegetariana: Desde Adan y Eva al siglo XXI*, Madrid: Mandala.

Morin, Edgar(2004), *Tierra Patria*, Barcelona: Kairós.

Morris, Desmond(2003), *El mono desnudo*, Barcelona: Nuevas Ediciones de Bolsillo.

Mosterín, Jesús(2003), *¡Vivan los animales!*, Barcelona: Random House.

Nietzsche, Friedrich(2002), *La Gaya Ciencia*, Madrid: Edaf.

Oliveras, Alberto(2000), *Vicente Ferrer: La revolución silenciosa*, Barcelona: Planeta.

Orwell, George(2003), *La granja de los animales*, Barcelona: Destino.

Oxford University Press(2003), *Compact Oxford English Dictionary of Current English*, 2ªed, Soanes, Catherine, ed. Oxford: Oxford University Press.

Petry, Ann(1996), *Harriet Tubman: Conductor on the Underground Railroad*, Nueva York: Harper Trophy.

Pfeffer, Pierre, ed.(1989), *Predators and predation: The struggle for life in the animal world*, Nueva York: Facts on File.

Plauto, Tito Maccio(1997), *Asinaria*, Madrid: Ediciones Clásicas.

Pou Vázquez, Miguel(2005), *Félix, el amigo de los animales*, Madrid: Sirius.

Purvis, June(2002), *Emmeline Pankhurst*, Londres: Routledge.

Real Academia Española(2001), *Diccionario de la Lengua Española*, Vigésimo Segunda Edición, Madrid: Espasa-Calpe.

Ridley, Matt(1998), *The Origins of Virtue: Human Instincts and the Evolution of Cooperation*, Londres: Penguin.

Robb, Peter(1996), *Medianoche en Sicilia*, Barcelona: Alba.

Rodríguez de la Fuente, Félix(2006), *El Hombre y la Tierra* [Serie de televisión en DVD], TVE, Valladolid: Divisa Home Video.

Rousseau, Jean-Jacques(2004), *Emilio o de la educación*, México: Editorial

동물들의 인간 심판

Porrua.

Seligman, Martin(2002), *La auténtica felicidad*, Barcelona: Ediciones B.

Seligman, Martin, Walker, E. and Rosenhan, D.(2001), *Abnormal Psychology*, Nueva York: Norton.

Shepard, Paul(1995), *The Others: How Animals Made Us Human*, Washington DC: Shearwater Books.

Singer, Peter(1999), *Liberación animal*, Madrid: Trotta.

Singer, Peter(2002), *Animal Liberation*, Nueva York: Harper Collins.

Spiegel, Marjorie(1997), *The Dreaded Comparison: Human and Animal Slavery*, Mirror Books.

Stiglitz, Joseph(2002), *El malestar en la globalización*, Madrid: Taurus.

Tsu, Lao(2001), *Tao Te King*, Barcelona: Ediciones Obelisco.

Voslensky, Michael(1984), *Nomenklatura: The Soviet Ruling Class*, Nueva York: Doubleday.

Waldbauer, Gilbert(2003), *What Good Are Bugs: Insects in the Web of Life*, Cambridge: Harvard University Press.

White, E. B.(2005), *La telaraña de Carlota*, Nueva York: Rayo(Harper Collins).

Wilson, Edward(1989), *Biofilia*, México: Fondo de Cultura Económica.

Wilson, Edward(2001), *La diversidad de la vida*, Barcelona: Editorial Crítica.

Wilson, Edward(2002), *El futuro de la vida*, Barcelona: Galaxia Gutenberg.

Wolpert, Stanley(2005), *Gandhi: La biografía más profunda del alma grande de la India*, Barcelona: Ariel.

Wynne-Tyson, Jon(1990), *The Extended Circle: Dictionary of Humane Thought*, Londres: Open Gate Press.

Zimmerman, Larry(2003), *Indios americanos: las primeras naciones*, Madrid: Jaguar.

더 많은 정보를 원하시면 《동물들의 인간 심판》 홈페이지를 방문하세요.
http://www.humorpositivo.com/juicioaloshumanos/index.htm

● 역자 후기

2002년 월드컵, 나는 이국땅에서 자랑스러운 대한민국을 지켜보며 감격에 벅찼다. 한국의 문화가 조명되며 호감도가 상승하던 순간, 당황스럽게도 우리나라 개고기 식용 문화가 TV에 방영됐다. 나라 자랑하기 바빴던 나는 개고기 농장의 열악한 환경, 사람들의 비인간적인 모습에 이후 얼마간 지인들의 사실 여부를 확인하는 분노에 찬 질문에 눌려 지냈다. 우리와 다른 외국의 동물을 대하는 태도에 대해 다시 생각하게 된 때였다.

계속 동물학대 처벌 강화 등의 내용이 담긴 동물보호법이 개정되는 등 우리나라의 동물 관련 정책도 변화하고, 전통시장의 개고기 시장이 정리되는 등 개식용에 관한 변화도 눈에 띈다. 인도는 2013년 돌고래를 비인간 인격체로 지정해 돌고래 수족관을 모두 폐쇄했고, 코스타리카는 국가 차원의 동물원 폐지를 두고 긴 논의 중이다. 이렇게 전 세계적으로 동물을 대하는 태도가 많이 달라지고 있다.

이 책에는 누구보다 이런 소식을 반길 동물들이 등장해서 고통 속에 있는 동료들을 위해 저마다 목소리를 높이고 있다. 동물에게 마이크를 내준 작가는 스페인의 저명한 사상가이자 사회분석가인 호세 안토니오 하우레기로, 그는 인간의 정체성에 대한 고민이 담긴 수많은 저서를 남겼다. 이 책에서 인간의 죄는 크게 세 가지, 근거 없는 비방·중상, 학대, 잔인하고 고의적인 대량학살이다. 신체적 학대뿐 아니라, 정신적·감정적 학대도 포함된다. 결국, 작가는 동물의 목소리를 빌려 인간과 동물이 대지의 어머니 품에서 태어난 한 가족임을 강조하며, 잃어버린 가족애를 회복하길 촉구한다.

자연스럽게 안국선의 신소설 《금수회의록》과 조지 오웰의 《동물 농장》이 떠올랐다. 《금수회의록》에서는 여러 동물이 등장해서 인간 사회의 비리와 모순을 풍자한다. 인간의 부도덕과 정치, 사회의 모습을 다루고 있는데 '나'가 꿈속에서 동물들의 회의를 방청하게 된다는 설정이 이 책과 비슷하다. 《동물 농장》에서는 동물들이 볼셰비키 혁명 이후 사회 기득권층의 타락상을 고발하며 인간을 풍자한다. 모두 금수만도 못한 인간들의 이야기를 우화로 그려내고 있다. 우리는 인간이 동물을 가르치고 길들인다고 생각하지만, 착각일지도 모른다. 이 책 외에도 동물이 직접 나서서 인간을 가르치거나 혼내며 부끄럽게 하는 이야기가 얼마나 많은가!

이 책을 먼저 본 역자로서 좀 더 제대로 그리고 재미있게 보는 방법을 귀띔하려고 한다. 책을 열기 전에 동물들의 모습을 보고 소리를 들을 수 있도록 눈과 귀, 마음을 열고 준비하자. 이 첫 단추가 끼워지지 않으면 뻔한 동물우화가 될 수 있다. 먼저 머릿속에 있는 각 동물에 대한 기본 감각을 작동시킨다. 호랑이가 나타날 때는 그르렁거리는 소리 버튼을 누르고, 부엉이가 '오' 또는 '우' 발음을 할 때마다 그 울림을 느끼고, 뱀이 'ㅅ'이나 'ㅊ' 발음을 할 때마다 내는 파찰음인 특유의 바람 소리를 귀담아듣는다. 귀가 아프겠지만, 앵무새의 재잘대는 반복도 참아 주길 바란다.

동물들의 감각신호가 제대로 울린다면 이제는 작가가 설정한 캐릭터에 집중하자. 먼저 주석을 통해 등장인물들의 이름에 어떤 의미가 있는지 확인한다. 발음이 생소한 이름도 있지만, 다양한 언어로 캐릭터를 만들려고 노력한 작가의 정성과 아이디어가 돋보인다. 이름을 여러 번 입에 올리다 보면 동물의 모습이 점점 더 선명하게 보일 것이다.

성격뿐 아니라, 성별과 국적, 언어도 신경 쓰길 바란다. 예를 들어, 검은 다리로 우아하게 걸어 나오는 프랑스 돼지 부인이라든가, 힌두교에서 신을 부르는 단진동 소리를 내는 신성한 암소 부인, 느리고 신중한 브라질의 아마존강에 사는 거북 부인, 노래하는 음유시인 밤꾀꼬리 씨 등을 마음속으로 그려보면 작가의 의도를 더 잘 이해할 수 있다.

번역을 하면서 스페인어뿐 아니라, 영어, 이탈리아어, 프랑스어, 포르투갈어 등을 사용하는 다국적 동물 덕분에 꽤 애를 먹었다. 언어 또한 캐릭터를 살리는 중요한 요소이기 때문에 가독성을 해치지 않는 범위 내에서 발음을 그대로 살리고 원어를 병기했다.

주요 캐릭터는 아니지만 이 재판의 참관 동물 중에는 우리에게 생소한 아르마딜로나 맥, 뇌조 등도 있다. 다른 동물들에게 발언권을 양보했을 뿐 그들도 분명 할 말이 많을 것이다. 책에서는 발언 기회를 얻지 못했지만 아르마딜로는 요즘 부쩍 국내의 유치원 동물 체험 대상으로 자주 불려간다. 뇌조는 영국의 유명 술 이름이랑 같아서 자주 취객들을 만나고 있고, 맥은 멸종위기에 맘고생이 심하다. 그들의 마음도 좋을 리가 없다. 그러니 책에 혹여 생소한 동물이 나오면 검색해 보고 얼굴이라도 한번 마주쳐 주길 바란다. 나도 등장하는 모든 동물의 사진과 영상을 찾아보며 그들과 가까워지려고 노력했다.

마지막으로, 같은 동물이지만 문화에 따라 바라보는 인간의 시선이 다르다는 것을 확인하는 것도 꽤 흥미로운 포인트이다.

이 책이 단순히 동물학대와 그들의 생존 문제만 다룬다고 생각하면 오산이다. 인간 사회 내 동물과 인간의 공존 모습을 종교와 철학, 과학, 사회학, 심리학적으로 광범위하면서도 깊이 있게 다루고 있다. 또한 문제에 대한 비판에 앞서 그런 행위의 근본적인 원인, 즉 인간의 마음속에 있는 거짓과 위선, 우월감, 왜곡 등도 찔러 준다. 저자는 이 책이 많은 사람들에게 영향을 주기를 바라며 영화, 만화 시리즈 제작도 염두에 두었다고 한다. 다행히 스페인, 영국 등에서 연극으로 만들어지면서 작품성, 예술성 면에서 전문가들의 좋은 평가를 얻었다. 연령과 성별을 넘어 폭넓은 인기를 얻었고, 특히 자연과 환경, 생태교육 학습에 좋은 자료로 교사들이 많이 권하는 작품이다.

책을 다 읽고 나면 동물에 대해 특별한 마음을 갖게 될 것이다. 이미 특별한 마음이 있던 사람에게는 그 마음을 유지할 수 있는 힘을 주고, 미처 생각하지 못했던 사람에게는 거창한 동물보호운동이 아니더라고 길에서 마주치는, 혹은 간판에 그려진 동물 그림에도 이전과는 다른 마음을 갖게 될 것이다. 동물의 처지에서 생각하고 그들의 심정을 헤아리며 변화하는 기회가 되지 않을까. 동물학자 제인 구달의 말처럼 동물에게 존경심을 갖는 것이 우리를 더 나은 인간으로 만들어 줄 것이다.

책을 덮으며 이 법정에 내가 서지 말라는 법이 없으니 조금이라도 두려운 마음을 가져주기를 바란다. 이들은 언제든 나를 끌고 가서 절대 꿈이라 상상할 수 없는 두려움 앞에 떨게 할 준비가 되어 있다. 그러니 조금 불안한 밤이라면 자기 전에 '동물을 네 몸과 같이 사랑하라.'를 외치며 반성하길 바란다. 밤 귀가 밝은 쥐 덕분에 인간보다 자비로운 동물들이 그날 밤엔 다른 집으로 갈지도 모를 테니까….

인간과 동물, 유대와 배신의 탄생

(환경부 선정 우수환경도서)

미국 최대의 동물보호단체 휴메인소사이어티 대표가 쓴 21세기 동물해방의 새로운 지침서. 농장동물, 산업화된 반려동물 산업, 실험동물, 야생동물 복원에 대한 허위 등 현대의 모든 동물학대에 대해 다루고 있다.

동물원 동물은 행복할까?

(환경부 선정 우수환경도서, 학교도서관저널 추천도서)

동물원 북극곰은 야생에서 필요한 공간보다 100만 배, 코끼리는 1,000배 작은 공간에 갇혀서 살고 있다. 야생동물보호운동 활동가인 저자가 기록한 동물원에 갇힌 야생동물의 참혹한 삶.

동물 쇼의 웃음 쇼 동물의 눈물 (한국출판문화산업진흥원 청소년 권장도서, 한국출판문화산업진흥원 청소년 북토큰 도서)

동물 서커스와 전시, TV와 영화 속 동물 연기자, 투우, 투견, 경마 등 동물을 이용해서 돈을 버는 오락산업 속 고통받는 동물들의 숨겨진 진실을 밝힌다.

고등학생의 국내 동물원 평가 보고서

(환경부 선정 우수환경도서)

인간이 만든 '도시의 야생동물 서식지' 동물원에서는 무슨 일이 일어나고 있나? 국내 9개 주요 동물원이 종보전, 동물복지 등 현대 동물원의 역할을 제대로 하고 있는지 평가했다.

야생동물병원 24시 (어린이도서연구회에서 뽑은 어린이·청소년 책, 한국출판문화산업진흥원 청소년 북토큰 도서)

로드킬 당한 삵, 밀렵꾼의 총에 맞은 독수리, 건강을 되찾아 자연으로 돌아가는 너구리 등 대한민국 야생동물이 사람과 부대끼며 살아가는 슬프고도 아름다운 이야기.

사향고양이의 눈물을 마시다

(한국출판문화산업진흥원 우수출판콘텐츠 제작 지원 선정)

내가 마신 커피 때문에 인도네시아 사향고양이가 고통받는다고? 나의 선택이 세계 동물에게 미치는 영향, 동물을 죽이는 것이 아니라 살리는 선택에 대해 알아본다.

후쿠시마에 남겨진 동물들

(미래창조과학부 선정 우수과학도서, 환경부 선정 우수환경도서, 환경정의 청소년 환경책 권장도서)

2011년 3월 11일, 대지진에 이은 원전 폭발로 사람이 떠난 일본 후쿠시마. 다큐멘터리 사진작가가 담은 '죽음의 땅'에 남겨진 동물들의 슬픈 기록.

후쿠시마의 고양이 (한국어린이교육문화연구원 으뜸책)

2011년 동일본 대지진 이후 5년. 사람이 사라진 후쿠시마에서 살처분 명령이 내려진 동물들을 죽이지 않고 돌보고 있는 사람과 함께 사는 두 고양이의 모습을 담은 평화롭지만 슬픈 사진집.

유기동물에 관한 슬픈 보고서 (환경부 선정 우수환경도서, 어린이도서연구회에서 뽑은 어린이·청소년 책, 한국간행물윤리위원회 좋은 책, 어린이문화진흥회 좋은 어린이책)

동물보호소에서 안락사를 기다리는 유기견, 유기묘의 모습을 사진으로 담았다. 인간에게 버려져 죽임을 당하는 그들의 모습을 통해 인간이 애써 외면하는 불편한 진실을 고발한다.

버려진 개들의 언덕

인간에 의해 버려져서 동네 언덕에서 살게 된 개들의 이야기. 새끼를 낳아 키우고, 사람들에게 학대를 당하고, 유기견 추격대에 쫓기면서도 치열하게 살아가는 생명들의 2년간의 관찰기.

똥으로 종이를 만드는 코끼리 아저씨

(환경부 선정 우수환경도서, 한국출판문화산업진흥원 청소년 권장도서, 서울시교육청 어린이도서관 여름방학 권장도서, 한국출판문화산업진흥원 청소년 북토큰 도서)

코끼리 똥으로 만든 재생종이가 책, 코끼리 똥으로 종이와 책을 만들면서 사람과 코끼리가 평화롭게 살게 된 이야기를 코끼리 똥 종이에 그려냈다.

채식하는 사자 리틀타이크

(아침독서 추천도서, 교육방송 EBS 〈지식채널e〉 방영)

육식동물인 사자 리틀타이크는 평생 피 냄새와 고기를 거부하고 채식 사자로 살며 개, 고양이, 양 등과 평화롭게 살았다. 종의 본능을 거부한 채식 사자의 9년간의 아름다운 삶의 기록.

나비가 없는 세상

(어린이도서연구회에서 뽑은 어린이·청소년 책)

고양이 만화가 김은희 작가가 그려내는 한국 최고의 고양이 만화. 신디, 페르캉, 추새. 개성 강한 세 마리 고양이와 만화가의 달콤쌉싸래한 동거 이야기.

고양이 천국 (어린이도서연구회에서 뽑은 어린이·청소년 책)

고양이와 이별한 이들을 위한 그림책. 실컷 놀고 먹고, 자고 싶은 곳에서 잘 수 있는 곳. 그러다가 함께 살던 가족이 그리울 때면 잠시 다녀가는 고양이 천국의 모습을 그려냈다.

개, 고양이 사료의 진실

미국에서 스테디셀러를 기록하고 있는 책으로 반려동물 사료에 대한 알려지지 않은 진실을 폭로한다. 2007년도 멜라민 사료 파동 취재까지 포함된 최신판이다.

개·고양이 자연주의 육아백과

세계적인 홀리스틱 수의사 피케른의 개와 고양이를 위한 자연주의 육아백과. 40만 부 이상 팔린 베스트셀러로 반려인, 수의사의 필독서. 최상의 식단, 올바른 생활습관, 암, 신장염, 피부병 등 각종 병에 대한 대처법도 자세히 수록되어 있다.

우리 아이가 아파요! 개·고양이 필수 건강 백과

새로운 예방접종 스케줄부터 우리나라 사정에 맞는 나이대별 흔한 질병의 증상·예방·치료·관리법, 나이 든 개, 고양이 돌보기까지 반려동물을 건강하게 키울 수 있는 필수 건강백서.

펫로스 반려동물의 죽음 (아마존닷컴 올해의 책)

동물 호스피스 활동가 리타 레이놀즈가 들려주는 반려동물의 죽음과 무지개다리 너머의 이야기. 펫로스(pet loss)란 반려동물을 잃은 반려인의 깊은 슬픔을 말한다.

깃털, 떠난 고양이에게 쓰는 편지

프랑스 작가 클로드 앙스가리가 먼저 떠난 고양이에게 보내는 편지. 한 마리 고양이의 삶과 죽음, 상실과 부재의 고통, 동물의 영혼에 대해서 써 내려간다.

임신하면 왜 개, 고양이를 버릴까?

임신, 출산으로 반려동물을 버리는 나라는 한국이 유일하다. 세대 간 문화충돌, 무책임한 언론 등 임신, 육아로 반려동물을 버리는 사회현상에 대한 분석과 안전하게 임신, 육아 기간을 보내는 생활법을 소개한다.

동물과 이야기하는 여자

SBS 〈TV 동물농장〉에 출연해 화제가 되었던 애니멀 커뮤니케이터 리디아 히비가 20년간 동물들과 나눈 감동의 이야기. 병으로 고통받는 개, 안락사를 원하는 고양이 등과 대화를 통해 문제를 해결한다.

인간과 개, 고양이의 관계심리학

함께 살면 개, 고양이와 반려인은 닮을까? 동물학대는 인간학대로 이어질까? 248가지 심리실험을 통해 알아보는 인간과 동물이 서로에게 미치는 영향에 관한 심리 해설서.

개가 행복해지는 긍정교육

개의 심리와 행동학을 바탕으로 한 긍정교육법으로 50만 부 이상 판매된 반려인의 필독서. 짖기, 물기, 대소변 가리기, 분리불안 등의 문제를 평화롭게 해결한다.

강아지 천국

반려견과 이별한 이들을 위한 그림책. 들판을 뛰놀다 맛있는 것을 먹고 잠들 수 있는 곳에서 행복하게 지내면서 천국의 문 앞에서 사람 가족이 오기를 기다리는 무지개다리 너머 반려견의 이야기.

개.똥.승.

어린이집의 교사이면서 백구 세 마리와 사는 스님이 지구에서 다른 생명체와 더불어 좋은 삶을 사는 방법. 모든 생명이 똑같이 소중하다는 진리를 유쾌하게 들려준다.

개에게 인간은 친구일까?

인간에 의해 버려지고 착취당하고 고통받는 우리가 몰랐던 개 이야기. 다양한 방법으로 개를 구조하고 보살피는 사람들의 이야기가 그려진다.

개 피부병의 모든 것

홀리스틱 수의사인 저자는 상업사료의 열악한 영양과 과도한 약물사용을 피부병 증가의 원인으로 꼽는다. 제대로 된 피부병 예방법과 치료법을 제시한다.

사람을 돕는 개

(한국어린이교육문화연구원 으뜸책, 학교도서관저널 추천도서)

안내견, 청각장애인 도우미견 등 장애인을 돕는 도우미견과 인명구조견, 흰개미탐지견, 검역견 등 사람과 함께 맡은 역할을 해내는 특수견을 만나본다.

용산 개 방실이 (어린이도서연구회에서 뽑은 어린이 · 청소년 책, 평화박물관 평화책)

용산에도 반려견을 키우며 일상을 살아가던 이웃이 살고 있었다. 용산 참사로 아빠가 갑자기 떠난 뒤 24일간 음식을 거부하고 스스로 아빠를 따라간 반려견 방실이 이야기.

차라리 개인 게 낫겠어

암에 걸린 암 수술 전문 수의사가 동물 환자들을 통해 배운 질병과 삶의 기쁨에 관한 이야기가 유쾌하고 따뜻하게 펼쳐진다.

치료견 치로리 (어린이문화진흥회 좋은 어린이책)

비 오는 날 쓰레기장에 버려진 잡종개 치로리. 죽음 직전 구조된 치로리는 치료견이 되어 전신마비 환자를 일으키고, 은둔형 외톨이 소년을 치료하는 등 기적을 일으킨다.

햄스터

햄스터를 사랑한 수의사가 쓴 햄스터 행복·건강 교과서. 습성, 건강관리, 건강식단 등 햄스터 돌보기 완벽 가이드.

고양이 그림일기

장군이와 횐둥이, 두 고양이와 그림 그리는 한 인간의 일 년 치 그림일기. 종이 다른 개체가 서로의 삶의 방법을 존중하며 사는 잔잔하고 소소한 이야기.

호모 사피엔스, 동물 법정에 서다

동물들의 인간 심판

초판 1쇄 2017년 7월 17일

지은이 호세 안토니오 하우레기, 에두아르도 하우레기
옮긴이 김유경

본문 그림 백영욱 machos@naver.com(9p, 50p, 86p, 120p, 135p, 166, 183p)

펴낸이 김보경
펴낸곳 책공장더불어

편 집 김보경
교 정 김수미

디자인 나디하 스튜디오(khj9490@naver.com)
인 쇄 정원문화인쇄

책공장더불어

주 소 서울시 종로구 혜화동 5-23
대표전화 (02)766-8406
팩 스 (02)766-8407
이메일 animalbook@naver.com
홈페이지 http://blog.naver.com/animalbook
출판등록 2004년 8월 26일 제300-2004-143호

ISBN 978-89-97137-25-1 (03870)

*잘못된 책은 바꾸어 드립니다.
*값은 뒤표지에 있습니다.